OCM GmbH
DER VERLAG

DIE VERSCHOLLENE BEUTE

Wolfgang Wiesmann

1. Auflage November 2020

Umschlagmotiv:
Bildmaterial ©Wolfgang Koehler, ©Wolfgang Wiesmann

Gestaltung, Satz und Herstellung:
OCM GmbH, Dortmund

Verlag:
OCM GmbH, Dortmund, www.ocm-verlag.de

Printed in the EU

ISBN 978-3-942672-84-9

Bibliografische Information der Deutschen Nationalbibliothek

Die Deutsche Nationalbibliothek verzeichnet diese Publikation in der Deutschen Nationalbibliografie; detaillierte bibliografische Daten sind im Internet über **portal.dnb.de** abrufbar.

September, 1918

„Flambert, Jacques, links."

Jacques verkniff sich ein Grinsen. Hätte er andernfalls wohl teuer bezahlen müssen. Vielleicht mit Karzer oder einer Monatsration Wasser statt Linsensuppe. Ohne Holzschuhe zur Zwangsarbeit war auch möglich. Gerüchte, aber er war besser auf der Hut.

Der dusselige Deutsche hatte nicht gemerkt, dass er vor jedem Neuen strammstand, während er Kostproben seines unfähigen Französischs mit seinem schlechten Atem in die überfüllte Wartehalle skandierte. Die Namen klangen, als würgte er bei jeder Silbe sauren Cider seine Kehle hinunter.

Stramm, Hacken zusammen, Knie gerade im Streckverbund und Kopf in Linie mit dem Rückgrat, Schultern nach hinten. So kam die Brust von allein raus. Alle Achtung, auf die Deutschen war Verlass. Sie standen stramm, sogar vor ihren Gefangenen.

„Der nächste Camenbert!", trichterte der uniformierte Buchhalter in den Pulk der Wartenden. „Vortreten! L'Autreque, Pierre. Rechts."

Jacques prustete in seine offenen Hände und spuckte, als hätte er sich verschluckt, stolperte nach vorne und rempelte den in der Reihe vor ihm stehenden unsanft an.

„Excusez moi", sagte er beherrscht, um sein Amüsement über den zuverlässig unkorrekten Gebrauch seiner Muttersprache zu verschleiern.

Ein adjutierender Soldat schritt auf ihn zu und rammte ihm seinen Gewehrkolben in die Rippen. Jacques heulte auf, suchte Halt bei seinem Vordermann, riss an dessen Hose und fiel dennoch zu Boden, allerdings nicht ohne den Bund der Hose nach wie vor mit seiner Faust zu umklammern. Ihm blieb der Mund offen stehen, als er sich den nackten Hintern ansah. Der Anblick wurde nicht weniger peinlich, als der Mann sich umdrehte, ihm den Bund seiner Hose entriss und sich wieder bekleidete.

„Never mind", nuschelte der Betroffene und reichte Jacques die Hand. Er nahm das Angebot an und wunderte sich, als sein Gegenüber sich mit Liam O'Flaherty vorstellte.

Sie waren allerdings noch nicht aus der Gefahrenzone heraus. Das Gerangel hatte die Wachen alarmiert, aber das Sprachgenie von deutschem Buchhalter gab Entwarnung, nicht ohne auf das Schild „Ruhe" hinzudeuten.

„O'Flaherty", flüsterte Jacques, „die französische Provinz muss noch entdeckt werden, wo Kerle wie du herkommen. Siehst aus wie ein normannischer Abtrünniger. Die Schlacht von Hastings habt ihr gewonnen, aber bei den Briten gab's nur Fisch und Kartoffeln, nichts für einen Gourmet aus ... woher?"

„Eire, wenn dir das was sagt. Du redest viel. Warum lebst du noch?"

„Lass mich raten. Ein verdammtes Tal im Saarland, das niemand kennt. Ihr braut Bier, statt gepflegte Weine zu verköstigen. Ich würd's auch Eire nennen, damit man nicht gleich draufkommt, dass mein Land nicht dazugehört, zu den normalen Ländern. Unbekannt ist besser als bekannt und seelenlos."

„Mein Land gehört nicht dazu und wird es nie."

„Du redest, als wärst du überzeugt von dem Quatsch. Spuck endlich aus, woher du kommst."

„Wo sind wir hier?"

„Ist es so schlimm?“, betonte Jacques. „Elsass? Normandie? Bretagne? Ist gewiss nur Spaß, dein Eire. Das wette ich. Bist du nicht stolz auf dein Vaterland? Wer kämpft auf unserer Seite, für die Trikolore, die Freiheit und das schönste Land Europas, und kommt aus Eire? Du bist kein Franzose. Sommersprossen auf dem Nasenrücken und rote Pferdehaare auf dem Kopf. Ein schottisches Langhorn, namens O'Flaherty. Warum reichst du kein Gnadengesuch ein? Ein Eire ist versehentlich in die Schützengräben der Franzosen geraten.“

„Wo sind wir hier?“, fragte Liam erneut mit Gleichmut in der Stimme.

„Er tendiert sich zu wiederholen, der Mann aus Eire. Mein Arsch möchte ein warmes Bad. Seit Sonnenaufgang sitz ich auf dem verdammten Karren. Jedes Schlagloch ein Schuss die Wirbelsäule hoch. Der Kutscher hat gepennt, die ganze Zeit. Wir sind in Wesel los, gestern über den Rhein. Heute hier. Irgendwo stand Haltern, frag mich nicht, was das bedeutet. Barbaren leben hier nicht. Ihr Kirchturm ragt hoch in den Himmel. Sie haben es nötig, Abbitte zu leisten, fallen über ihre Nachbarn her. Gepflegte Stadt, ich sah ein Mädchen über den Marktplatz gehen. Sie winkte mir. Fast hätte ich mich vergessen. Wüsste gern, ob die deutschen Frauen auch so lecker schmecken unter ihren Röcken. Weiße Schenkel und ein bisschen weiter oben, dazwischen, du weißt, was ich meine. Zöpfe hatte sie mit Schleifen an den Enden.“

Jacques warf einen verträumten Blick ins Innere des schäbigen Gebäudes, aber seine Augen verrieten, dass seine Gedanken weit entfernt um etwas kreisten, nach dem er sich sehnte. Vielleicht sein geliebtes St. Germain, vielleicht seine Familie, die er unter Tränen verlassen hatte, vielleicht seine Genevieve, die ihm in der letzten Nacht vor seiner Fahrt nach Verdun alles geschenkt hatte, was sie geben konnte, ihre Seele und ein Strumpfband eingeschlossen.

„Sieh dich um", hauchte er Liam entgegen, „dann weißt du, wo du bist: Am Ende der Welt. Baracken, so weit das Auge reicht und hier drin ein Versailles aus verdreckten Verschlägen, von Pisse zerfressene Holzkisten, die sie Betten nennen und schmierige Decken, an denen Siff aus Seiber und Ergüssen klebt. Bist du nun zufrieden? Das ist dein neues Zuhause. Bleibt zu hoffen, dass eine Seite den Krieg schnell gewinnt. So oder so, wer will Kriegsgefangene durchfüttern? Jetzt bist du dran."

Liam bewegte sich einige Schritte in der Reihe nach vorne, ohne etwas zu sagen. Jacques trottete mit Frust im Gesicht hinter ihm her. Es würde dauern, bis sie mit Reinigen und Desinfizieren dran waren und mit Einheitskleidung ausstaffiert wurden. Zu Hose und Hemd gab es eine mantelartige Jacke und am wichtigsten: ein Paar Holzschuhe. Alles von Wert hatten sie ihnen direkt nach der Gefangennahme abgenommen und nun war die Uniform dran. Der Ehering, den er schon gekauft hatte, wäre jetzt weg gewesen. Zum Glück hatte er ihn zu Hause gut versteckt. Sicher war er sich allerdings nicht, ob seine Genevieve ihm treu sein würde.

Er ärgerte sich über seine neue Bekanntschaft. Der Mann aus Eire mit seinem roten Filz auf dem Kopf brach sich lieber die Zunge ab, als mit ihm zu reden. Was konnte man Falsches sagen über dieses Nest aus Hunger und Siechtum? Wer aus den Schützengräben kam, wusste jedoch, dass hervorstehende Wangenknochen immer noch besser waren als ein Bajonett im Rücken oder Granatsplitter im Bauch. Wäre Liam nicht einen Kopf größer gewesen, hätte er ihn erneut angerempelt, damit sofort klar war, wer hier das Sagen hatte. Manche Kerle musste man provozieren, um sie zum Sprechen zu bringen.

„Sag ‚aujourd'hui'", stichelte Jacques. „Wenn du das Wort richtig aussprichst, bist du entweder Belgier oder Franzose. Mach schon!"

Liam starrte ihn ausdruckslos an und hielt den Mund.

Jacques verdrehte die Augen und stöhnte.

„Wie kann einer nur so bescheuert stur sein?"

„Dia dhuit", sagte der Mann aus Eire plötzlich.

„Oh Wunder. Eire hat eine eigene Mundart, so wie unsere Bretonen oder die Waliser von der Insel. O'Flaherty. O', O', O'. Dia dhuit. Buchstabier das Wort."

„Es ist ein Gruß und bedeutet: Bonjour."

„Buchstabier, Junge!"

Liam versuchte es, geriet aber ins Stocken und gab auf.

„Ich habe nie schreiben gelernt. Es ist Gälisch. Ich kann's besser sprechen."

„Das lässt du lieber sein. Verstehe nichts, aber ganz so dämlich bin ich nicht. Eire ist auch gälisch und heißt Irland, stimmt's? Was, um alles in der Welt, hat dich in den Krieg verschlagen? Bist du ein entflohener Sträfling oder gar ein Mörder?"

„Du möchtest eine aufs Maul. Ich bin freiwillig der französischen Armee beigetreten. Freischärler. Bin nicht der Einzige aus meinem Land."

„Gibt es bei euch nichts zu essen oder schlimmer, habt ihr keine Frauen? Freiwillig in den Krieg, du bist bescheuert."

„Bürgerkrieg. Die Engländer haben unser Land ausgebeutet und hinterließen Chaos. Ich wollte weg, heuerte auf einer Fähre an, kam so nach Roscoff und habe mich eurem Widerstand angeschlossen. Von irgendwas musste ich leben."

„Vom Regen in die Traufe nenn ich das. Wie alt bist du?"

„Ich wurde von meiner Mutter getrennt, als ich sechs Jahre alt war. Wir schrieben das Jahr 1894, geboren 1888 als viertes von sieben Kindern."

„Demnach bist du 30 Jahre alt. Wieso wurdest du von deiner Mutter getrennt? Hat sie deinen Vater um die Ecke gebracht und landete im Gefängnis?"

Liams rechte Hand schnellte vor und griff Jacques am Hals, drückte ihm die Luft ab, sodass er nach hinten auszuweichen versuchte, aber gegen einen anderen Mann prallte. Um einen Tumult zu verhindern und Strafmaßnahmen zu vermeiden, löste der Mann Liams Griff mit beiden Händen und gebot ihm, die Klappe zu halten und sich zu benehmen. Kollektivstrafen waren an der Tagesordnung und sehr gefürchtet, noch schlimmer war nur noch die Isolationshaft.

Jacques rieb sich den Hals und schluckte demonstrativ schwerfällig. Er drehte seinen Kopf zirkulierend in alle Richtungen und bedankte sich bei seinem Retter.

„Was ist in dich gefahren?", stänkerte er Liam an. „Du bist wahnsinnig, legst jedes Wort auf die Goldwaage. Wo kommen wir hin, wenn man nicht mal einen Scherz machen darf? Idiot. Pack mich ein zweites Mal an und sie werden dir die Eingeweide bei lebendigem Leibe rausreißen. Wie kann man nur freiwillig in den Krieg ziehen? Du könntest einer Frau den Hof machen, den lieben langen Tag Calvados trinken und abends lockst du sie in die Federn. Rosshaar, du hast auf die falsche Karte gesetzt. Willst du wissen, was ich glaube? Du kennst dich nicht mit Frauen aus. Ich wette, du hast noch nie zwischen den Schenkeln einer Frau gelegen, kennst nicht den intimen Duft ihres Geschlechts, du keltischer Bauer. Bumst lieber die Schweine."

Jacques spielte mit der Versuchung, Liam bis aufs Blut zu reizen, denn er wusste, dass die Mitgefangenen ihm eine zweite Attacke nicht verzeihen würden. Liam blieb gelassen, warnte ihn aber eindringlich.

„Du kannst mich ruhig beleidigen, Franzose, aber Hände weg von meiner Familie."

Endlich kehrte Ruhe ein. Jacques schlurfte hinter Liam her und beide wurden endlich zum Waschen in die mit morschen Brettern verkleidete Kammer beordert. Zu sechst standen sie in einer Reihe und wie erwartet war das Wasser kalt. Sie waren nicht verwöhnt, hatten im Winter 1917 Feuergefechte im offenen Feld überlebt und im wochenlangen Partisanenkampf Straßenzüge erobert und wieder verloren. Kalt duschen kostete trotzdem Überwindung, aber wer wollte sich das anmerken lassen? Liam hatte keine Berührungsängste mit dem frostigen Nass. Er duschte ausgiebig und nahm immer wieder eine Handvoll von der braunen mit Sand vermengten Seife und rieb sich damit ein. Die Männer links und rechts von ihm schnaubten wie Pferde, als sie sich unter den kalten Strahl stellten und rieben kräftig an ihrer Haut. Wohl eher um sich zu wärmen, als zu waschen.

Jacques schnaufte auch, nachdem er sich nur kurz nass rieseln ließ und schnell das einzige Handtuch zum Abtrocknen in Besitz nahm. Liam würde das triefende Handtuch als Letzter in die Finger kriegen.

Wieso fror der Mann nicht? Und dieses genüssliche Einseifen, als hätte er noch nie geduscht. „Rosskopf", rief ihm Jacques zu, „vergiss deine Mähne nicht. Dort sitzen die Läuse und der kleine Pimmelmann ist kaum zu sehen, hat sich in seinem Pelz verkrochen."

Keiner der anderen Männer zeigte sich belustigt und da die Wache für einen Moment den Raum verlassen hatte, sah Liam seine Chance, packte Jacques von hinten, umschloss ihn mit einem stählernen Griff und zerrte ihn unter die Dusche. Jacques fluchte, allerdings nur eine Sekunde, bis einer der Männer ihm den Mund verschloss. Liams Körper glühte vor Hitze, während Jacques' Haut immer blauer wurde. Die Lektion hatte gesessen. Lächelnd ließ Liam ihn los. Jacques schnappte sich das Handtuch, fluchte Kaskaden von Verwünschungen und zog die Einheitskleidung an.

„Schade um die schöne Uniform", sagte Liam bedauernd. Er meinte es ehrlich auf seine ganz naive Art. Liam verließ die Dusche und Jacques warf ihm das durchnässte Handtuch zu. Diesmal ohne blöden Kommentar. Liam wrang das Handtuch aus und rieb es minutenlang über seinen Körper, der von dieser Massage so viel Wärme entwickelte, dass die feuchte Schicht auf seiner Haut schnell verdunstete und er getrocknet seine Kleider überwarf.

Zum Anprobieren der Holzschuhe mussten sie in den Nebenraum. Man hatte sie gewarnt, sich ja die richtige Größe auszusuchen, denn es wartete Zwangsarbeit draußen in den Feldern auf sie. Beulen, Blasen und blutende Wunden würden niemanden interessieren und das Holzschuhlager war kein Modeladen. Erst wenn das ausgesuchte Paar zerbrochen oder zerschlissen war, bekam man ein neues.

Der Lagerkommandant war kein Samariter, aber er wusste um die Notwendigkeit, seine Gefangenen gesund für die Arbeit zu halten. Schuhe und Kleidung waren da essenziell und die Nahrung durfte nicht zu dürftig sein. Verletzte wurden behandelt, aber wer durch sein eigenes Verschulden arbeitsunfähig wurde, musste büßen. Um generell die Zahl der Verletzten und Schwachen gering zu halten, hatte er befohlen, dass die anderen für die Arbeitsunfähigen mitarbeiten mussten, was in der Konsequenz härtere Arbeitsbedingungen bedeutete, was niemand wollte.

Belgien, 2020

Les Bon Villers lag noch im Tiefschlaf, als Marcel Bresson an diesem Morgen aufbrach, um die Strecke bis Haltern am See mit nur einer Pause zu schaffen. Ungünstigerweise gab es keine schnurgerade Autobahn zwischen den beiden Städtchen und gehetzt wollte er nicht ankommen, zu spät aber auch nicht.

Der Heimatverein hatte sich um Bresson bemüht und um einen Vortrag gebeten. Als Schriftsteller war Bresson gescheitert. Seinen Romanen fehlte der originelle Brückenschlag zwischen Wort und Fantasie. Sie lasen sich wie ein Marktstand. Man wusste, dass hinter den Bananen die Apfelsinen lagen und danach die Kirschen kamen. Geschichten dieser Art schrieb das Leben jeden Tag und man war sie leid. Vergiftetes Obst wäre des Rätsels Lösung gewesen, aber diese Erkenntnis kam zu spät. Außerdem gab es ein Erlebnis, das ihn nachdenklich gemacht hatte und weswegen er das Schreiben gänzlich an den Nagel gehängt hatte.

Während einer Lesung in der örtlichen Sparkasse von Les Bon Villers, zu der hauptsächlich Bekannte und Freunde zu seiner moralischen Unterstützung gekommen waren, hatte er mehr oder weniger spontan seinen neuen Roman beiseitegelegt und einfach drauflos erzählt. Der Abend wurde ein voller Erfolg. Zu seiner Verwunderung stellte Marcel im Nachhinein fest, dass er sich ganz und gar nicht an seinen Romantext gehalten, sondern frei nach Gefühl eine mitreißende Geschichte erfunden hatte. Der Zuspruch seiner beeindruckten Hörer veranlasste ihn daraufhin, dem Schreiben den Rücken zu kehren und sich als Geschichtenerzähler ein Zubrot zu verdienen.

Frau Marion Thüner vom Heimatverein Haltern-Sythen war auf einer Urlaubsfahrt nach Les Bon Villers auf Bresson aufmerksam geworden. Das Kulturamt der kleinen belgischen Stadt hatte im Rahmen der deutsch-belgischen Freundschaft zu einem Abend voller neckischer Anekdoten eingeladen. „In Deutsch“, verhieß das Plakat, und da Bressons Mutter Deutsche war, sprach Marcel infolgedessen ein französisches Deutsch, wie Fernsehzuschauer es von Alfons in Puschel TV kannten. Zu später Stunde waren Marion und Marcel an diesem amüsanten Abend auch privat ins Gespräch gekommen und man schwor sich beim letzten Glas Merlot, in Kontakt zu bleiben.

Oft sah die Realität am nächsten Morgen anders aus. Marion war ohne große Abschiedsszene zurück in ihre Heimat abgereist. Allein wegen der Distanz wäre eine Beziehung zwischen ihr und Marcel unpraktisch gewesen, obwohl sie ledig war und als Lehrerin in den frühen Sechzigern nicht wählerisch.

Für Marcel gestalteten sich die Ereignisse dieses Abends allerdings zu einem Schlüsselerlebnis. Der Applaus und die aufgeregt gackernde Gesellschaft der weiblichen Zuhörer, von denen sogar eine ein Autogramm auf ihrem Arm von ihm haben wollte, veranlassten ihn, am folgenden Tag auf den Dachboden seines Elternhauses zu steigen und in längst vergessenen und verstaubten Utensilien der Vergangenheit zu wühlen. Er suchte nichts Geringeres als die Tagebücher seines Großonkels Jules Bresson. Wie es der Zufall wollte, hatte Marcel als kleiner Junge von seinem Großonkel erfahren, dass er am Ersten Weltkrieg teilgenommen hatte. Das wollte er genau wissen, vielleicht auch, weil er in den Besitz einer Geschichte gelangen könnte, die am Ende Marions Herz für ihn in Wallung bringen würde.

Baracke 8

Jacques war es nicht gewohnt, Holzschuhe an seinen Füßen zu tragen, entsprechend stelzig lief er auf die Eingangstür von Baracke 8, seinem neuen Zuhause, zu. Es drückte bereits jetzt am dicken Zeh seines rechten Fußes, aber es war zwecklos, sich darüber zu beklagen. Ein müdes Lächeln seiner Landsmänner wäre der größte zu erwartende Trost gewesen.

Achtbettkammern kannte er aus der Kaserne und der Jugendfreizeit. Eine Halle mit hundert Betten überstieg seine Vorstellungskraft, aber genau eine solche Behausung sah er vor sich. Ein milchiger Dunst durchzog die Bretterburg. Es roch nach Schweiß von Füßen und Achseln. Hemden hingen zum Trocknen auf Leinen und überall lagen Strümpfe herum. Die Insassen kamen von der Arbeit und alle waren erpicht darauf, möglichst schnell ihre Kleidung zu trocknen. Sonst lief man Gefahr, in der Nacht zu frieren.

Jacques dachte darüber nach, warum fast alle Betten in der Mitte des Raumes belegt waren. Es schien ihm widersinnig, da man während der Nacht nicht unbedingt von schnarchenden und keuchenden Nachbarn umringt sein wollte. Ein Bett am Rande würde er vorziehen.

Nach einer ersten ernüchternden Orientierung schaute er sich um und sah, wie Liam den Raum betrat und sofort, ohne der gesamten Situation einen würdigenden Blick zu schenken, das erstbeste Bett nahe der Mitte in Beschlag nahm. Es kostete ihn einen Augenblick Bedenkzeit Liam anzusprechen, da es nicht so aussehen sollte, als liefe er ihm nach.

„Du badest gern in der Menge. Ich hoffe dir hängt kein Fuß im Gesicht, wenn du von den struppigen Mädels auf deiner Insel träumst."

Jacques wollte nicht direkt mit der Frage heraus, warum Liam sich so zielstrebig für die Mitte als Ort für seine Nachtruhe entschieden hatte.

„Warst du bei den Royal Irish Rifles? Ihr Iren kämpft mit euren Erzfeinden, den Briten, Schulter an Schulter. Was ist los mit euch?"

„Eigentlich mögen wir die Deutschen, aber die sprechen kein Englisch. Deswegen traut sich kein Ire an der deutschen Seite der Front zu kämpfen."

„Eine simple Erklärung. Sehe schon, für Politik interessierst du dich nicht sehr. Was dagegen, wenn ich hier kurz sitzen bleibe? Ich muss mir meinen Zeh reiben. Die verdammten Klotschen sind mir zu hart."

„Kannst hier dein Quartier aufschlagen. Ist wärmer als am Rand. Du musst aufpassen, dass du keine Blasenentzündung kriegst, das tut weh und du pinkelst ins Bett. Die Matratzen sind mit Stroh gefüllt. Das stinkt wie im Schweinestall. Die Männer, die am Rand schlafen, sind öfter undicht, weil es dort kälter ist. Der Wind pfeift durch die Bretterritzen."

Jacques hatte die Information bekommen, nach der er gesucht hatte, ganz ohne sich die Blöße der Unkenntnis zu geben.

„D'accord. Bleib ich also hier. Bist du vorher in einem anderen Lager gewesen?"

„In Eire. Sie nennen es workhouse. Ist aber falsch, da es dort keine Arbeit gibt."

„Und warum vergleichst du ein workhouse mit einem Gefangenenlager? Entschuldige, aber warst du da freiwillig?"

„Mit sechs Jahren entscheidest du nicht über Freiwilligkeit."
„In dem Alter wurdest du von deiner Mutter getrennt. Ich weiß. Wohl auch nicht freiwillig?"
„Unser landlord hat uns aus unserem cottage und von unserem Feld vertrieben. Wir mussten hungern. Mein Vater war an Gicht erkrankt und konnte nicht arbeiten. Da sind wir alle ins workhouse gegangen."
„Du willst mir nicht sagen, warum du von deiner Mutter getrennt wurdest?"
„Ich habe sie täglich sehen können, wenn es Essen gab und das workhouse nicht überfüllt war."
„Weißt du, was ich an dir schätze? Du redest nicht wie eine Frau. Wenn mich hier eins ankotzt, dann die tristen Gesichter und die Banalität der Provinz. Ruhig Blut, Jacques! Die Deutschen haben dein Leben verschont. Sei dankbar! Ein bisschen Reden würde ablenken, verstehst du? Wenn ich dir alles aus der Nase ziehen muss, kommt kein Spaß auf. Meinst du, du könntest ein normales Gespräch führen?"
„Um dir zu gefallen?"
„Um diesem gottverdammten Ort einen Funken Zivilisation einzuhauchen. Ich komme aus St. Germain bei Paris. Schon gehört, Rosskopf? Da fahren teure Autos über die prunkvollen Alleen. Da vergeht dir Hören und Sehen. Von den Frauen in den Karossen ganz zu schweigen. Ich will ja nicht, dass du Cancan für mich tanzt, nur mal was von ganz alleine sagen. Das wäre ein Stückchen Normalität in dieser welken Hütte, und würde unserem miserablen Schicksal trotzen."
„Kommst du vom Theater?"
„Erzähl mir endlich, warum du von deiner Mutter getrennt wurdest."

„Du kennst die Armut nicht. Sie rücken morgens auf Pferden an und treiben dich aus dem Haus. Mutter, Vater und alle Kinder stehen auf der Straße im Regen. Die Tür des Hauses wird vernagelt. Du besitzt lediglich, was du am Leibe trägst. Es bleibt nur der Weg ins workhouse und dort ist es Gesetz, dass Männer und Frauen getrennt werden genau wie die Kinder von ihren Eltern. Das ist das Regime der Armut. Sie wollen verhindern, dass Arme freiwillig ins workhouse gehen, um dort durchgefüttert zu werden. Deswegen schneiden sie die Familie entzwei, damit es richtig wehtut. Man darf das workhouse nicht verlassen, nur einmal, wenn du für immer ‚Au revoir' sagst. Es gibt kein Zurück. Ich ließ meine Mutter und Geschwister dort. Mein Vater starb. Geschlafen haben wir übrigens auch in Räumen mit 100 Betten und für 1000 Insassen gab er keine einzige Dusche. Wir wuschen uns draußen auf dem Hof, wenn es regnete."

Liam lächelte erwartungsvoll, als käme nun ein großes Lob für seine Geschichte. Jacques schaute ungläubig und schwieg. Liam gefiel das nicht.

„Zufrieden, frenchman?", bohrte er nach.

„Die Hölle auf Erden. Arme Sau. Verschone mich mit weiteren Einzelheiten. Brechen wir stattdessen in Jubel über unsere jetzige Bleibe aus: Heil, Allemagne!" „Heil, Germany!", salutierte Liam, als hätte Jacques ihn angestiftet. Ein Wärter kam auf sie zu.

„Schnauze halten. Elendes Pack. Besser eure Leichen lägen in den Gräben von Verdun. Ich knall euch ab, draußen im freien Feld. Morgen, wenn es niemand sieht." Der Wärter zeigte auf seine Pistole am Gürtel, machte eine eindeutige Geste und ging wieder.

Jacques probierte seine Matratze aus. Als er sich der Länge nach hinlegte, entwich ihr ein herber Duft, eine Mischung aus Ammoniak und Schimmelpilz. Instinktiv setzte er sich wieder hin und räusperte sich. Er wollte sich bei Liam erkundigen, ob es bei ihm auch so stank, aber Liam lag bereits mit geschlossenen Augen auf seinem Bett und hatte die Hände über der Brust gefaltet. Es sah nicht nach einem Einschlafritual aus. Jacques war sich sicher, dass er betete und wollte ihn aus Respekt nicht unterbrechen.

Dieser katholische Ire besaß eine gehörige Portion Gottvertrauen. Glaubte, Gott würde ihn in dieser verfluchten Hütte besuchen. Was für ein Mensch war er? Merde! Gott hatte in Verdun versagt und sonst auch. Dieser naive Tropf machte sich gerade lächerlich. Vor den Augen aller mit Gott zu reden, einem Verräter, der auf beiden Seiten der Front die Menschlichkeit mit Füßen trat. In einer Zeit, in der Gott vor Scham sein Amt an den Teufel abtreten sollte, huldigte man besser Göttern, die nach überlieferten keltischen Mythen längst nicht so grausam waren wie der Gott der Christen.

Jacques sah sich als Revolutionär nach alter Fasson, mit dem Kopf des Königs unter seinem Arm und der Guillotine im Herzen. Ein echter 1789er. „Vive la France“, flüsterte er leise vor sich hin.

Er stand auf und ging zu Liam ans Bett. Der Mann aus Eire lag dort wie aufgebahrt. Kein zuckender Muskel, kein Auf und Ab der Brust. Einen Moment glaubte Jacques, dass alle Rettung zu spät käme. Liam war tot. Wie friedlich der Tod sein konnte, wenn er einem nicht mehr bevorstand. „Amen“, wisperte Jacques. Als Liam sich nicht regte, wiederholte er „Amen“ und wartete nervös ab. Jesus, wie konnte man so lange beten? War er vielleicht doch vom Duschen unterkühlt und sein Blutdruck war im Keller? Ein Hieb auf seine Brust würde das Herz wieder anstoßen. Jacques fasste Mut und schlug zu, mitten auf den Brustkorb. Liam saß augenblicklich aufrecht. Konfus sah er Jacques an.

„Was ist? Geht's los?"

„Un moment, erst frühstücken. Café au Lait, Croissant, Jambon gefällig? Der Stallbursche wartet, um Ihrer Majestät beim Anziehen der Stiefel behilflich zu sein. Mademoiselle Chantalle lässt dem gnädigen Herrn untertänigste Liebesgrüße ausrichten. Sie habe gestern Nacht für ihn nur eine Schürze getragen und er wäre glücklich nach dem dritten Akt über ihr zusammengebrochen. Amen."

„Ach so, du spinnst. Ich habe gebetet und war darüber kurz eingedöst."

„Was sagt der Erlöser?"

„Du solltest dich besser bei ihm melden."

„Seit wann hat Liam O'Flaherty Humor?"

„Das war kein Humor. Ich meine es ernst."

„Es spricht nichts dagegen, wenn du mich in deine Gebete einschließt. Sollte Gott mir ein Zeichen schicken, zum Beispiel einen klugen Fluchtplan, würde ich mich meinerseits erkenntlich zeigen und ihm in Notre Dame eine Kerze anzünden, vielleicht sogar zwei, eine für dich und deine Fürbitten. Ein Tipp noch: Gott hört jeden Tag Tausende Stoßgebete aus den Schützengräben. Ein elegantes Gebet mit demütigem Unterton könnte ihn aus seiner Routine ablenken und du bekommst tatsächlich eine Audienz. In dem Fall würde ich dich bitten, mich nicht zu vergessen. Eine Hand wäscht die andere."

Das Skript

Marcel Bresson befuhr mit der linken Hand am Steuer die Weseler Straße, Höhe Wulfen-Bakenberge. Seine rechte Hand lag behutsam auf einer Mappe, die mit einem Messingrand stabilisiert war, um das Lederimitat vor Verschleiß zu schützen.

„70“ sagte das Straßenverkehrsschild und er war froh darüber. Er würde nicht nur vorzeitig und ausgeruht in Haltern ankommen, sondern auch Zeit zum Essen haben, einer Dame einen Besuch abstatten und vielleicht einen Blick in das Tagebuch seines Großonkels werfen können. Soweit sein Plan. Seine Gedanken schweiften ab nach Hause auf den Dachboden, wo sich ein kleines Wunder ereignet hatte.

Sein Großonkel Jules verstarb, als Marcel elf Jahre alt war. Immer hatte er einen Kittel getragen und manchmal baumelte ein Monokel aus der oberen Tasche. Nach dem Krieg züchtete Jules Bienen und hielt mit dem Verkauf des Honigs die Familie über Wasser. Hauptberuflich arbeitete er als Postbote. Man kannte ihn nur im Kittel, doch niemand wusste, dass in der Innenseite seines Kittels ein zerfleddertes Notizbuch steckte, das er wie einen Schatz gehütet hatte.

Marcel hatte den Dachboden durchstöbert, weil er nach brauchbaren Hinweisen für eine spannende Erzählung aus der Zeit der Kriegsgefangenschaft seines Großonkels suchte. Er fand den Kittel in einer alten Holztruhe nebst Motten zerfressener Kopfkissen und Gardinen. Nach einer ersten gründlichen Durchsicht stand unumstößlich fest, dass es bei seinem Fund um aufregende Episoden von Jules' Gefangenschaft im Lager Haltern-Dülmen ging. Genau in dieser Gegend wohnte Marion Thüner jetzt. Sie würde ihn anhimmeln, käme er mit Geschichten aus dieser Zeit im Gepäck zu ihr nach Deutschland. Außerdem wäre damit auch gutes Geld zu machen. Er könnte so etwas wie ein Wandererzähler werden. Warum sollte es bei nur einer Geschichte bleiben? Klar, es handelte sich nicht um Hitlers Tagebücher, aber es gab bestimmt einen Medienverlag, der ihm die ganze Chose später für eine stattliche Summe abkaufen würde.

Jules' handschriftliche Notizen waren nicht immer leserlich, manche Blätter lose, sodass Marcel Tage damit zugebracht hatte, alles sinngemäß zu ordnen. Beim Überfliegen der Seiten war die Rede von Gänseköpfen und einem Storchenherz, vom Grafen von Westerholt und Beethovens Geliebten Wilhelmine. Unglaublicher Stoff. Zeitweise war Marcel versucht, doch wieder mit dem Schreiben anzufangen. Nach all den Misserfolgen einen Bestseller auf den Weg zu bringen, sich im Glanz des berühmten Autors zu sonnen, umringt von schönen Frauen, die ihn verehrten und mit Briefen beglückten, in denen er zwischen den Zeilen Angebote für zärtliche Annäherung erkennen würde, das wäre sein Traum.

Der Traum vom Autor war geplatzt, gestand er sich ein und konzentrierte sich auf die Versuchung, mit seiner neuen Quelle bescheiden aber beständig im Glück zu schwelgen. Er würde bei seinem Besuch in Deutschland als Geschichtenerzähler Wellen der Begeisterung schlagen und Marion wäre sein Lohn.

Nun war es so weit. Er war in Haltern angekommen und Marion hatte nicht nur versprochen, zu seiner Veranstaltung zu kommen, sondern war auch an den Vorbereitungen beteiligt. Heute Abend würde er sie in der alten Mühle in Sythen wiedersehen. Dort, unweit des ehemaligen Gefangenenlagers, würde sein erster Erzählabend stattfinden. Marion hatte auch angekündigt, ihre beste Freundin Karin Poggenpohl mitzubringen. Genau so hatte er sich den steilen Anstieg seiner neuen Karriere vorgestellt.

Nachdem Marcel die A43 überquert hatte und mit 90 km/h auf die Innenstadt zufuhr, bemerkte er den Starenkasten zu spät. Er schlug mit der Hand aufs Lenkrad, um sich abzureagieren. „Reine Geldmache", fluchte er. Aber würden sie ihn kriegen? Er hatte ein belgisches Kennzeichen. Er hoffte, der Verkehrsausschuss des Europaparlaments hatte sich über dieses Thema zerstritten und eine Schlichtung war nicht in Sicht.

Ein Hungergefühl plagte seinen Magen. Der fade Geschmack im Mund störte auch. Leider wusste Bresson nicht, dass er beim Überfahren der ersten Kreuzung auf der Weseler Straße bereits am Treckeberg Grill vorbeigerauscht war und somit nicht in den Genuss einer Jupp-Schale kommen würde. Auch an den frischen Mettbrötchen bei Thole an der nächsten Kreuzung fuhr er dummerweise vorbei, bis er dann beim Griechen von Haltern hielt, um dort sein Verlangen nach einer deftigen Mahlzeit zu stillen.

Seinen Kaffee wollte er woanders trinken, um dabei in aller Ruhe im Skript lesen zu können. Er fuhr an der Volksbank vorbei, warf einen Blick in die Innenstadt und entdeckte eine Eisdiele. Er parkte und nahm sein Skript unter den Arm. Als er gerade die Eisdiele betreten wollte, sprach ihn ein Herr Lindenberg an.

„Sie sind doch der Storyteller aus Belgien. Ich habe das Plakat gesehen, auf dem Sie für heute Abend angekündigt werden. Eine Eintrittskarte habe ich bereits.

Marion und ich sind alte Bekannte. Erfahren wir von Ihnen die Wahrheit über das Gefangenenlager in Haltern und Hausdülmen?"

„Die Wahrheit, Herr Lindenberg, steht in den Sternen. Ich werde versuchen, einen Beitrag zu leisten, indem ich Emotionen ins Spiel bringe. Ganz ohne Fiktion geht es dabei nicht, besonders wenn Sie Ihre Zuhörer bei Laune halten wollen. Ist es nicht oft das Quäntchen Unwahrheit, das uns im Glauben bestärkt, wir wüssten Bescheid? Geht es denn überhaupt um die Wahrheit? Die kennen wir von Auschwitz und anderen Lagern. Die Historiker von Haltern und Dülmen haben bestimmt ihr Bestes getan, das Kriegsgefangenenlager als ein Kapitel der heimischen Vergangenheit ausgiebig zu beleuchten. Meinen Beitrag sehe ich eher darin, den geschichtlichen Ereignissen einen atmosphärischen Charakter hinzuzufügen. Mir geht es vordergründig nicht um Fakten, sondern um Unterhaltung."

„Aber wie wollen Sie verhindern, dass Ihre Zuhörer alles für bare Münze nehmen?"

„Gar nicht. Weiß ich denn, ob alles stimmt, was mein Großonkel Jules in seinen Notizen festgehalten hat? Vielleicht liegt es den Bressons im Blut, die Wahrheit zu maskieren. Ich beziehe mich weitgehend auf das nicht immer vollständige Tagebuch meines Großonkels. Er kannte das Lager gut, hatte es selbst als Gefangener mit aufgebaut. Jules war Postbote von Beruf und durfte dem Lagerbuchhalter bei seiner Arbeit helfen. Kann sein, dass ihm das Privileg geholfen hat, überhaupt Kenntnis von all den Ereignissen dort bekommen zu haben."

„Wie alt sind Sie, wenn ich fragen darf? Wenn Sie von Ihrem Großonkel sprechen, kommt es mir vor, als überbrückten sie die Zeit bis in den 1. Weltkrieg hinein ohne Mühe. Sie schlagen ein Tagebuch auf und schon sind 100 Jahre wie weggeblasen."

„Ich bin 66. Jules Bresson wurde 1884 geboren. Bedenken Sie die Zeit: kaum Medien, keine Autos und im Hinterhof einen Stall fürs Schwein und ein Verschlag für die Tauben. Sickergrube und Plumpsklo inbegriffen. Ich bringe alles mit heute Abend."

„Zeitenwandern, Generationssprünge, Lebensnähe. Marion mag Grenzgänger wie Sie, die längst Vergangenes wieder erlebbar machen. Sie freut sich sehr, Sie heute Abend ankündigen zu dürfen."

„Danke, Herr Lindenberg. Bis nachher."

„Aber selbstverständlich."

Marcel Bresson besuchte die Eisdiele und trank einen Espresso. Sein Skript lag ungeöffnet auf dem Bistrotisch. Lindenberg hatte ihn nachdenklich gemacht, als er über die Wahrheit gesprochen hatte. Jules' Tagebuch war ein unermesslicher Fundus, aber wegen der teils verlorenen und unkenntlichen Informationen hatte Marcel ein eigenes Skript verfasst. Darin stand seine ganz persönliche Interpretation der Schriften seines Großonkels. Wer kannte die Wahrheit oder würde behaupten, sie zu kennen? Unterhaltung war sein Ziel und zu diesem Zweck vermengte Marcel Fakt und Fiktion auf eine Art, das alles am Ende echt klang. Das war ja der Clou. Er würde also ganz bewusst seinen Zuhörern den Grenzgang zwischen Wahrheit und Unterhaltung überlassen. Sie waren schließlich erwachsen.

Er genoss den letzten kleinen Schluck seines Espressos, trank das dazu gereichte Glas Wasser und schmunzelte, als er der Kellnerin ein ordentliches Trinkgeld in die Hand drückte. Lindenberg ging ihm nicht aus dem Kopf, denn er hatte einen Punkt angesprochen, der ihm unter den Nägeln brannte. Jules schrieb an manchen Stellen in verklausulierter Form, um zu gewährleisten, dass die Wahrheit unsichtbar blieb, für den Fall, sein Tagebuch würde im Lager in falsche Hände geraten. Das hätte Leben kosten können. Marcel Bresson hatte einen besonderen Plan im Gepäck: Durch seine Erzählungen wollte er der versteckten bzw. verklausulierten Wahrheit auf die Schliche kommen.

Jules' Tagebuch barg ein Geheimnis und um das herauszufinden, ergänzte Marcel die unvollständigen Episoden seines Großonkels mit erfundenen Handlungen. Sein Ziel bestand darin, der Wahrheit durch fiktive Lückenfüller auf die Sprünge zu helfen, um daraus Rückschlüsse auf das Geheimnis ziehen zu können. Sein Erzählabend verfolgte also nicht nur den Zweck der Unterhaltung, sondern diente dem Auffinden eines realen Schatzes, den Jules im Tagebuch als „Beute“ bezeichnet hatte. Bresson träumte davon, in Kürze ein sehr reicher Mann zu sein und mit Marion um die ganze Welt zu reisen.

Der Deserteur

Eine funzelige Gaslaterne beleuchtete das Innere der Baracke 8. Jules Bresson aus Les Bon Villers machte seine Runde zwischen den Betten und schaute nach, dass jeder seine Holzschuhe unters Bett gestellt hatte, damit die Gänge frei waren und keine unlauteren Spielchen betrieben wurden. Knobeln und Kartenspielen waren zur Nachtzeit verboten. Bresson assistierte dem deutschen Buchhalter, mit anderen Worten: Er machte die Drecksarbeit.

Es war seine Aufgabe, Kranke und Verletzte während der Nacht ruhig zu stellen, nicht etwa um die Ruhe der anderen Insassen zu gewährleisten, sondern Ruhe für die Wärter zu schaffen. Die schliefen nämlich in einer angrenzenden Baracke. Das Schreien und Stöhnen konnte penetrant auf die Nerven gehen. Jules schleppte die schweren Fälle mit einer Art Schubkarre in eine Abstellkammer für Pferdegeschirr und Putzmittel. Dort lag der Kandidat, bis Hilfe kam oder er verstarb. Selten, dass sich einer erholte. Morphium und Antibiotika gab's nicht.

Je nachdem wie sich die Nacht gestaltete, war Jules am nächsten Morgen entweder ausgeschlafen oder hundemüde. Er hätte sich lieber die Zunge abgebissen, als zu meckern, denn er war von der Fronarbeit freigestellt worden, um dafür die Baracke in Ordnung zu halten. Er hatte Zugang zum Geräte- und Werkzeugschuppen und arbeitete selbstständig. Dach, Wände und Fenster standen unter seiner Obhut. Jede Baracke hatte seinen eigenen Buchhalter-Assistenten und alle trugen einen grauen Kittel.

Jules hatte die beiden Neuen, den Rotschopf und den quasselnden Franzosen, seit ihrer Ankunft im Visier und hoffte, sie würden ohne seine Intervention die Nachtruhe einhalten.

Liam und Jacques wachten neben schnarchenden Nachbarn auf, als um circa ein Uhr die Tür zur Baracke krachend aufgestoßen wurde und zwei Soldaten einen schwer verletzten Mann, der sich mit Mühe aufrecht halten konnte, abluden. Jules rieb sich die Augen, wohl mehr um zur Besinnung zu kommen, als besser sehen zu können. Der Verletzte brach zusammen, als die Soldaten ihn losließen. Einer der Uniformierten gab Jules den Befehl, den Mann die Nacht über zu bewachen. Er würde morgen exekutiert. Die Soldaten verließen den Raum und Jules stand hilflos neben dem Verletzten. Offensichtlich hatte er keine Schuss- oder Stichwunden. Auf den ersten Blick war kein Blut zu sehen, aber ihm war übel zugesetzt worden. Überall Prellungen und Hautabschürfungen. War er zusammengebrochen, weil ihm Arme und Beine gebrochen worden waren?

„Wie heißt du?“, fragte Jules, der gerade bemerkte, dass Jacques auf ihn zukam, was gegen die Regeln verstieß. Er fauchte ihn an, wieder in sein Bett zu verschwinden. Jacques ließ sich nicht beeindrucken und wartete ebenfalls auf die Antwort des Verletzten. Als nichts passierte, beugte er sich hinunter und hielt sein Ohr an den Mund des Mannes.

„Friedel Winkler“, röchelte er mit geschwollenen Lippen. Jacques richtete sich auf.

„‚Friedel Winkler‘, kannst du in dein Buch schreiben, Jules. Damit alles seine Ordnung hat. Was machst du nun mit der armen Sau?“

„Hilf mir, ihn dort ins leere Bett zu tragen, gleich da, neben den Rotschopf."

„Nicht dein Ernst", maulte Jacques. „Der heult uns heute Nacht die Hucke voll. Wir werden kein Auge zutun. Du sollst auf ihn aufpassen. So hab ich das verstanden. Da wäre er besser neben dir aufgehoben."

„Pack mit an! Wir schleppen ihn zu euch", befahl Jules.

Sie halfen Winkler auf die Beine zu kommen und verfrachteten ihn neben Liam in den Bettkasten. Als er sich hinlegte, klappte er in sich zusammen und keuchte vor Schmerzen.

„Was hast du verbrochen?", fragte Jacques. „Du bist Deutscher, dein Name verrät es und du siehst aus wie einer. Warum hat man dich so zugerichtet?"

Winkler sah Jacques an. Seine Augen signalisierten Todesangst.

Jacques insistierte. „Wir können es uns hier nicht leisten, eine falsche Ratte zu beherbergen. Wer sagt uns, dass du nicht eingeschleust wurdest, um uns auszuspionieren?"

Jules reagierte ungehalten. „Was soll man hier denn ausspionieren? Den hat es erwischt. Vielleicht hat er für die Entente spioniert. Oder schlimmer, er ist ein Deserteur."

„Für beide Vergehen wird er exekutiert. Sein Schicksal ist besiegelt. Das Himmelfahrtskommando ist bestellt." Jacques drehte sich zu den anderen um und sprach im Brustton eines Kenners: „Ihr habt es gehört. Sie machen kurzen Prozess."

Er beugte sich erneut nieder.

„Spion oder Deserteur? Was bist du?"

Winkler schloss die Augen. Sein Kopf fiel zur Seite. Jacques fühlte seinen Puls.

„Lassen wir ihn von den süßen Mädchen träumen, wie sie den Kurfürstendamm entlang schlendern und ihm einen Handkuss zuwerfen, bevor ihn der Teufel holt."

Liam hatte bis dahin unbeteiligt zugesehen und wandte sich nun an Jacques.

„Sie haben ihm seine Uniform abgenommen. Das heißt, dass er ein Deserteur ist und sie ihn als Schandfleck betrachten. Ohne Hilfe wird er die Nacht nicht überleben. Er ist geschwächt und wer weiß, was sie sonst noch mit ihm angestellt haben."

„Was guckst du mich an? Ich bin kein Samariter. Lass ihn erfrieren oder kuschel dich an ihn."

„Jules, hol ihm eine Decke!", bestimmte Liam, ohne dass es jemand gewagt hätte, ihm zu widersprechen.

Friedel Winkler wurde zugedeckt und es waren nicht wenige, die ihm aus Mitleid den Tod in dieser Nacht wünschten.

Freundinnen

Marion Thüner war stinksauer, dass ihr Chef ihr an diesem Tag, an dem so viel zu erledigen war, eine zusätzliche Aufsicht nach der fünften Stunde aufgedrückt hatte. Der Krankenstand des Lehrpersonals an der Sythener Grundschule machte die Situation immer wieder schwierig. Fehlte nur eine Vollzeitkraft, musste die Last auf die wenigen anderen verteilt werden.

Zwei Jahre bis zur Pension und ihr Chef konnte ihr den Buckel runterrutschen. Marion schluckte die bittere Pille mit stoischer Gelassenheit nach außen und ruppigem Zorn nach innen. Um zwei Uhr stieg sie auf ihr Fahrrad und radelte den Berg hinab zum neuen Baugebiet am Melkenweg, wo sie sich aus eigener Kraft ein kleines Eigenheim geleistet hatte. Wenn nicht mit 63, wann dann?

Am Abend des nächsten Tages erwartete sie viele Besucherinnen. Ihr Cupcake-Kurs stand auf dem Plan. Dieses Event war äußerst beliebt und für Wochen ausgebucht. Diesmal hatte sie allerdings eine Ausnahme gemacht und ihrer neuen Nachbarschaft den Vorzug gegeben. Männer waren auch willkommen, würden aber erfahrungsgemäß nicht teilnehmen.

Sieben Damen hatten sich angemeldet. Der Kurs war nicht billig, 50 €, inklusive aller Zutaten, aber ihren Nachbarinnen hatte sie einen Freundschaftspreis berechnet. Es wurde mehr gequatscht als gebacken, aber genau in dieser Kombination lag für viele Frauen ein Glücksmoment, auch wenn nachher die Cupcake-Kreationen von den Gatten eher belächelt wurden.

Marion hatte sich einen Spickzettel an die Pinnwand geheftet. „Karin anrufen, wegen Erzählabend“ stand darauf. Karin Poggenpohl war ihre beste Freundin. Mit den Jahren war Marion aufgefallen, dass Karin immer öfter Dinge vergaß. Dazu zählten natürlich auch Verabredungen wie zum Beispiel für den heutigen Abend in der alten Mühle Sythen zu Marcel Bressons Vortrag.

Autofahren klappte erstaunlicherweise noch recht gut. Da steuerte ein Automatismus die Abläufe, der nicht ans Erinnern geknüpft war, sondern ans vegetative Nervensystem. Es kam vor, dass Karin losfuhr und sie unterwegs vergessen hatte, wohin sie eigentlich fahren wollte. In einem solchen Fall rief sie Marion an, beschrieb ihr die Gegend und beide klamüserten aus, wo Karin gelandet war. Ein Navi musste her, hatte Marion vorgeschlagen, aber Karin weigerte sich beständig. Sie war ein Technologiemuffel. Außerdem meinte sie, den Weg von Dülmen nach Sythen ohne Hilfe jederzeit zu schaffen. Das wäre ein gutes Zeichen und eine zuverlässige Kontrolle, dass sie nicht dement wurde.

Karin Poggenpohl war wie Senta Berger mit natürlicher Schönheit gesegnet. Der Zahn der Zeit nagte, aber man sah es diesen Diven kaum an. Wie Marion umgab Karin sich gerne mit gut gelaunten Frauen. Marion backte Cupcakes und Karin gab Töpferkurse. Nicht das Ergebnis stand im Mittelpunkt, sondern der Spaß. Das Rezept war so einfach, wie es wirksam war. Alle Frauen sahen nach einem Cupcake- oder Töpferkurs jünger aus. Ihre Lachfalten traten zwar deutlicher hervor, aber ihre zufriedene Ausstrahlung zauberte ein Stückchen echtes Glück auf ihre Gesichter.

Es war also kein Wunder, dass die mit 58 Jahren verwitwete Karin sich aus dem Angebot gut situierter Bewerber den besten herausgefischt hatte. Hans-Günther Kamps, genannt Hannes, war der Glückliche. Seit drei Jahren hofierte er Karin als wäre sie die Queen of Celebs. Hannes bezog gutes Geld als Montageleiter eines branchenführenden Jacuzzi-Herstellers und war in ganz Deutschland unterwegs. Wenn er zu Besuch kam, verwöhnte sie ihn mit Leckereien aus dem eigenen Garten, wozu auch die prächtigen freilaufenden Hühner gehörten. Ihr kleiner Hof zwischen Hausdülmen und Dülmen, nahe der Grenze zu Börnste, zauberte Köstlichkeiten auf den Tisch, die man sonst nur im Dorfladen in Merfeld kaufen konnte, wenn dort mal wieder gebrutzelt und gekocht wurde.

Marion rang seit einiger Zeit mit sich, ein vertrauliches Wort mit Hannes zu sprechen. Er musste auch bemerkt haben, dass Karins Gehirn nicht mehr richtig funktionierte. Oder bildete sie sich das nur ein? Dann wäre es schlimm, Hannes darauf anzusprechen. Sollte sie erst warten, bis etwas passierte? Dann würde sie von Gewissensbissen geplagt werden. Wie man es auch drehte, kein leichtes Kapitel ihrer Freundschaft.

Marion griff zum Telefon und wählte Karins Nummer. Besetzt. Als sie es später erneut versuchte: keine Reaktion. Nach dem dritten Anlauf beendete sie frustriert ihre Versuche. Vielleicht töpferte Karin oder hatte das Handy im Wagen liegen gelassen. Andererseits müsste sie sich langsam fertigmachen, um pünktlich um sieben Uhr in der Sythener Mühle zu sein. Sie versuchte es ein letztes Mal. Keine Antwort.

Dabei hatte Karin sich so sehr auf den Abend mit Marcel Bresson gefreut. Schon als Schülerin hatte sie das Fach Heimatkunde geliebt und laut Ankündigung ging es um die Zeit, als ihre Großeltern gelebt hatten. Karin konnte sich gut daran erinnern, dass ihre Oma immer Schwarz getragen hatte und Marion wusste, dass damals alle Männer eine Kopfbedeckung trugen, sonntags einen Hut und sonst eine Kappe.

Enttäuscht dekorierte Marion sieben kleine Tischkärtchen und das Sortiment an Verziermasse für die Teilnehmer ihres morgigen Cupcake-Kurses. Sie wischte einmal durch die Küche, damit alles blitzblank war, schnappte sich ihre Steppjacke und fuhr mit dem Rad zur Mühle.

Dienst

Jacques blinzelte mit verkrusteten Augenlidern über seine Decke, verfolgte den Schwaden seines Atems und sah Jules neben der Tür sitzen. Er kritzelte etwas auf ein loses Blatt Papier, das er mit der Handinnenfläche stabilisierte. Was zum Teufel schrieb der Hänfling da?

Jules hatte sein Amt als Assistenz-Buchhalter auch bekommen, weil er figürlich nicht dem männlichen Cliché entsprach. Ein eher zierlich gebauter Mann passte besser zu Bleistift und Papier. Jules machte sich nichts aus Muskelmasse, Stechschritt und grundsolider männlicher Koketterie. Sein Wahlspruch war: Leben und leben lassen. Mit anderen Worten: Jules war keine Gefahr für niemanden, ein echt guter Diener. So sahen es die Wachposten und ließen sich die Stiefel von ihm putzen, obwohl der Kommandant das nicht abgesegnet hatte.

Grausam, jetzt in dieser Kälte aufstehen zu müssen, dachte Jacques und wollte seine Nase wieder unter die Filzdecke stecken. Neben ihm röchelte der Deserteur, als spuckte er die letzten Fetzen Leben aus. Widerwillig raffte Jacques sich auf, stützte seine Ellenbogen an der Matratze ab und sah einen Blutfleck vor dem Bett. Friedel Winkler hatte geblutet. Das konnte ein gutes Zeichen sein. Solange Blut floss, lebte er. Andererseits, wenn das Blut nicht mehr floss, hatte sich die Wunde geschlossen und er lebte erst recht. Er stand auf und schaute nach ihm. Kein merklicher Atem. Er fühlte Winklers Puls am Handgelenk. Gleichmäßig und schnell. Jacques gab sich damit zufrieden. Er hatte einen Tag in einem Lazarett verbracht, und immer, wenn die Ärzte Wunden behandelt hatten, war die

Rede von einem schnellen Puls. Also hatte Winkler Schmerzen. Besser sie erschossen ihn bald.

Hinrichtung im Morgengrauen, wie idyllisch. Passend zum allgegenwärtigen Krieg, ging es Jacques durch den Kopf. Aber würde der Kandidat überhaupt stehen können? Wenn nicht, würden sie ihn hängen.

Winkler schwenkte die Schulter zur Seite und heulte auf. Jacques beugte sich zu ihm. „Wasser“, hörte er ihn keuchen. „Wasser.“

Jacques winkte Jules herbei. „Wasser“, wisperte Winkler erneut. Jules ging nach draußen und tauchte eine Kanne in den Trog mit Regenwasser, das ursprünglich zum Löschen gedacht war, falls ein Blitz einen Brand auslösen würde, aber praktisch zum Reinigen von Stiefeln und Holzschuhen genutzt wurde.

Mit aufgequollenen Lippen trank Friedel Winkler vom Kannenrand und spuckte danach Wasser und Blut auf den Boden. Vorne im Mund fehlten ihm zwei Zähne. Die Wunden hatten sich geöffnet, Blut lief seitlich über Lippen und Kinn. Sein Gesicht wies schwere Verletzungen auf, die sich über Nacht tiefer verfärbt hatten. Besonders um die Augen entstellten ihn Schwellungen und Platzwunden. Seine Versuche, sich aufzurichten, scheiterten. Er jammerte, als seine Arme kraftlos zur Seite knickten.

Jacques befühlte beide Oberarmknochen. Da war nichts gebrochen, aber jede Bewegung verursachte ein schmerzverzerrtes Gesicht. Jules und Jacques schauten dann verdutzt zu, wie Liam sich der Sache annahm. Er zog einmal am ausgestreckten Arm und die Gelenkkugel saß wieder in der Pfanne. Friedel krümmte sich vor Schmerzen, aber bevor er wieder zur Besinnung kam, hatte Liam seinen anderen Arm gepackt und rangierte auch diesen beherzt zurück in die richtige Position. Ein kurzer Aufschrei und die Operation war geglückt.

Ein schriller Ton schallte plötzlich durch Mark und Bein. Die Neuen reckten ihre Köpfe. Die anderen warfen ihre Decke von sich, setzten sich auf die Bettkante und schlüpften in ihre Holzschuhe. „Antreten zum Frühstück", sagte einer neben Jacques. Es gab Brotkanten, Rübenstücke als Zahnputzersatz und warmes Wasser mit Milch. Das musste für den Tag bis zum Abendessen reichen.

Jacques beeilte sich, um zu den ersten beim Frühstück zu gehören, aber die Portionen wurden vom Wachpersonal rationiert und streng überprüft. In Zeiten von Hunger konnten auch die eigenen Landsleute zu Wölfen werden. Das Gesetz des Stärkeren trat sofort in Kraft, wenn die Wachen wegschauten und das taten sie manchmal absichtlich.

Als Jacques und Liam vom Frühstück in ihr Quartier zurückkamen, war Friedel Winkler verschwunden. Der Blutfleck vor seinem Bett war aufgewischt worden und seine Decke war auch weg. Jules rief ihnen zu, sich zu beeilen. Es blieben noch zehn Minuten fürs Klo, und dann flott vor die Baracke zum Appell.

Jacques stand an vor den zwei Klos für hundert Männer. Endlich an der Reihe, suchte er Klopapier. Ein Fetzen Zeitung hätte es auch getan, aber da war nichts. Die Latrinen stanken nicht nur bestialisch, sondern ließen ihre Besucher auch wissen, dass der Krieg ein schmutziges Geschäft war.

Jacques hatte gehört, man könne auch später im Wald seine Notdurft verrichten. Da gab es wenigstens Blätter zum Abputzen. Er kniff also den Hintern zusammen und zog sich die Hose wieder hoch. Merkwürdig, dieses Loch in der Trennwand zwischen den beiden Klos. Er lehnte sich von vorne dagegen und fand, dass sein Schwanz genau dort hindurch passen würde, dachte sich aber weiter nichts dabei und ging.

Heimatgeflüster

Marion lehnte ihr Fahrrad an die Fachwerkwand der Sythener Mühle und las auf dem Plakat: „Heimatgeflüster“. Trefflich, dachte sie, das ließ viel Raum für kreative Spontanität. Marcel war schon da. Sein Auto mit dem roten Kennzeichen parkte gegenüber am Hotel Pfeiffer. Sie wählte schnell noch Karins Nummer. Wieder keine Antwort. Kurz vor sieben. Ob sie doch besser mit dem Auto kurz hinfuhr? Es waren nur sechs Kilometer. Dann hätte sie Gewissheit. Andererseits war sie kein Kindermädchen und Karin musste sich bei ihr nicht abmelden. Vielleicht war Hannes vorzeitig von der Montage zurückgekommen. Besorgt stellte sie ihr Handy auf lautlos und stieg die Treppen zum Gesellschaftsraum hoch.

Bresson saß auf einem Barhocker neben dem Tresen und unterhielt sich angeregt mit dem Vorsitzenden des Sythener Heimatvereins. Marion ging auf die beiden zu und wurde von Bresson stürmisch begrüßt. Küsschen links und rechts und Komplimente hagelte es auch. Augenblicklich schauten die meisten der Damen im Publikum auf. Der Belgier verstand es, die Herzen der Frauen zu erwärmen. Da ihm auch noch der Ruf eines Geschichtenerzählers nach alter Tradition vorausgeeilt war, hatte er bei den Damen jede Menge Vorschusslorbeeren auf dem Konto.

Die Karten für den Abend waren in Kürze ausverkauft. Der Raum war zum Bersten voll, aber für Bier und Korn war ein Spalier geschaffen worden und die ehrenamtliche Kellnerin servierte mit hochroten Wangen, was das Zeug hielt.

Der Vorsitzende schaute auf die Uhr, erhob sich, bat um Ruhe und stellte sich und den Gast des heutigen Abends vor. Marion erhielt das Wort und legte in ganz persönlichen Ausschmückungen dar, wie sie Marcel kennengelernt hatte und dass sie kaum fassen konnte, welch großes Glück es für die Gemeinde sei, durch ihn erhellende Einblicke in ein dunkles Kapitel der heimatlichen Vergangenheit zu erhalten.

Mit einsetzendem Applaus stand Marcel auf und bedankte sich. Er sprach zunächst allgemein über die Zeit vor hundert Jahren, als es weder TV noch Telefon gab, und die einzige Unterhaltung im Erzählen von Fantasiegeschichten und Mutmaßungen über die Schlechtigkeit der Nachbarn bestand.

Sein Großonkel Jules war ihm als kleiner Junge ans Herz gewachsen, weil er immer Zeit für ihn gehabt hatte. Bis ins hohe Alter von 96 Jahren habe er allein gelebt und bekam nur Besuch von ihm, seinem Urneffen, und einem befreundeten Postboten, mit dem er knobelte und Calvados trank. Etwas Geheimnisvolles umgab ihn, fügte Bresson an, und nannte es einen ätherischen Wesenszug, der nicht greifbar war, sodass man ihn nicht mit Worten beschreiben konnte.

Dann kam Marcel zum eigentlichen Thema und lenkte das Interesse seiner Zuhörer auf die Tagebuchaufzeichnungen seines Großonkels vom Kriegsgefangenenlager zwischen Haltern und Dülmen. Dabei bezog er sich besonders auf das Jahr 1918.

Das Waldgebiet rund um den heutigen Silbersee II war gerodet worden, um für 10.000 Gefangene Platz zu schaffen. Eine Art Stadt mit Bahnhof war entstanden. Jules war anfangs auch zur Zwangsarbeit eingeteilt worden. Er erinnerte sich besonders an den Boden, wo sie die Gräben tiefer ausschaufeln mussten. Dort kam weißer Sand zum Vorschein, den sie Silberküste nannten. Sie kneteten den nassen Sand in ihren Händen und sahen im goldenen Licht der untergehenden Sonne das Meer vor sich, wie es führerlose Boote an Land spülte, in denen sie entkommen konnten.

Später bekam Jules die Stellung eines Aushilfsbuchhalters. Eine schmeichelhafte Bezeichnung für die anfallende Drecksarbeit, die im Lager niemand verrichten wollte. „Mädchen für alles" hatte Jules auf Deutsch gesagt, wenn er mir manchmal von seinen Kriegserlebnissen erzählte. Und damit meinte er auch Leichen entsorgen. Die Zwangsarbeit wurde nicht von allen als Strafe empfunden, denn was wäre die Alternative gewesen? Sie hätten in den Baracken Langeweile geschoben, gefroren und wären den Schikanen der Wachen ausgesetzt gewesen. Probleme gab es hauptsächlich bei den neuen Gefangenen, die noch nie in einem Lager gewesen waren und vielleicht Verletzungen mitbrachten, die nicht behandelt wurden oder nicht behandelbar waren. So kam es zum Beispiel im Spätherbst 1918 zu folgender Episode:

Bei den Neuzugängen waren auch ein Mann aus Irland namens Liam und ein Franzose aus St. Germain mit dem Namen Jacques. Gleich in der ersten Nacht wurde außerdem ein Todeskandidat in Baracke 8 abgeliefert. Ein deutscher Deserteur von der Westfront. Er sollte am frühen Morgen erschossen werden. Der Kommandant musste das Todesurteil noch unterzeichnen, war aber verhindert. Man munkelte, er wäre betrunken vom Pferd gestürzt. Gerüchte, die von Gefangenen in die Welt gesetzt wurden, standen hoch im Kurs, denn sie hatten einen Unterhaltungswert. Ob wahr oder falsch interessierte eigentlich niemanden, da die Umstände meistens nicht von Belang waren. So breitete sich relativ schnell das Gerücht vom besoffenen Kommandanten aus. Oft war eben auch der Wunsch der Vater des Gedankens.

Jedenfalls überlebte Friedel Winkler seinen Todestag in einer Isolierzelle, in der ein Eimer mit Regenwasser, das von der Dachrinne tropfte, und ein Kanten Brot ihn vor gröbstem Hunger und Durst bewahrte. Die beiden Neuen, Jacques und Liam, den sie auch Rosskopf nannten, traten ihren ersten Arbeitstag im Feld an.

Eine Wache mit geladenem Gewehr und aufgesetztem Bajonett stand für eine Hundertschaft Gefangener bereit. Bei Flucht durfte ohne Warnung geschossen werden. Auch der Anschein einer Flucht hätte den Tod bedeuten können, sodass sich alle aus dem Tross an die Vorschriften hielten. Insgesamt zogen an diesem Morgen 800 Männer in Richtung Hausdülmen los. Sie überquerten den Heubach und betraten die Ländereien des Herzogs von Croy, der im Schloss zu Dülmen residierte.

Der beschwerliche Holperweg führte sie an Äckern vorbei, die von einzelnen Waldungen umgeben waren. Jacques vertrieb sich die Zeit mit Klagen. Die klobigen Holzschiffe an seinen Füßen rieben an Knöcheln und Ballen, sodass er fürchtete, den Tag nicht zu überleben. Liam, der sich an Jacques' Fersen geheftet hatte, weil ihn das lose Mundwerk seines französischen Gefährten belustigte, erkannte den Vorteil der Holzlatschen, denn sie saugten sich nicht voll mit Wasser wie Lederstiefel und falls die Socken nass wurden, trocknete alles schnell an der Luft.

Der Weg zum Arbeitslager war mit losem Geröll aus Bauschutt, Bruch- und Natursteinen bedeckt worden, zwischen denen sich Erde und Laub verfangen hatte und das Gehen nicht einfach machte. Das Lager stammte aus dem Jahr 1914 und etliche Gefangene konnten sich noch an den Bau des Weges erinnern. Fronarbeit, die sie nicht bejammerten, sondern nur aushielten, weil sie singen durften. Je nachdem, wie streng der jeweilige Wachsoldat es hielt, durften sie Lieder aus der Heimat singen. Die vertrauten Klänge füllten sie mit immer neuer Hoffnung, eines Tages ihre Familien wieder in die Arme schließen zu dürfen. Die „Alten“ aus dem Lager summten im Trott ihrer Schritte. Das Summen beruhigte und vertrieb die zeitlosen Gedanken an zu Hause.

Jacques war ein sonderbarer Kauz. Er redete, auch auf die Gefahr hin, dass ihm niemand zuhörte. Nur wenn eine Wache in der Nähe war, beherrschte er sich oder flüsterte und riskierte, dass seine Botschaften an die Welt ungehört blieben. Meckern konnte er ohne Unterlass.

„Warum haben die schlafmützigen Deutschen keinen Bahndamm ins Gelände gebaut? Wir laufen über eine Stunde bis zur Arbeitsstelle, sagte einer vorhin, und eine Stunde zurück. Zwei Stunden mal 800 sind 1600 Arbeitsstunden Verlust jeden Tag. Und am Wochenende könnte der Herzog, der mit Verlaub einen sehr schönen französischen Namen trägt, in Begleitung seines Hofstaats mit der Bimmelbahn sein Prinzentum bereisen.“

Als niemand auf seine Bemerkungen einging, summte Jacques die französische Nationalhymne, wobei er ständig kontrollierte, wo die Wache sich gerade aufhielt. Für Liam hatte es in seinem Leben keine andere musische Unterhaltung als das Singen gegeben, sodass ihm nichts vertrauter war, als der Gesang. Er stimmte eine gälische Ballade an und verlor sich alsbald in immer leidenschaftlicheren Tönen, was die Wachen auf den Plan rief.

„Wir kennen deine Sprache nicht“, bölkte einer von ihnen. „Ein Wort noch, und du gehst ohne Schuhe weiter.“

Die Wachen mussten gut abwägen, was sie als Strafe androhten oder verhängten, denn im Lazarett würde man dahinterkommen, warum der Gefangene eingeliefert wurde und dort wollte das Personal nicht die Willkür von schlecht bezahlten und frustrierten Wachen ausbaden. Liam war sich keiner Schuld bewusst und grinste den Wachmann an, was dieser mit einem Tritt erwiderte. Liam wollte aus der Reihe schnellen, aber Jacques hielt ihn an der Jacke fest.

„Franzosenpack!“, posaunte der Wachmann und drohte mit der Faust. „Das nächste Mal bist du dran. Der Kommandant ist ein guter Freund von mir. Das regeln wir unter uns, Den Haag hin oder her.“

Für Jacques war es beruhigend, dass es Regeln gab, die zwischen den Kriegsparteien vereinbart worden waren. Machte ja auch Sinn, denn die deutschen Gefangenen sollten nicht schlechter behandelt werden, als die der Entente.

Jacques wandte sich an Liam.

„Sieh! Dort drüben. Die Pferde. Ein bisschen wie in der Camargue, nur eben deutsche Camargue mit Pferden aus der Steinzeit. In Höhlen haben deine Vorfahren solche Pferde an die Wände gemalt, die keltischen Urmenschen. Du trägst ihr Erbe auf dem Kopf.

Mähne hier, Mähne dort bis in die Ohren." Er zeigte auf die Wildpferde, die sich in einer kleinen Herde grasend fortbewegten.

„Hör zu!", flüsterte Jacques und zog Liam am Ärmel. „Wir schnappen uns zwei Gäule und ab geht die Post zurück nach Eire und Paris et les maisons de tolérance. Da! Schau! Der Zossen reckt den Kopf nach uns. Der mit dem braunen Schweif. Im Galopp in den Zirkus der Begierden. Bist du dabei?" Noch leiser wisperte er: „Wir hauen ab, aber Schnauze. Kannst du reiten? Egal, wir nehmen einfach die Bahn." Jacques brach über seine eigenen Worte in Lachen aus und boxte Liam auf den Oberarm. „Rosskopf, wir schaffen das."

Jacques hatte bereits einige Kilometer zurückgelegt und wunderte sich nun, warum er nicht mehr über seine ‚Beulenpest' an den Füßen jammerte. Der Traum von Freiheit und Heimat hatte ihn abgelenkt, weit fortgetragen in den Schoß einer Welt aus Lust und Lachen, Tanzen und Singen, Schampus und das ewig berauschende Spiel mit den Frauen, ihren entzückenden Stimmen und wonnigen Kurven.

Sie durchquerten einen alten Eichenwald, an dessen Ende ein Schild stand, auf dem das Merfelder Wappen abgebildet war. Das Schild sollten sie von nun an täglich passieren. Es zeigte einen Mann mit Stab und Schwein. In der Ferne erblickten sie in einer der Lücken, die sich zwischen den Bäumen auftaten, Haus Merfeld mit seiner großen Kapelle.

„Fast wie Zuhause in der Provence", sagte Jacques im Plauderton. „Schloss, Weinberg, Fluss, Wild und einen Rock, ein rauschendes Fest, Ferkel am Spieß und die Mädchen befeuchten ihre roten Lippen. Junge, hast du keine Gefühle?", pflaumte er Liam an. „Das macht den Franzosen aus. Er ist allzeit bereit und erschöpft sich nicht wie Rosskopf mit Balladen und Biersaufen. Hast du Kultur, Mann aus Eire? Sex? Schon mal gehört? Erzähl von deinen Lustgelagen. Ah, ich vergaß, du warst im Armenhaus. Männer und Frauen getrennt. Verflucht, ich halt lieber die Klappe."

„Du willst wissen, ob Männer mit Männern und so weiter? Ich hab's nicht gesehen, aber ich habe ein paar arme Kerle nachts stöhnen gehört. Sie haben ihnen den Mund zugehalten. Manche haben es für eine Zigarette gemacht. Gesehen habe ich es nie."

Marcel Bresson deutete eine Pause an, nahm einen Schluck vom Wein, den ihn Marion an die Theke gestellt hatte, und fragte nicht danach, wie es den Leuten bisher gefallen hatte, sondern ob sie mehr über Jacques, Liam und die anderen hören mochten. Ein kräftiger Applaus warf ein Lächeln auf sein Gesicht.

Marion ergriff die Gelegenheit, schnell ihr Handy zu aktivieren und Karins Nummer zu wählen. Es schellte und je länger sie wartete, desto offensichtlicher wurde ihre Nervosität. Herr Lindenberg, neben dem sie Platz genommen hatte, fragte, ob alles gut sei, was Marion mit einer abwinkenden Handbewegung beantwortete. Sie nahm das Handy vom Ohr. „Karin geht nicht dran", flüsterte sie mit besorgter Miene.

„Hoffentlich ist ihr nichts passiert", meinte Lindenberg, und merkte direkt, dass er genau das Falsche gesagt hatte.

„Mir wird das zu bunt. Ich rufe die Nachbarin an." Marion suchte nach der Nummer und kurz darauf meldete sich Frau Berse, die sofort nach dem Rechten sehen wollte.

Bange Minuten

Bresson signalisierte mit einem umschweifenden Blick, dass er fortzufahren gedachte. Die vollschlanke Kellnerin mühte sich durch den schmalen Gang zwischen den Tischen und stellte ihr Tablett an der Theke ab. Es wurde still im schummrigen Mühlenraum. Mit einsetzender Dämmerung war es auch innen dunkler geworden. Eigentlich wäre es Marions Aufgabe gewesen, für ausreichend Licht zu sorgen, aber das hatten andere Helferinnen übernommen, die wohl ihre Not bemerkt hatten. Bresson warf einen flüchtigen Blick in sein Skript und legte los.

Der Weg wurde schlammiger, je weiter die Zwangsarbeiter in die Bauernschaft Börnste vordrangen. Die vereinzelt stehenden Wegkreuze spendeten ihnen keinen Trost. Millionen wurden im Krieg abgeschlachtet wie nie zuvor. Der Mann am Kreuz war vergeblich gestorben, die Christenwelt ein Fass voll Blut als Labsal für den Teufel. Entfernt sahen sie einen Pulk von Uniformierten, die vor einem Schuppen standen und rauchten. Als die ersten aus der Reihe der Gefangenen dort angekommen waren, wurden ihnen Schüppen, Spaten und Äxte in die Hände gedrückt, andere griffen sich Schubkarren und Eimer und trotteten weiter in den nahegelegenen Wald.

Als Jacques und Liam ihr Werkzeug erhalten sollten, beobachteten sie, wie vor ihnen zwei Männer aus der Reihe sprangen und sich bückten. Es geschah so schnell, dass sie erst beim dritten Mann, der vorpreschte, erkannten, dass sie die Zigarettenkippen, die

die Soldaten auf den Boden geworfen hatten, erhaschten und sofort in ihrer Jacke verschwinden ließen.

Jacques rauchte nur, wenn er eine schnorren konnte und Liam hatte nie eine Zigarette angerührt. Als dann ein vierter Soldat seine Kippe vor die Reihe der wartenden Männer warf, ereiferten sich gleich drei, das Fitzchen Tabak in ihre Finger zu kriegen. Rabiat schob ein kräftiger Typ die anderen beiseite und bediente sich.

Jacques wandte sich an einen der Männer, der vor ihm stand.

„Was seid ihr so verrückt hinter den Kippen her?"

„Du Grünschnabel. Das ist die Währung hier im Knast. Alles wird mit Tabak bezahlt. Und wenn ich alles sage, meine ich es auch." Der Mann grinste und hielt nach anderen rauchenden Soldaten Ausschau.

Für Jacques war diese Neuigkeit ein gefundenes Fressen. Seine blühende Fantasie produzierte Fluchtszenarien am laufenden Band. Draußen im Leben konnte man alles mit Geld kaufen, innen im Lager alles mit Tabak. Alles bedeutete alles, aber dieses Alles war wenig, zu wenig für einen Franzosen aus Paris.

Die Verlockung, Tabak-Baron im Lager zu werden, ließ ihm keine Ruhe. Tabak öffnete Tür und Tor, verschaffte ihm Einfluss und im richtigen Moment würde er mit einem Bolzenschneider den Stacheldraht durchtrennen und abhauen. Unter einen der Waggons würde er sich zwängen und glorreich entkommen, und wenn Liam wollte, dürfte er mitkommen.

Seine Träumerei fand ein jähes Ende. Schüppe und Axt waren am meisten gefürchtet, denn die Arbeit mit diesen Werkzeugen kostete viel Kraft und wer keine Ausdauer hatte, wurde nicht geschont. Männer, die an der Schüppe schnell erschöpften, wurden von den Wachen häufig zu Extraschichten eingesetzt, um entsprechend Muskelmasse aufzubauen. Dass nicht die Muskeln, sondern die allgemeine Konstitution für die Ausdauer verantwortlich war, verstanden die Sklaventreiber nicht.

Jacques stampfte durch den Matsch, die Schüppe über der Schulter. Liam zog eine Schubkarre hinter sich her. Sie waren abkommandiert worden, den anderen Männern beim Ausschachten des mittlerweile sprichwörtlich gewordenen Franzosenbachs zu helfen und eine neue Straßendecke aufzutragen. Liam stoppte am Gesteinslager. Er rief Jacques zu sich.

„Du hast die Schüppe, ich die Karre. Du lädst die Steine in die Karre und ich kippe sie auf den Matschweg. So ist das geplant, Monsieur."

„Tust du immer, was dir gesagt wird?", keifte Jacques trotzig. Er streckte ihm seine geöffneten Hände entgegen. „So sehen sie jetzt aus. Ich bin körperliche Arbeit nicht gewohnt. Kein Fetzen Haut wird mehr dran sein. Willst du das?"

„Was hast du vor dem Krieg gemacht?"

„Ich leitete ein kleines Unternehmen im Finanzsektor."

„Wie klein?"

„Nur ich, aber lukrativ."

„Gib es zu. Du bist ein billiger Taschendieb."

„Rosskopf, du musst noch viel lernen. Für heute verzeihe ich dir. Hier, halt die Schüppe, ich muss eben ins Gebüsch."

Jacques bückte sich unter den Brombeerranken hindurch und ging zielstrebig auf eine alte Eiche zu. Plötzlich knallte ein Gewehrschuss und Jacques hörte das typische ‚Petschen', wenn ein Geschoss in der

Nähe einschlug. Borkenstücke sprangen rund um das Einschussloch aus dem Eichenstamm heraus. Jacques warf sich zu Boden.

Liam riss beide Arme hoch zum Zeichen der Ergebung. „Falscher Alarm!“, rief er in Richtung des Schützen. „Der Mann wollte nur scheißen.“

Jacques hob seinen Kopf und schaute über das Gestrüpp. „Nichts für ungut!“, schrie er. „Es überkam mich plötzlich. Konnt's nicht mehr aufhalten. Schwacher After. Kommt nicht wieder vor.“

Der Schütze lachte aus vollem Hals. Als er sich wieder beruhigt hatte, warf er den Riemen seines Gewehrs über die Schulter und pöbelte immer noch belustigt: „Scheiß dir nicht in die Hose. Wenn ich gewollt hätte, hätten wir ein Problem weniger. Leute wie dich erwischt es früher oder später doch. Hock dich hin und dann schnapp dir die Schubkarre, Franzosenschwein.“

Als Jacques zurückkam, lehnte Liam auf dem Schüppenstiel.

„Du hast es gehört“, betonte Jacques. „Ich soll mir die Schubkarre schnappen. Los an die Arbeit, Junge, sonst vertrödeln wir den schönen Arbeitstag.“

Liam war sichtlich erleichtert, dass Jacques den Schuss überlebt hatte und ließ sich den Tausch der Werkzeuge gefallen.

Sie arbeiteten bis zum Mittag und natürlich hatte Jaques die meiste Zeit gemeckert. Mit Blasen an den Händen und steifem Rücken setzte er sich neben Liam auf einen Baumstumpf.

„Wir bunkern Tabak und irgendwann kaufen wir uns eine Freikarte, wenn du verstehst, was ich meine, und mischen Paris auf, dass die Boulevards sich biegen. Die Frauen liegen uns zu Füßen, wenn wir von unseren Qualen im Lager erzählen und wie wir die Deutschen hintergangen haben. Vielleicht ist sogar ein Orden drin. Helden auf Händen getragen. Wie ist das? Auf den Geschmack gekommen?“

„Du bist kaum hier, da spinnst du von Flucht. Weißt du eigentlich, was du da sagst? Wenn du nach Paris willst, musst du erst zur Front, und wie ich dich kenne, marschierst du einfach da hindurch. Ein Esel denkt wie du.“

„Weißt du, was ein ‚Enfant terrible‘ ist? Jemand, der mit dem Kopf durch die Wand will und es schafft. Glaube versetzt Berge. Ich und du, glorreich der Hölle entkommen.“

Bald hatten sie herausgefunden, dass auch die Wachsoldaten ihre Pausen nahmen und rauchten. Unter Aufsicht wurde geschuftet, aber mit den Pausen zwischendurch hielt sich das Ganze in Grenzen und die Ausbeute an Zigarettenkippen machte erste Fortschritte.

Marcel Bresson sah plötzlich auf, als Marions Telefon ertönte. Sie hatte vergessen, es wieder auf stumm zu stellen. Mit hochrotem Kopf griff sie zu ihrem Handy. Als sie die Nummer von Frau Berse las, nahm sie das Gespräch an, ging aber gleichzeitig nach draußen vor die Tür.

Die Nachricht stach ihr ins Herz. Ihre beste Freundin Karin war tot. Angeblich die Treppe hinuntergefallen. Der Bestatter sei unterwegs und ein Arzt würde auch bald kommen, um den Tod zu bescheinigen.

Beide Frauen waren fassungslos, aber im Moment konnte man nichts machen. Tiere waren nicht zu betreuen und Hannes war nicht zu erreichen. Marion bedankte sich bei Frau Berse und stand wie angewurzelt im tristen Schein des Mondes und betrachtete die Mühle, als wäre sie nur eine Reflexion ihrer Einbildung. Die Zeit stand still. Nur das Plätschern des Mühlbachs drang an ihr Ohr und sie wünschte sich, die Wellen würden die böse Nachricht davontragen und sie erwachte aus einem Traum. So ging ein Lebensabschnitt für immer abrupt zu Ende und mit ihm all die Zukunft, mit der sie und Karin fest gerechnet hatten. All das Lachen, die Anrufe und die dummen Sprüche, das Verlorensein und das Wiederfinden, die Liebe, die Achtung, das Netz aus Kummer und Freude, alles weg. Das Plätschern rauschte leise davon. Die Mühle rief nach ihr.

Marion stand vor der Entscheidung, den Gästen die traurige Nachricht mitzuteilen oder einfach zu schweigen. Karin Poggenpohls Töpferkurse waren beliebt und ein Bestandteil des örtlichen Kulturangebots und der VHS. Einige würden sie persönlich kennen. Sie musste jetzt stark sein.

Marcel hatte netterweise gewartet und so nutzte Marion die Situation, das irritierte Publikum in ihre Trauer einzuweihen. Der Abend war gelaufen. Auch Marcel drückte seine Betroffenheit aus. Die allgemeine Bestürzung endete mit Spekulationen über Krankheit, Demenz und die Gefahren im Alter.

Für Marion war die Botschaft aus heiterem Himmel gekommen. Das Gefühl, das mit dem Tod ihrer besten Freundin einherging, war ihr neu. Im tiefen Inneren reduzierte sich das Gefühl zu einem Bild: Die Töpferscheibe. Sie sah Karin dort sitzen, ein Klumpen Lehm, ein Eimer mit Wasser und plötzlich löste sich alles auf und ein Engel erschien und Karin strahlte aus dem

Engelsgesicht und rief: „Leb wohl, meine Freundin und lausche dem Flüstern der Zeit."

Lindenberg wartete draußen, um Marion mit dem Rad nach Hause zu begleiten. Marcel Bresson hatte sie umarmt und ihr versprochen, an einem anderen Tag sein „Heimatgeflüster" fortzusetzen. Sie überlegte einen Moment, zu Karins Hof nach Börnste zu fahren, aber sie würde niemanden dort antreffen, mit dem sie sprechen könnte. Sie musste den Verlust ganz mit sich alleine ausmachen.

Polizei

Eine aufgebrachte Hauptkommissarin der Kripo Münster betrat in Begleitung ihres Kollegen Mörris den alten Kotten von Karin Poggenpohl. Frau Berse hatte draußen vor der Tür gewartet, wurde aber nur eines flüchtigen Blickes gewürdigt. Der Bestatter hatte am Vorabend die Leiche in einen Blechsarg verfrachtet und bis kurz vor Mitternacht auf den diensthabenden Arzt gewartet, weil der sehr beschäftigt war. Der Arzt hatte erklärt, dass es ratsam sei, die Polizei einen Blick auf das Geschehen werfen zu lassen, weil ein Gewaltverbrechen nicht auszuschließen war. Der Bestatter verständigte die Polizei der Wache Dülmen. Der zuständige Beamte sah keinen zwingenden Grund, sofort anzurücken und vertröstete den Bestatter bis zum nächsten Morgen. Neben der Leiche zu wachen, machte keinen Sinn, sodass sich der Bestatter für einige Stunden zu Hause aufs Ohr gelegt hatte. Nach einem kurzen Frühstück machte er sich auf den Weg zurück zum Hof und hoffte, die Polizei wäre noch nicht dort. Ein mulmiges Gefühl begleitete ihn. Eigentlich hätte er wissen müssen, dass er die Leiche nicht hatte bewegen dürfen, aber ein Mord in Dülmen? Wer dachte denn an so was?

Nun lag Karin im Sarg und Kommissarin Fey Amber warf einen Blick auf sie und ließ sich dann beschreiben, wo genau sie gefunden worden war. Der Bestatter konnte sich gut erinnern und versuchte, seinen Lapsus wieder gut zu machen, indem er sich so auf den Boden legte, wie er Frau Poggenpohl vorgefunden hatte. Fey war sauer und kostete die Situation aus. Eigentlich nicht ihre Art, aber die Lektion musste sitzen.

„Legen Sie Ihren Kopf so auf den Boden, dass die Platzwunde an Frau Poggenpohls Stirn durch den Aufprall zu erklären wäre“, murrte sie absichtlich verärgert.

Der Bestatter bemühte sich redlich, sagte dann aber, dass er sie so nicht gefunden hätte, was nahelegte, dass ihr eine Kopfwunde vor dem Sturz von der Treppe zugefügt worden war. Das allein rückte die Möglichkeit eines Gewaltverbrechens in den Fokus. Ausschlaggebend für das Einschalten der Mordkommission war allerdings ein anonymer Anruf gewesen, der früh morgens im Polizeipräsidium Münster eingegangen war. Ein Mann hatte wörtlich gesagt: „Karin Poggenpohl wurde ermordet.“ Fey hatte sich darüber gewundert, warum der Anrufer nicht bei der örtlichen Wache in Dülmen oder einer lokalen Zeitung angerufen hatte. Wieso wählte er sofort die Mordkommission in Münster? Das setzte voraus, dass er die zuständige Behörde kannte.

Fey übte Nachsicht und reichte dem Bestatter ihre Hand.

„Stehen Sie auf. Die Kriminaltechnik ist unterwegs und bevor der Chef uns hier am Tatort herumlaufen sieht, machen wir uns lieber aus dem Staub.“

Ihr Kollege Mörris befand sich im Gespräch mit Frau Berse. Sie gingen gerade über den Hof zur Tenne, wo Karin ihre Töpferkurse abhielt. Die Tenne war im alten Fachwerkstil erbaut worden. 1886 hatte ein Zimmermann in den Stirnbalken gebeitelt. Das Scheunentor stand offen. Mörris ging direkt auf einen rot beleuchteten Schalter zu. Der Brennofen war noch warm und vermittelte ein wohliges Gefühl. Hatte Karin etwas brennen wollen? Auf den ersten Blick stand nichts aus frischem Ton herum, kein Topf, keine Vase oder Schale, kein Huhn, Zwerg oder Igel.

„Merkwürdig", brummte Mörris. „Sie schaltete den Ofen ein, will etwas auf der Tonscheibe fertigen, kommt aber nicht dazu. Zumindest müsste hier ein Tonklumpen zu sehen sein. Können Sie sich das erklären, Frau Berse?"

„Früher war Karin immer sehr gewissenhaft, aber in letzter Zeit wurde sie etwas tüddelig. Kam nicht zum Kaffee, wenn wir uns verabredet hatten oder ließ tagsüber das Licht brennen. Getöpfert hat sie aber immer mit Vollgas. Da war sie in ihrem Element. Ich habe ihr oft bei der Arbeit zugeschaut. Der Ofen brannte eigentlich immer, wenn sie hier war."

„Es wäre also möglich, dass sie töpfern wollte, und dann gestört wurde. Nahm sie dabei ihr Handy mit? Falls sie einen Anruf erhielt, könnten wir den Anrufer ermitteln. Leider haben wir ihr Handy bisher nicht gefunden."

„Sie wird es verlegt haben. Wie gesagt, sie war nicht immer ganz bei der Sache. Ich habe aber auch niemanden gesehen. Von uns aus können wir die Zufahrt nicht überblicken."

„Schildern Sie bitte, was Sie gestern Abend gemacht haben, nachdem Sie den Anruf von Frau Thüner erhalten haben."

„Ich bin natürlich gleich mit dem Fahrrad rüber, weil Frau Thüner sich Sorgen gemacht hat. Im Flur sah ich, dass Karin unten an der Treppe lag. Ich habe sie angesprochen. Keine Reaktion. Dann wollte ich meinen Mann holen, weil ich Angst hatte. Ich traute mich erst nicht, sie anzufassen, aber habe dann doch ihren Puls zu fühlen versucht. Da war nichts. Mein

Mann und ich haben Frau Thüner und den Bestatter angerufen. Der meinte später, es müsse auch ein Arzt kommen, der den Tod offiziell bescheinigt. So kam das ins Rollen."

„Haben Sie irgendetwas im Haus verändert, oder ist Ihnen etwas aufgefallen, das nicht hierher gehört oder verstellt wurde?"

„Wir sind zwar Nachbarn, aber so gut kenne ich Frau Poggenpohl auch wieder nicht. Ich habe nichts angerührt und mein Mann war nur kurz im Haus. Ich sage das nur wegen der Fingerabdrücke."

„Keine Sorge, wir können das differenzieren. Frau Poggenpohl hatte ihr Wohnzimmer in der ersten Etage. Unten befinden sich nur Räume mit abgestellten Möbeln, Fahrrädern und Gartenwerkzeugen. Wieso diese Aufteilung?"

„Im Erdgeschoss war es ihr zu feucht. Sie hat sich lieber oben häuslich eingerichtet."

„Als ich kurz durch die Zimmer ging, fiel mir eine Flasche Kaffeelikör auf. Sie stand auf dem Wohnzimmertisch und ein Pinnchen daneben. Trank Frau Poggenpohl gerne ein Schnäpschen?"

„Nicht, dass ich wüsste. Sie trank höchstens in Gesellschaft."

„Das wär's vorerst", sagte Mörris. „Geben Sie mir bitte noch die Nummer von Frau Thüner." Mörris begleitete Frau Berse zurück zum Kotten und entließ sie nach Hause.

Harry rauschte mit seiner Crew von der Spurensicherung auf den Hof, begrüßte Fey und wandte sich an Mörris.

„Alter Junge, du hast einen beneidenswerten Job. Jagst Verbrecher an der Seite der schönsten Frau der

Welt, während ich mich mit einem Mikroskop unterhalte und Mikroben analysiere, die ich unter den Fingernägeln einer weiblichen Leiche hervorgepult habe. Wo ist da die Gerechtigkeit und wo ist hier der Tatort?"

„Ich dachte immer, ihr mit euren Pinseln und weißen Kitteln zerlegt das Universum aus purem Enthusiasmus in seine Einzelteile. Wenn dir eine Frau fehlt, dann stell doch eine ein."

„Die, die ich einstellen würde, steht neben dir und grinst."

Mörris wandte sich an Fey und musterte sie.

„Ein charmantes Lächeln würde ich sagen."

„Schleimer! Wo geht's zum Tatort?"

Harry und seine Leute machten sich ans Werk. Fey beauftragte den Bestatter, die Leiche in die Gerichtsmedizin nach Münster zu bringen, damit sie dort von der zuständigen Pathologin Dr. Birgit Degenhardt in Augenschein genommen werden konnte. Sie hoffte, Degenhardt würde eindeutige Befunde liefern, die entweder Mord oder Unfall definierten. Sie begab sich ins Haus, um dort nach Informationen zur Familie des Opfers zu suchen und Mörris hörte sich in der umliegenden Nachbarschaft um.

In der Küche wimmelte es von Kleintieren aus Ton. Besonders Igel, Küken und Frösche bevölkerten Regale und Fensterbänke. Teller, Schüsseln und Tassen waren offensichtlich auch den formenden Händen von Karin Poggenpohl entsprungen. Gemütlich sah anders aus, dachte Fey, ging ins Wohnzimmer, dort gleich zum Schrank und öffnete die Türen. Herrenunterwäsche, gebügelte Hemden und im Mittelteil Anzugjacken und Hosen. Strümpfe und Männerschuhe in den Schubladen. Wo war der Mann dazu?

Harrys Leute rümpften die Nase, als Fey sich an ihnen vorbeidrängte, um weiter in Akten und Unterlagen zu stöbern. Sie bemerkte einen Stapel Magazine und Hefte zum Motorsport. Es gab einen Partner in Karins Leben, einen Mann mit einem Faible für schnelle Autos. Sie durfte keine Zeit verlieren, seine Identität herauszufinden. Sie rief Mörris an und informierte ihn über den männlichen Unbekannten, sodass er sich bei den Nachbarn auch nach ihm erkundigen konnte.

Im Küchenschrank wurde sie fündig. Nicht nur, dass sie dort eine Tasse mit dem Namen Hannes fand, außerdem lagen dort, völlig unsortiert, diverse Unterlagen. Fey stöhnte und machte sich an die Arbeit Kursplakate, Rechnungen und Garantien in kleine Häufchen aufzuteilen. Außer einem Stammbuch, das Karins Geburtsurkunde, Taufbescheinigung und Heiratsurkunde enthielt, tauchten keine privaten Dokumente auf.

Fey schaute sich die gerahmten Fotos an der Wand an. Das Porträt eines Mannes stach heraus. Er war auch auf anderen Fotos zu sehen. Als sie das Bild umdrehte, sah sie ein Kreuz und das Datum 12. Mai 2014. Offensichtlich handelte es sich um ihren verstorbenen Mann, aber Fey konnte sich nicht vorstellen, dass die Sachen im Schrank einst diesem Mann gehört hatten. Die modischen Anzüge und vor allem die Schuhe passten nicht zu ihm. Bärtig und mit verwegenem Lächeln trug der Mann auf dem Bild Pullover und Jeans. Hannes, der Mann auf der Tasse, bevorzugte elegante Kleidung.

Harry kam herein und durchkreuzte ihre Gedanken.

„Der Kaffeelikör dort in der Flasche ist mir suspekt. Ich habe ihn geschüttelt. Meiner Meinung nach ist seine Konsistenz nicht normal. Ich werde das im Labor untersuchen. Außerdem haben wir Blut an der Kante der Badezimmertür entdeckt. Der Flur ist dort verschachtelt und schlecht beleuchtet. Kann sein, dass es nur ein Unfall war. Sie hat einen Schnaps zu viel getrunken, sich am offenen Türblatt gestoßen, torkelt und fällt die Treppe hinunter. Wir werden sehen."

„Das würde ihre Kopfverletzung erklären. Die Wunde an der Stirn wäre dann nicht beim Sturz von der Treppe entstanden. Degenhardt wird das klären. Sag Bescheid, wenn ihr etwas in Richtung ‚Mann' findet. Das Opfer hatte einen Freund und ich muss wissen, wo er steckt."

Ein anderes Foto an der Wand zeigte die Familie Poggenpohl im Jahr 1937. Abgelichtet wurde sie vor der Fassade ihres Hauses in Sythen. Oberhalb des Eingangs stand „Postamt". Offensichtlich hatten die Poggenpohls dort in früheren Zeiten das Postamt geleitet, aber Karin lebte auf einem Bauernhof bei Börnste in Dülmen. Einer der Poggenpohl-Jungs aus Sythen musste also auf dem Bauernhof in Börnste eingeheiratet haben und aus dieser Ehe stammte Karin. Fey sah sich die Daten an. Karin Poggenpohl war nur 11 Jahre verheiratet gewesen, hatte aber immer ihren Familiennamen behalten. Witwe war sie seit sechs Jahren, aber offensichtlich wieder in festen Händen.

Fey hielt sich an jedem Strohhalm fest, um endlich Kontakte mit relevanten Personen herstellen zu können, aber nichts deutete auf andere Verwandte hin. Karins Handy wäre die Lösung gewesen. Dieser Hannes meldete sich vielleicht die ganze Zeit, bekam aber keine Antwort. Fey sah sich die Kontoauszüge an. Eine Zahlung von fünf Euro an den Heimatverein Sythen machte sie aufmerksam, weil die Überweisung erst vor zwei Tagen getätigt worden war. Betreff: „Heimatgeflüster". Sie recherchierte und rief den Vorsitzenden an, der ihr über die Veranstaltung Auskunft gab. Er wusste auch, dass Karin und Marion Thüner Freundinnen waren und Marion aktives Mitglied des Heimatvereins war. Ihre Handynummer lieferte er gleich mit.

Feys Versuch, Marion zu erreichen, scheiterte am Stundenplan der Grundschule. Vierte Stunde Rechtschreiben in Klasse 3b. Nachdem Fey den Schulleiter über die Umstände ihres Anrufs informiert hatte, war Marion nach zwei Minuten am Telefon. Die Lehrerin schilderte haarklein die Vorgänge vom gestrigen Abend und wurde dabei immer nervöser, sodass sich ihre Worte teils überschlugen. Fey hätte vielleicht besser das Wort Mordkommission vermeiden sollen, aber die Wahrheit schmeckte nicht immer nach Schonkost. Feys Hoffnung, von Marion Thüner die Handynummer von Karins Partner Hannes zu erfahren, wurde jedoch enttäuscht.

Fey vereinbarte einen Termin mit Marion für ein ausführliches Gespräch und fragte sich, wo Mörris blieb. Ihr Magen knurrte. Sie hätte gerne mit ihm im Extrablatt in Dülmen etwas gegessen und später könnten sie sich einen Kaffee in der Privatrösterei Schröer gönnen. Wenn es nicht zwischendurch ein kulinarisches Highlight gab, litt die Ermittlungsarbeit. Das wusste sogar ihr Chef Carstensen, der es allerdings noch nie für nötig gehalten hatte, sie zu einem Arbeitsessen einzuladen.

Fundus

Im Grunde war die Ermittlungsarbeit ein staubtrockenes Geschäft. Nur die spontane Verquickung von Informationen, was man auch Brainstorming nannte, ergab Fortschritte. Intelligenz konnte diesen Prozess beschleunigen, doch der eigentliche Gedankenblitz, das Nonplusultra, die Genialität, das vollbrachte nicht das Gehirn, sondern die vermögenswirksamen Leistungen aller menschlichen Generationen – das metaphysische Auge. Dieses Auge war den Inkas, Kelten, Römern und den Chinesen bekannt. Mit diesem Auge sahen die Brückenbauer, die Dichter und Ärzte.

Heute damit Kriminalfälle zu lösen, würde man den Ermittlern von Agatha Christie, Hercule Poirot oder Miss Marple, zutrauen, aber Fey Amber war aus dem gleichen Holz geschnitzt. Sie fühlte sich von sphärischen Stimmungen angesprochen, mit anderen Worten, von dem, was nicht zu sehen war, aber trotzdem im Zenit des Auges stattfand.

Für Fey war Brainstorming so überwältigend gut, weil es Spaß machte. Allerdings wunderte sie sich, warum oft so wenig bei den Brainstorming-Sessions herauskam. Für gewöhnlich lief es so ab: Die Kollegen trudeln zur Sitzung ein, Carstensen gibt sein „Go-ahead" und dann, was kommt dann? Man sitzt in der Gruppe. Da herrscht Druck. Das kennt man aus der Schule. Man will sich nicht blamieren, hat Angst, Schotten dicht. Das magische Auge schließt sich. Es kommt auf die Umgebung an. Lägen alle in der Badewanne, würde echt was dabei rumkommen, aber mit Carstensen in einer Wanne, das wollte sie sich lieber nicht vorstellen. Sie schaute auf die Uhr. Die Leiche war seit drei

Stunden unterwegs in die Pathologie. Wenn sie Glück hatte, war Degenhardt mitten in der Obduktion. Sie riskierte einen Anruf.

„Frau Amber, gehe ich recht in der Annahme, dass Sie Ihre Ungeduld mit diesem Telefonat unter Beweis stellen möchten?“

„Ganz so direkt würde ich es nicht formulieren. Mord oder Unfall macht für mich einen gewaltigen Unterschied. Ungeduld bei Mord und langweiliger Papierkram bei Unfall.“

„Schon gut. Im Augenblick sieht es nicht überzeugend nach Mord aus. Die Stirnverletzung ist zwei Tage alt. Ich vermute, dass sie beim Sturz von der Treppe wieder aufgeplatzt ist. Keine Kampfverletzungen, lediglich Prellungen vom Sturz, aber Frau Poggenpohl war alkoholisiert. Zum Todeszeitpunkt, circa 18:00 Uhr, befanden sich 1,1 Promille Alkohol im Blut des Opfers. Das könnte zu Schwindel bzw. Gleichgewichtsstörungen geführt haben. Der Sturz wäre dann ein Unfall. Andererseits könnte jemand nachgeholfen haben, flößt dem Opfer Alkohol ein oder überredet die Dame zum Alkoholkonsum. An der Treppe wird sie dann hinuntergestoßen. Alles soll nach einem Unfall aussehen.“

„Harry geht einer Spur nach, die in die gleiche Richtung weist: Alkoholkonsum. Woran genau ist Frau Poggenpohl gestorben?“

„Todesursache war der Sturz. Zwei Halswirbel sind gebrochen. Der Aufprall auf eine oder mehrere Treppenkanten mit dem Hals hat vermutlich einen Herzstillstand ausgelöst.“

„Angenommen, sie wurde gestoßen: Der Täter hätte nicht wissen können, dass sie dabei stirbt. Könnte er ihr nach dem Sturz Mund und Nase zugehalten haben, damit sie erstickt?"

„Ich fand keine Hinweise in dieser Richtung. Staubpartikel oder Stofffasern habe ich in den Atemwegen und der Lunge nicht gefunden. Ach, da fällt mir ein, dass Frau Poggenpohl kurz vor ihrem Tod getöpfert haben muss. Unter ihren Fingernägeln und in den Hautfalten ihrer Hände hafteten geringe Reste von Ton."

„Warum hat sie sich nicht ordentlich gewaschen? Sie war mit ihrer Freundin verabredet."

„Unter Umständen bekam sie einen Überraschungsbesuch. Unter uns: Wenn Sie von Mord ausgehen, sind Sie auf der sicheren Seite."

„Und wenn es doch ein Unfall war? Carstensen wird mich lynchen, weil er sich auf mein Urteil verlässt. Sage ich Mord, wird Carstensen es vor der Presse als Mord deklarieren. Stellt sich dann heraus, dass es ein Unfall war, springt er mir an den Hals."

„Ist ein Motiv in Sicht?"

„Der Fall ist erst ein paar Stunden alt. Alles, was mir dazu einfällt, ist, dass es einen Mann in Karin Poggenpohls Leben gab."

„Wenn das kein Motiv ist. Beziehungen führen Menschen in tiefe Abgründe. In kaputten Beziehungen ist die Skala der Schlechtigkeiten nach oben offen. Zum Mord ist es da ein Katzensprung."

„Sie halten nicht viel von Beziehungen?"

„Ich bin zufrieden. Mein Mann kommt mit den Freiheiten aus, die er sich selber setzt. Ich lasse ihm da freie Hand, solange er mir nicht ins Gehege kommt."

„Das klingt alles so einfach, fast wie eine harmonische Ehe. Mein Mann hat die Scheidung eingereicht.

Nun hat wenigsten die zermürbende Suche nach Rettungsringen ein Ende."

„Sie Ärmste. Wahrscheinlich war er der Falsche und Sie starten jetzt erst richtig durch. Oft tut's auch ein Kerl für eine Nacht. Meistens ist man dann kuriert. Machen wir uns nichts vor, Gottes Adam ist im Stadium des Versuchskaninchens stecken geblieben."

„Sie sagen es. Helfen wir Gott auf die Sprünge. So schwer kann es nicht sein. Er hat ja auch ganz ordentliche Frauen zustande gebracht."

„Im Sinne des synodalen Weges nimmt Gott zur Abwechslung eine Rippe von Eva und formt daraus unseren Traummann. Frau Amber, ich glaube, wir wären ein gutes Team und Ihren zukünftigen Ex schießen wir zum Mond."

„Ganz unschuldig bin ich nicht an der Trennung."

„Wenn die Flickschusterei vorbei ist, kommt die Einsicht, auch wenn es dann meistens zu spät ist. Ich wünsche Ihnen viel Erfolg."

Degenhardt hatte aufgelegt. Toll, wie sie sich die Worte quasi gegenseitig in den Mund gelegt hatten. Sie sprach eigentlich mit niemandem über ihre Scheidung und nun hörte sie, dass alles ganz normal war. Ein tiefer Seufzer und sie war wieder bei der Arbeit.

Harry kam auf sie zu. In der Hand hielt er eine aus Ton gebrannte Platte mit einem Motiv von der Größe und der Form einer Postkarte.

„Lag auf dem Wohnzimmertisch. Meines Erachtens wurde diese Platte am Abend des Mordes oder des Unfalls gebrannt. Wie du vorhin vielleicht gesehen hast, befand sich auch eine Schale mit Käsestückchen auf dem Tisch. Eins davon ist auf dem Ton gelandet und leicht angeschmolzen. Kann ich mir nur damit erklären, dass die Platte noch warm war. Frau Poggenpohl könnte die Platte frisch gebrannt haben und hat sie dann mit nach oben ins Wohnzimmer genommen. Ton hält die Wärme sehr lange. Als sich jemand am Käse bediente, fiel ein Stück auf die Platte und ist dort geschmolzen."

„Ein Indiz, das auf einen Vorgang schließen lässt. Nicht schlecht. Es könnte sich bei dem Besucher um den Auftraggeber der Platte gehandelt haben. Was ist eigentlich darauf abgebildet?"

Harry nahm sich Zeit beim Betrachten.

„Sieht für mich nach einem Schweinehirten aus. Ein Mann mit Stab, daran hängt eine Glocke, wenn ich das richtig sehe. Vor dem Mann steht ein Schwein. Die linke Hand des Hirten hält ein Tablett, könnte aber auch ein Buch sein. Ich denke, dass wir es bei dem Stück mit einem Rohling zu tun haben. Wenn alles angemalt ist, werden die Strukturen deutlicher zur Geltung kommen."

„Du meinst, es handelt sich um einen Entwurf. Müsste es dann nicht ein Bild oder eine Zeichnung geben?" Fey schaute sich um und schickte Harry in die Tenne, um dort nach einer Mustervorlage zu suchen. Als er zurückkam, stand sie vor einem kleinen Bild, das an der Wohnzimmerwand hing.

„Das ist es", sagte Harry, als er das Bild sah, „und sogar in Farbe. Das ist das Motiv auf der Tonplatte. Ein gelbes Schwein und der Hirte trägt ein Buch vor sich, kein Tablett. Aber was soll die runde Scheibe hinter dem Kopf des Hirten? Sieht nach einem Heiligenschein aus. Ein heiliger Hirte."

„Dafür spricht auch das Kreuz an seinem Stab. Und was soll die Glocke?"

„Damit scheucht er wilde Tiere in die Flucht."

„Oder alarmiert die Bauern, dass ihre Schweine in Gefahr sind. Schließlich sind wir hier im Land der Schweinemast."

„Könnte sich um das Wappen eines reichen Bauern handeln."

„Möglich. Oder das Wappen für einen Bezirk."

„Ich schau mir das kurz im Netz an. Sag dir gleich Bescheid."

Fey nahm das Bild von der Wand. Das Papier hinten am Rahmen war vergilbt und die Ecken der Pappe waren zerfleddert. Warum hängte Karin Poggenpohl ein solch schmuckloses Bild auf? Wahrscheinlich hatte es einen symbolischen Wert. Sie ritzte mit ihrem Fingernagel den Papierstreifen ein, mit dem das Bild gegen die Scheibe gehalten wurde und nahm es vorsichtig aus seiner Umhüllung. Konnte es sein, dass das Bild nach Zigarre roch? Sie schaute genau hin. Ein gräulich schimmernder Schriftzug ließ sich je nach Lichteinfall erkennen. Sie las: „Anno 1918", mit Bleistift geschrieben.

Ein so altes Andenken hätte sie auch behalten. Karin hatte es in Originalgröße in Ton geformt und dann gebrannt. Warum ausgerechnet jetzt? Warum an dem Tag, an dem sie starb?

Harry war fündig geworden.

„Das Wappen von Merfeld", posaunte er. „Der Hirte ist kein anderer als der heilige Antonius, Schutzpatron für Mensch und Tier gegen alle Art von Seuchen. Ob er auch beim Corona-Virus hilft, müsste getestet werden."

„Also auf den ersten Blick kein persönliches Motiv. Das Wappen könnte von einer Privatperson bestellt worden sein oder wurde für den Verkauf bei einem Heimatfest oder einer ähnlichen Veranstaltung in Auftrag gegeben. Karin brannte den Rohling und nahm ihn mit ins Wohnzimmer, wo sie ziemlich sicher mit dem Auftraggeber zusammentraf, um das farbliche Design zu besprechen. Er wäre die letzte Person, die Karin lebend gesehen hat, und eventuell auch ihr Mörder."

„Wir haben viele verschiedene Fingerabdrücke gefunden. Die Zuordnung läuft, aber bis jetzt haben wir keinen Treffer dabei."

„Hast du Mörris gesehen? Er wollte mit den Nachbarn sprechen."

„Wenn man vom Teufel spricht. Er kommt gerade die Treppe herauf."

Harry verabschiedete sich. Sein Team war fertig mit der Spurensuche. Diesmal in Rekordzeit, denn solang nicht eindeutig feststand, dass es Mord war, ließ man die Zügel automatisch locker.

„Wo warst du die ganze Zeit? Gibt es Augenzeugen?"

„Den Nachbarn ist nichts aufgefallen. Kein Wunder, der alte Kotten steht allein. Frau Berse ist die nächste Nachbarin und wohnt etwa einen Kilometer entfernt. Ich habe aber eine interessante Bekanntschaft gemacht und zwar Herrn Niggemeier nebst Hund."

„Bitte, Mörris. Bei mir klickt nichts."

„Kollege Niggemeier a. D. vom Kommissariat in Dülmen kam vom Schlosspark und ging in Richtung Fischteiche spazieren. Ich fuhr mit dem Auto an ihm vorbei und habe ihn spontan angesprochen. Wer weiß, so ein Spaziergänger kriegt einiges mit. Er hatte allerdings nur zwei Storchenpaare gesehen, die bereits gelandet waren. Aber es kommt besser: Niggemeier kannte Frau Poggenpohl."

„An Niggemeier kann ich mich nicht erinnern."

„Er ist seit zehn Jahren im Ruhestand. Die Poggenpohls betrieben früher die Poststation in Sythen, wusste Niggemeier. Karin Poggenpohl wurde auf dem alten Kotten bei Börnste geboren und ist mit den Poggenpohls von der Poststation verwandt. Sie war die Dorfschönheit, aber selbst die namhaften Bauernsöhne mit ordentlich Kies in der Tasche haben sich an ihr die Zähne ausgebissen. ‚In der Blüte ihrer Jahre' war sie plötzlich mit einem Fremden aus der Berliner Punkszene verschwunden."

„Super, immerhin etwas. In den Unterlagen findet sich so gut wie nichts über die Familienverhältnisse. Da kommt mir ein Niggemeier gerade recht. Er weiß garantiert mehr über Karin Poggenpohls Biografie."

„Ich habe Mordshunger. Du auch?"

„Schon gegessen. Aber ich fahr mit auf einen Kaffee im Café Grote in Merfeld."

Teufelshaut

Etwa zu der Zeit als Fey und Mörris bei Grote einkehrten, befanden sich Marcel Bresson und Marion Thüner auf einem Spaziergang durch den Linnert bei Sythen. Am Abend zuvor, als die schreckliche Nachricht von Karins Tod bekannt wurde, hatte Marcel sich rührend um Marion gekümmert. Als Dank für das tröstende Gespräch hatte sie sich für den nächsten Tag mit ihm zu einem Waldspaziergang verabredet.

Marions Vater war Jäger und hatte sie oft als Kind mit zum Ansitzen genommen. Angst vor dem Wald kannte sie nicht und so fand sie es normal, Marcel ins Sperrgebiet auf die südliche Sandbachseite zu führen. Als Marcel Bedenken über die bedrohlichen Warnschilder äußerte, klärte sie ihn auf.

„Als Kinder haben wir hier im Wald Buden gebaut. Im Herbst kamen Scharen von Pilzsuchern und Joggern, die querfeldein liefen. Im Winter wurde gerodelt, und als wir größer waren, liefen wir auf Skiern durch die Wälder. Tausende von Menschen haben sich in den Borkenbergen getummelt, bis die Warnschilder aufgestellt wurden. Plötzlich gab es ein absolutes Betretungsverbot. Hirnrissig, wenn man bedenkt, dass bei den Übungen die Soldaten hier sogar durch die Büsche gekrochen sind. Seit ewigen Zeiten sind die Briten bereits weg. Ich halte mich nicht an das Verbot, obwohl ich zugebe, dass es für die Wildtiere ideal ist. Den Opferstein lass ich mir nicht nehmen. Da praktiziere ich zivilen Ungehorsam."

Marions vehementes Plädoyer verlieh ihr den Charme einer deutschen Jeanne d'Arc. Sie legte sich für eine Sache ins Zeug, die verboten war. Welcher

Mann würde sich nicht beeindruckt fühlen? Bei Marcel knisterte es im Herzen seit ihrer ersten Begegnung in Les Bon Villers. Nun hatte Marion nachgelegt, ohne es zu wissen.

Sie befanden sich noch auf der asphaltierten Straße, bis auf der rechten Seite ein Schlagbaum zum Vorschein kam. Einige Verbotsschilder lagen an dieser Stelle im Graben, andere waren bereits überwuchert. Marion fasste seine Hand und führte ihn am Schlagbaum vorbei auf einen Sandweg, der alsbald steil anstieg. Ihre Berührung war eigentlich nicht nötig gewesen. War es nur im Affekt oder steckte mehr dahinter? Marcel versuchte Schritt zu halten, aber Marion war fit und schaffte die letzten Meter ohne Pause. Sie machte ihm Mut damit, dass er gleich eine tolle Sehenswürdigkeit in Augenschein nehmen dürfe. Marcel pustete mit letzter Kraft, fasste sich an die Brust und reichte ihr oben die Hand, sodass sie ihn den letzten Schritt hochziehen konnte. Was unten galt, dass galt auch oben. Ihre Hand war zart und seine schwitzig, aber die Berührung fand im Herzen statt. Wenn er sich nicht gerade fürchterlich verliebte.

Wieder bei Atem ging Bresson um den gewaltigen Findling herum, machte Fotos von der löchrigen Haut, die sich in wulstigen Falten wie eine teigige Masse übereinanderschichtete. Marion saß oben in der Mitte und genoss den Blick durch die Baumwipfel ins hügelige Umland.

„Komm zu mir“, rief sie und winkte. „Die Leute sagen, dass der Teufel den Stein in zorniger Laune hier verloren hat. Sieht so aus, als hätte seine Majestät der Satan auch einen Hautlappen von sich fallen lassen, der den eigentlichen Stein umschließt. Stell dir vor, dieses rostige Gestein wäre die Haut des Teufels."

„Könnte gut sein", antwortete Marcel und stieg zu Marion hoch, die ihn in weitere Details der sagenumwobenen Geschichte des Opfersteins einweihte.

„Keiner weiß, wie der Fels unter der Teufelshaut wirklich aussieht und deswegen heißt es auch, dass sich tief im Innern ein Schatz verbirgt."

„Und warum nennt ihr ihn Opferstein?"

„Zu viele Opfer wurden gebracht, um den Teufel milde zu stimmen, aber obwohl das Blut in Strömen floss, blieb der Teufel stur, so wie die Münsterländer auch. Und wie du siehst, hat es bisher niemand gewagt, die Teufelshaut aufzubrechen und den Schatz zu bergen."

„Die sturen Münsterländer wollen lieber, dass alles so bleibt, wie es ist. Ein moderner Trend, der sich durch ganz Europa zieht und im Brexit seinen Höhepunkt findet."

„Wieso Brexit? Die konservativen Engländer wollen doch komischerweise, dass sich was verändert."

„Das ist ein Widerspruch in sich. Die Briten wollen raus, weil sie immer noch glauben, sie lebten in Zeiten des britischen Empire. Boris Johnson ist die neue Queen Victoria."

„War die auch so klein und hässlich?"

„Eine Regentin wie sie im Buche steht, kein zotteliger Hobbit. ‚Wer waren noch gleich die Briten?', wird man vielleicht in einigen Jahrzehnten sagen. Aber lassen wir das. Ich mache dir einen Vorschlag: Was hältst du davon, wenn ich dir jetzt die Fortsetzung meiner 100-jährigen Geschichte erzähle? Hier stört uns niemand."

Marion lächelte erfreut, schaute dann aber bedauernd.

„Ich habe einen Termin mit einer Kommissarin aus Münster. Sie hatte sich telefonisch gemeldet und bat mich, mir ein paar Routinefragen stellen zu dürfen. Wenn es nicht zu lange dauert, dann leg von mir aus los.“

Das Loch

„Sitzt du bequem?“, erkundigte sich Marcel.
„Ein bisschen hart. Die welke Haut des Teufels hat sich versteinert“, antwortete Marion.
„Ich hoffe, dass meine Geschichte alles andere als versteinert klingt und ich den Hauptpersonen von damals auch ohne Skript einigermaßen gerecht werde.“

„Hört sich spannend an, aber glaubst du wirklich, du wüsstest, was sich vor 100 Jahren hier abgespielt hat?“

„Es ist irrelevant, ob ich das weiß. Es kommt einzig und allein darauf an, ob du es glaubst.“

Marcel hockte sich vor Marion auf den Stein, damit er seine Zuhörerin ansehen konnte.

An einem der Arbeitstage wurden Jacques und Liam nach der Mittagspause zum Einsatz in ein Sumpfgebiet abkommandiert. Nordöstlich der Bahnlinie Dülmen-Coesfeld befand sich ein sumpfiges Gelände, das durch den Franzosenbach entwässert werden sollte. Dazu war es notwendig geworden, einen Tunnel unterhalb der Bahnstrecke zu verlegen, damit das Wasser weiter durch Felder und Wiesen bis in den Heubach fließen konnte.

Für den Einsatz an dieser Baustelle wurde jeden Tag eine andere Kolonne bestimmt, denn die Arbeitsbedingungen waren hart und der Wechsel von Nöten. Stellenweise standen die Männer bis zum Gesäß im Wasser, um die Kanalrohre mit Hilfe von Pferden zu bewegen.

Als Jacques nach vorne in den Tunnel geschickt wurde, um den Durchstich auf die andere Seite voranzutreiben, hatte er sich mehrfach nach dem Wachsoldaten umgesehen. Liam dachte, dass Jacques kopflos das Weite suchen würde, aber er hatte sich getäuscht. Jacques war nur stinksauer, dass der Wachsoldat ihn, den Franzosen aus Paris, als Maulwurf in ein Drecksloch deutscher Provinz schickte.

Nach schweißtreibender Schufterei kam Jacques wieder ans Tageslicht. Stumm. Kein Blick für Liam oder für eine Kippe, sein Gesicht stumpf nach unten gerichtet. Gebeugt von der Arbeit im engen Tunnel lief er neben Liam her zum Sammelpunkt. Es sollte in einer Stunde dämmern und vorher mussten sie die Baracken erreichen. So lautete der Befehl. Immer gleich für jeden Abzug aus dem Arbeitslager.

Das Gehen in kalter Luft schmerzte in seinen Knien. Seine Hosenbeine trockneten schlecht im feuchten Dunst des einsetzenden Nebels. Hatten sie auf dem Hinweg noch gesungen, klang nun die Stille viel lauter, denn jeder wusste, jeder fühlte, warum die Stimme keinen Laut mehr wert war. Nur die Aussicht auf ein warmes Essen hielt sie bei der Stange.

Als sie sich vor der Verpflegungsbaracke aufgestellt hatten, roch es nach gekochten Kartoffeln. Immer noch besser als angeschimmeltes Brot, dachte Jacques verächtlich und wusste nicht, dass das Lager viel schlechtere Zeiten gesehen hatte.

Kartoffeln essen konnte man auf unterschiedlichste Weise. Man konnte sie hinunterschlingen oder das Essen zelebrieren. Eine warme gelbe Kartoffel schmeckte am besten ohne Salz. Allerdings durfte man nicht zu lange warten, denn kalt verlor die Kartoffel an Geschmack und warmes Essen war ohnehin Luxus. Zu heiß durfte sie allerdings auch nicht verspeist werden, andererseits durfte man nicht zu lange warten, denn dann hatte der Nachbar sie gegessen.

Bei guter Führung würde er vielleicht eines Tages zum Küchendienst eingeteilt werden, dachte Jacques. Aber die Wachsoldaten hatten ihre Lieblinge, vor allem solche, die Deutsch sprachen und sich auf ihre Seite schlugen und die eigenen Landsleute verrieten. Das nackte Überleben korrumpierte die Moral, jeder war sich selbst der Nächste. Auch das konnte man keinem verübeln.

Jacques sah Liam dabei zu, wie er die Kartoffeln in sich hineinschaufelte. Er nahm sie in die Hand und schob sie ganz in seinen Mund, sodass sich beim ersten Biss die Stücke ins rechte bzw. linke Backengewölbe schoben und ihm ein Clownsgesicht verliehen.

„Manieren hat man dir nicht beigebracht“, stachelte Jacques. „Schweine fressen, Menschen essen. Kennst du den kleinen, aber feinen Unterschied?“

„Ich habe 15 Jahre in einem irischen Armenhaus gelebt. Jeden Tag Kartoffeln gefressen, ein Schwein bin ich trotzdem nicht. Red Rooster nennt man die roten Kartoffeln bei uns und Spuds im Volksmund. Manche Sorten sind sehr wässrig. Da isst du drei Pfund bei einer Mahlzeit, um bei Kräften zu bleiben.“

„Ist ja gut. Wie viele Kippen hast du gesammelt? Ich habe drei.“

„Dann haben wir fünf zusammen.“

„Das macht fast eine Zigarette. Da vorne steht Jules. Ich frag ihn, was wir dafür kriegen.“

Jacques kehrte mit frustrierter Miene zurück.

„Ein Ei“, sagte er zu Liam und reichte dem Spüldienst seinen Teller. Es war kein Geheimnis, dass Mitgefangene in den Besitz besonderer Güter aus dem Heimatland kamen, dazu gehörten auch Lebensmittel, Geld und Tabak. Schnaps verheimlichte man besser. Cognac konnte eine tödliche Währung sein. Für eine Flasche davon mordete man auch. Manche verscheuerten sogar die parfümierten Briefumschläge ihrer Freundinnen oder Ehefrauen.

„Nicht schlecht, ein Ei“, kommentierte Liam.

„Wir müssen ans große Geld“, brummte Jacques, „sonst können wir die Flucht vergessen. Oder womit willst du die Wachen bestechen?“

„Du schaffst es und redest sie in den Schlaf.“

„Ha ha. Wenn es soweit ist, wimmerst du um einen Platz an meiner Seite. Schluss mit Scherzen. Ich werde mich heute Nacht auf die Lauer legen, wenn ihr eure Nasen unter die Decke steckt und an eurem eigenen Mief erstickt.“

Jacques trollte sich in die Schlafbaracke, legte die Hände hinter den Kopf und stellte ein nachdenkliches Gesicht zur Schau. Liam hatte natürlich recht. Er durfte nichts überstürzen und sein Argument, nach der Flucht aus dem Lager im Hinterland der Deutschen zu landen, zog seiner Planung den Boden unter den Füßen weg. Er war kaum ein paar Tage im Lager und hatte Heimweh wie nie zuvor. Einen Taschendieb aus St. Germain sperrte man nicht ein. Er krepierte bei lebendigem Leibe angesichts all der armen Schlucker in ihren tristen Jacken und ungewaschenen Haaren. Drei Tabakkippen hatte er erbeutet. Welch eine Schande für ein Talent wie ihn.

Ein enfant terrible mit Köpfchen gab sich nicht geschlagen. In Paris lockte man den Männern mit Sex das Geld aus den Taschen. Aber nicht nur in Paris. Das Prinzip erfreute sich universeller Gültigkeit. An jedem Ort der Welt zahlten Männer für Sex und die Frauen kassierten. Aber wo keine Frauen waren, wie im Lager Dülmen, da musste man eben nachhelfen.

Mit Jacques gingen die Pferde durch. Er träumte von seinem Paris, den Pferdekutschen und den neuen Automobilen mit blitzendem Lack und den Damen in Pelzmänteln und wehenden Unterröcken auf den Bühnen und Gassen des Montmartre. Welch ein Gegensatz zeigte sich ihm vor seiner Nase: 10.000 Männer und alle hielten still und unterdrückten ihre Bedürfnisse. Ein bombastisches Geschäft schwebte ihm plötzlich vor Augen. Er holte Paris nach Dülmen oder Haltern, wie immer das Kaff hieß. In seinem bois des femmes plante er das sündigste Pflaster aller Zeiten. Rote Straßenlaternen säumten den Weg zum Zentrum der Lust, einem Karussell mit stolzen Rappen, auf deren Rücken die schönsten Damen platziert waren und freizügig ihre Reize präsentierten. Er, kostümiert als Sonnenkönig in durchlauchtiger Pose, würde kassieren und nicht geizen, um die Damen bei Laune zu halten. Champagner, Lobster, Trüffelsoufflé, sie lagen ihm zu Füßen, die Reichen und Schönen seiner Belle Époque im bois des femmes bei Hausdülmen.

Jacques schlief fest. Die harte Arbeit hatte seine Knochen bleiern schwer tief in die Matratze sinken lassen. Sein Traum sollte nicht enden, doch irgendwie öffneten sich seine Augen und entließen den Traum in eine Wirklichkeit, in der er geduldig warten musste. Er hörte Liam schnarchen, typisch für einen Kartoffelsack – laut, schnaubend und grunzend, eben wie ein Schwein. Er sah auf die große Uhr an der Wand über dem Ausgang. Sie sagte, dass der neue Tag zwei Stunden alt war. Nächtliche Toilettengänge waren nur zwischen drei und drei Uhr 15 erlaubt. Dafür war Jules zuständig. Er schloss auf und nach 15 Minuten wieder ab.

Augen zu und zurück zum bois des femmes, sagte eine innere Stimme, aber die hatte nicht damit gerechnet, dass Jacques ein enfant terrible war und einer brennenden Frage nachging: Wo war Jules um 2 Uhr? Nicht in seinem Bett! Soviel stand fest. Das Gelände zwischen den Baracken galt als Todesstreifen. Ein Spaziergang dort würde mit einer Kugel in der Brust enden. Jules hatte einen Schlüssel und konnte zum Klo, wann immer er wollte. In Jacques' Kopf spukten Gedanken wildester Natur. Seit er gefangen war, fantasierte er verrücktes Zeug, nur um von der depressiven Wahrheit seiner Lage abzulenken. Bei den Wachen hatte er keine gute Figur gemacht. Sie hatten ihn auf dem Kieker. Also bewegte er sich lieber diszipliniert, aber einen Blick nach draußen würde er wagen.

Es roch würzig nach Harz und Tannennadeln, aber die Latrinen nebenan mischten ihren unnachahmlich penetranten Gestank in die Atemluft. Jacques spähte durch den Spalt der angelehnten Barackentür. Er wusste nicht, ob er die schnarchenden Geräusche von innen oder außen wahrnahm, aber er war sicher, auch von draußen etwas zu hören. Eine der beiden Klotüren öffnete sich, ein Gefangener trat ins Freie und verschwand eilig aus dem mondbeleuchteten Blickfeld. Ein zweiter Gefangener kam aus einer anderen Richtung, zog eine Flasche aus der Jacke und reichte sie einem plötzlich aus dem Dunkel hervortretenden Wachsoldaten. Dann betrat der Gefangene das Klo und der Wachsoldat verschwand.

Der Instinkt eines Taschendiebs verfügt über ein breites Repertoire an variablen Vorhersagen. Er observiert sein Opfer und weiß, wo er zugreifen muss, ohne die Spur einer Berührung zu hinterlassen. Sein Jagdinstinkt spielt verschiedene Möglichkeiten durch und pickt dann die heraus, die sich situativ am besten einfügt. Jacques hatte entschieden: Abwarten, nur abwarten.

Die ihm zugewandte Klotür war bisher verschlossen geblieben. Nun, nach geschätzten fünf Minuten öffnete sich erneut die zweite Klotür, und der Gefangene entschwand. Ein dritter Mann, diesmal ein Wachsoldat, ging durch die Klotür und verschloss sie. Auch er kehrte nach vielleicht zehn Minuten wieder zurück ins Freie, zupfte sich die Kleidung stramm und entwich dem Licht des Mondes.

Das Abwarten wurde zur Geduldsprobe. Würde sich sein Verdacht bestätigen, rückte seine Flucht aus der Fantasie seiner Träume in die unmittelbare Nähe einer berauschenden Realität. Das Loch. Nichts hatte er gesehen, aber alles deutete darauf hin, dass ...

Die Tür zum ersten Klo wurde geöffnet und Jules trat ins fahle Licht des frühen Morgens. Jacques, dessen Füße zu Eis gefroren waren, lief lautlos und unter Schmerzen zu seinem Bett und kroch unter die Decke. Jules kam herein, schnappte sich seine Decke, ummantelte sich damit und legte sich in sein Bett. Jacques wälzte sich leise über die Bettkante, kroch den Gang entlang zu Jules und flüsterte ihm leise ins Ohr.

„Ich weiß alles. Du besorgst es ihnen. Und selber findest du es toll, vögelst Männer durch ein Loch. Wir sprechen uns. Keine Sorge, ich kann schweigen, aber dafür bezahlst du.

Plötzlich unterbrach Marion die Erzählung.

„Ist das wahr? Dein Großonkel war schwul?"

Marcel erhob sich und rieb seinen Hintern, der vom langen Sitzen auf dem harten Stein eine Massage gebrauchen konnte. Marion sah ihn abwartend an, und als Marcel weiter in die Gegend starrte, hakte sie nach.

„Du hast das gerade erfunden, stimmt's? Nie im Leben hat dein Großonkel das so in sein Tagebuch geschrieben, wie du es erzählt hast. Hättest du das in der Mühle auch so vorgetragen?"

„Ich bin der Wahrheit nur insofern verpflichtet, dass ich niemanden verletze. Natürlich hast du den Braten gerochen. Jules hat nie schriftlich etwas über seine sexuelle Veranlagung verlauten lassen. Sein Schweigen und seine devote Haltung Jacques gegenüber warf aber Fragen auf. Ich musste mir Gedanken machen, wieso Jules tatsächlich von Jacques abhängig wurde. Genau das geht nämlich aus dem weiteren Verlauf der Tagebuchaufzeichnungen hervor. Nun hatte ich das Glück, meinen Großonkel persönlich kennengelernt zu haben. Wie ich schon sagte, war er ein besonderer Mann und im Nachhinein würde eine homosexuelle Veranlagung sein Verhalten und auch sein immer sehr gepflegtes Heim erklären. Er liebte Tischdecken. Stell dir das mal vor. Außerdem war er nie verheiratet und Frauenbesuch gab es nur von der Nachbarin, die ihm später, als er gebrechlich wurde, die Wäsche machte. Wenn Jacques wirklich die Männer beim Sex erwischt hatte, war das ein Faustpfand, mit dem er jeden hätte bis auf den Tod erpressen können. Schwulsein war geächtet und wäre gnadenlos bestraft worden, ganz abgesehen vom Spießrutenlaufen, das besonders Jules hätte erleiden müssen."

Marion bat ihn, sich wieder zu setzen. Marcel folgte ihrer Aufforderung und fragte, ob er weitermachen sollte. Sie sah ihn verschämt an.

„Ich würde gerne wissen, ob dein Großonkel wirklich etwas über dieses Loch zwischen den Toiletten geschrieben hat."

„Beim Grabe meines Großonkels! Das Loch war da. So steht es schwarz auf weiß in den Aufzeichnungen. Ich schwöre. Aber ob du meine Geschichte, die sich um dieses Loch spinnt, auch glaubst, ist allein deine Sache."

Marion schaute schmunzelnd um sich und rückte etwas näher an Marcel, sodass sie sich berührten. Ob Marcel das als Aufforderung verstand? Jedenfalls stand er kurz auf und setzte sich mit dem Rücken zu ihr. Ihre Rücken lehnten aneinander und beide schauten in entgegengesetzte Richtungen. Zusammen dehnte sich ihr Blickfeld über alle Himmelsrichtungen und trotzdem konnten sie die Wahrheit nicht sehen, denn sie lag für immer im Schoße der Vergangenheit.

Die Klappe

Marcel befühlte die rostfarbene Haut des Teufels und begann zu erzählen.

Jacques kniete noch immer vor Jules' Bett. Er musste seiner Drohung, sich sein Schweigen bezahlen zu lassen, Nachdruck verleihen. Parierte Jules, hätte er den Beweis, dass die Deutung seiner Beobachtungen richtig war. Jacques griff in seine Hosentasche, holte eine Handvoll Froschschenkel hervor und hielt sie Jules unter die Nase. Er wich vor dem schleimigen Gebein zurück und machte ein ekelverzerrtes Gesicht.

„Die nimmst du!", krächzte Jacques leise. „Habe ich am Franzosenbach aus dem Sumpf gefischt. Morgen früh gehst du in die Küche und tunkst sie für eine Minute in kochendes Wasser. Dann bringst du sie mir so, dass es keiner merkt. Habt ihr Safran? Wenn ja, dann bestäube sie damit. Haben wir uns verstanden?"

Jules nickte und Jacques steckte die Froschschenkel in Jules' Stiefel. Dann kehrte in Baracke 8 Ruhe ein, bis die Lerchen sangen und die schrille Sirene zum Wecken heulte.

Das Lagerleben gestaltete sich für Jacques von Tag zu Tag mehr nach seinen Wünschen. Der ganz große Fluchtplan, den ihm Liam immer wieder auszureden versuchte, nahm konkrete Züge an. Jules ging weiter seinem nächtlichen Vergnügen nach, vergaß aber nie die Tür der Baracke abzuschließen. Zwischen ihm und Jacques hatte sich eine Zweckgemeinschaft gebildet. Jules übernahm die Funktion des Dieners und Jacques bediente Jules mit seinem großzügigen Schweigen.

Wäre es bei den mittlerweile auch gebratenen Froschschenkeln und der Zigarette danach geblieben, wäre die sich anbahnende Freundschaft nicht auf die Probe gestellt worden. Aber Jacques wurde zusehends ungeduldiger, denn Jules fand ständig neue Ausreden, warum er mit der zur Flucht notwendigen Klappe in der Barackenwand nicht weitermachte. Baracke 8 lag mit der Längsseite am Grenzzaun. Das hieß: Ein Loch in der Holzwand und man brauchte nur noch ein Loch in den Zaun schneiden und man war draußen. Die Klappe musste gut getarnt sein. Akkurate Arbeit war gefragt, aber die kostete Zeit, was Jacques zunehmend launischer stimmte. Jacques schwärmte davon, dass die einfachste Lösung im Leben immer auch die beste war. Liam hielt ihm entgegen, dass die Schäferhunde und Gewehrläufe der Wachsoldaten das wahrscheinlich auch so sahen und die einfachste Lösung gleichbedeutend mit seinem Todesurteil wäre. Wenn Liam ihn mit seinem Pessimismus nervte, spuckte Jacques in die Hände und reichte ihm eine davon. Wetten gehörte zu seinen Leidenschaften und stellte sich tatsächlich als einträglich heraus. Ein Pariser ist unschlagbar schlau, sagte er zu seiner Entschuldigung, wenn er wieder mal jemanden geprellt hatte. Liam wettete aus reiner Langeweile mit ihm, allerdings gab es keinen Wetteinsatz, sodass Liam auch gerne verlor, damit Jacques bei Laune blieb.

Jules musste achtgeben, dass er nicht zu oft mit dem Werkzeugkoffer gesehen wurde. So nahm er nur einen Fuchsschwanz oder einen Hammer und eine Handvoll Nägel mit, um kleine Fortschritte bei der Installation der Klappe zu tätigen. Für Jacques ging alles zu langsam, aber das konnte auch daran liegen, dass Jules die Flucht von Jacques und Liam gar nicht begünstigen wollte. Im Gegenteil, es schien, als genösse er ihre Gesellschaft. Im kleinen belgischen Les Bon Villers gab es nicht so viel Unterhaltung wie hier im Lager, besonders, wenn man spezielle Bedürfnisse befriedigen wollte.

Auf Dauer blieb ihm keine Wahl, denn Jacques machte ernst. Er ließ zweideutige Bemerkungen fallen, wenn er seinen Willen nicht bekam und setzte Jules mit immer neuen Diensten unter Druck. Bevor die Klappe fertig war und einen guten Tarnanstrich bekommen hatte, drohte plötzlich Jacques' Traum von der großen Freiheit eine drastische Wende zu nehmen.

Seit einigen Tagen war Friedel Winkler, der fahnenflüchtige Todeskandidat, bei ihnen in der Baracke einquartiert worden. Seine Hinrichtung war aufgeschoben worden, weil er nicht halb tot liquidiert werden sollte, sondern halbwegs zusammengeflickt. Die letzten Tage im Lazarett hatten ihm gut getan, aber der Kommandant war noch nicht zurück im Dienst, sodass das Urteil nicht vollstreckt werden konnte.

Winkler hatte nicht vergessen, dass Jacques und Liam ihm in der Stunde höchster Not beigestanden hatten. Zum Zeichen seines Dankes gesellte er sich zu ihnen. Seine Anhänglichkeit war Jacques ein Dorn im Auge, denn außer in der Gegenwart von Liam und Jules vermied er rigoros, über seine Fluchtpläne zu sprechen. Winkler hatte seinen Schlafplatz an der Barackenwand gewählt, wo Jules die Klappe eingebaut hatte. Jetzt versperrte dieser deutsche Deserteur auch noch die Tür zu seinem bois des femmes. Der Wald draußen vor den Baracken hatte sich in Jacques' Tagträumen in sein Pariser Paradies verwandelt. Wenn die anderen Wetten abschlossen, die Knobelbecher stülpten,

Stöckchen zogen oder Karten kloppten, spielte Jacques sein Tagtraumkino ab.

Nichts war ihm heilig, wenn er durch die Gassen schlenderte und sich an fettwanstigen Aristokraten bereicherte und nichts war ihm wertvoller, als seine Beute mit Weibern und Wein zu verprassen. Manchmal roch er verzweifelt an seiner eigenen Haut. Irgendwie musste es doch möglich sein, den Duft zwischen den Schenkeln einer Frau wenigstens annähernd nachzuempfinden. Es gab nichts Vergleichbares als die Verführung ihres weißen Fleisches zwischen seidigen Laken, befleckt mit trunkenen Tropfen besten Burgunders. Sehnsucht war Heimat und Heimweh traf ihn, den Mann aus der Metropole an der Seine. Liam war glücklich mit seinen Kartoffeln und Winkler lechzte nach Freundschaft, die er stundenweise für Kippen oder Dienste kaufte. War ihm nicht zu verübeln, konnten doch jede Minute die Wachen zu seinem Abtransport ins Jenseits auftauchen. Weil er aus der Gegend kam, sollte seine Exekution öffentlich stattfinden, als Abschreckung gegen den Landesverrat und als Zeichen der Schande für seine Familie.

Jacques glaubte an seine Treue zum Vaterland, obwohl ihn nur sein melancholisches Gefühl von Heimweh dazu veranlasste. Ob er wirklich fliehen würde, hin zur Front, ließ er offen. Nur die Freiheit schmecken, die Arme gen Himmel reißen und tief durchatmen. Das allein war die Gefahr wert, egal ob er dabei draufging. Als Held von den Deutschen in den Rücken geschossen zu werden, war immer noch besser, als an ihrem grässlichen Fraß zu krepieren. Je mehr er sich in der Rolle des heldenhaften Rebellen wähnte, desto triumphaler würde sein Siegeszug gegen den Feind.

Er fühlte unter seine Decke und tastete nach der Zange, die Jules ihm mit gehässiger Verachtung zugesteckt hatte. Jules hatte allen Grund, grantig zu sein, denn für ihn könnte es vielleicht bald heißen: mitgefangen, mitgehangen – falls die Sache aufflog. Schlimmer als alles andere war für Jacques allerdings die Tatsache, dass er Friedel Winkler einweihen musste. Bei dem Gedanken, einen Landesverräter zum Kumpel zu haben, sträubten sich seine Nackenhaare, aber nichts war in Stein gehauen. Einen Vorteil hatte es: Friedel verstand Französisch. Er hatte von dem elterlichen Betrieb Winkler erzählt. Der produzierte Kacheln und kooperierte mit einer belgischen Firma. Friedel war Kachelmaler von Beruf und führte die Korrespondenz mit der belgischen Firma.

Jacques' Plan war es, in der ersten Nacht nur einen Streifzug durch die Umgebung zu machen und zum Lager zurückzukehren. Sie brauchten Geld für den ganz großen Tag, an dem sie in die Heimat fliehen würden. Um die Moneten machte Jacques sich keine Sorgen. Das war sein Spezialgebiet. Bedenken hatte er wegen Winkler, der vielleicht nicht wieder ins Lager mitkommen wollte.

Überfall

Jacques hatte unter den Insassen von Baracke 8 an Einfluss gewonnen. Sein vertrauliches Tuscheln mit Jules, die Witze, die er zum Besten gab, und natürlich seine delikaten Geschichten über das Folies Bergère und die Ganoven von Clichy brachten ihm Achtung ein. Manche glaubten allerdings, dass er ein Spion war, der für die Deutschen die Vorgänge im Lager auskundschaftete. Dieses Gerede machte ihm nichts aus. Im Gegenteil, je gefürchteter er war, desto freier konnte er sich fühlen. Niemand würde es wagen, ihn anzutasten.

Die Nacht war gekommen, in der Jacques, Liam und Friedel Winkler ihren Plan in die Tat umsetzen wollten. Winkler hatte geschworen, mit ihnen ins Lager zurückzukehren. Jacques hatte damit gedroht, sonst seine Familie auszulöschen, aber Winkler wusste, dass die Deutschen ihn ums Verrecken jagen und vor seiner Familie nicht haltmachen würden. Ein Deserteur musste mit dem Leben bezahlen und Winkler hatte sich scheinbar damit abgefunden.

Jacques' größte Sorge galt den Mithäftlingen. Würden sie dichthalten? Oder schlimmer, die Klappe zur eigenen Flucht benutzen, wenn sie die Gelegenheit hatten? Bisher hatte niemand nachgefragt, was die drei und Jules verabredet hatten. Aber allein die Tatsache, dass Jules unbekümmert seine Routine erledigte und Jacques es zu Respekt und Ansehen gebracht hatte, stimmte die Insassen friedlich. Besser man lehnte sich nicht zu weit aus dem Fenster, denn wer wusste mit Sicherheit, ob Jules und die anderen drei nicht im Sinne des Kommandanten handelten und man bei einer Denunziation sein Leben aufs Spiel setzte? Wenn Winkler die Gelegenheit nicht zur Flucht nutzen würde, war das der Beweis, dass sie nicht auf eigene Faust unterwegs waren, sondern einen Auftrag ausführten. So sahen es die meisten aus Baracke 8 und Jacques wusste das.

Es war nach drei Uhr, als Jacques zu Liam ans Bett kroch und ihn weckte. Winkler hatte die ganze Zeit kein Auge zugetan. Er stieg aus seinem Bett, rückte es von der Wand und öffnete die zum Vorschein tretende Klappe. Jacques schlüpfte zuletzt hindurch, zog das Bett zurück in seine ursprüngliche Position und verschloss die Klappe. Der Zaun durfte nicht einfach auf der gegenüberliegenden Seite durchtrennt werden, denn dort würden die Wachen die Barackenwand zuerst absuchen.

Jacques nahm die Zange aus der Jacke und versuchte, den Draht ganz unten im Zaungeflecht zu zerschneiden. Seine Hände schmerzten beim Zudrücken, aber der Draht widerstand den Scherarmen. Liam schob ihn grob beiseite, griff nach der Zange und trennte den Draht entzwei wie Butter. Sie krochen hindurch, tarnten den offenen Zaun mit Grasbüscheln und Ästen und rannten, was das Zeug hielt.

Außer Puste erreichten sie eine Waldlichtung, wo sie langsam zur Besinnung kamen. Sie waren nicht aus Angst vor Verfolgung gerannt, sondern aus purer Lebensfreude, getrieben vom lodernden Freiheitswillen und der Hoffnung, nie wieder eingesperrt zu werden. Sie hatten vergessen, wer sie waren und was sie umtrieb, sie waren glücklich, für Minuten himmlisch glücklich.

„Wo geht's zur Front?", fragte Liam in seiner naiven Art und hatte damit die Gemüter aller berührt. Sie schauten sich gegenseitig an und wussten, dass sie das Gleiche dachten. Bis hierher hatten sie geplant, aber plötzlich tauchte die Frage auf, was sie nun eigentlich tun wollten. Für Jacques war sein Traum vom bois des femmes in weite Ferne gerückt, obwohl er immer gedacht hatte, dass sein Moulin Rouge genau dort sein würde, wo sie jetzt standen und er sich nun die Schönste vom Karussell der Liebe herauspicken würde. Liam brachte es auf den Punkt.

„Wir haben zwei Stunden Zeit. Bis zur Front werden wir es zu Fuß nicht schaffen und ein Flugzeug sehe ich auch nicht."

„Wie wär's mit einem halben Liter Bier und Eisbein mit Sauerkraut?", schlug Winkler vor und meinte es ernst. „Ich kenne eine Wirtschaft in der Nähe."

„Halt dein Maul, Egoist!", keifte Jacques. „Du musst lernen, dich in andere Menschen hineinzuversetzen. Ich, zum Beispiel, bin Franzose. Wie soll ich Eisbein und Sauerkraut ohne Würgen essen? Aber ein Bier ist gut. Du bist Gastgeber in diesem Land, wir die Gäste, also bezahlst du."

„Kein Geld. Meinen Sold hat man mir abgenommen."

Der plötzlichen Ratlosigkeit folgten nüchterne Überlegungen. Sie brauchten unbedingt andere Kleidung, um auf Dauer nicht aufzufallen. Winkler trug zivile Kleidung. Weil er kein Kriegsgefangener war, hatte man ihm nur die Uniform abgenommen und ihm ein paar lumpige Sachen überlassen. Zum Einstand würde ein Bier den Geschmack von Freiheit verstärken, und wenn sie ein paar Eier aus einem Hühnerstall klauen könnten, wäre der erste ‚selbstverordnete' Freigang ein voller Erfolg.

„Winkler, zeige uns den Weg zum Wirtshaus", kommandierte Jacques. „Beeilen wir uns. Viel Zeit bleibt nicht."

Im Gasthaus „Zur Post" in Sythen waren alle Lichter erloschen, als die drei Ausbrecher dort ankamen. Jacques hatte tatsächlich geglaubt, dass zu so früher Stunde noch irgendjemand wach sein würde. Sein Pariser Horizont kannte weder eine Sperrstunde für die Gastronomie noch eine Zeit, zu der alle schliefen. Entsprechend enttäuscht beschimpfte er Winkler für seine falschen Versprechungen.

Es begann zu regnen. Sie stellten sich in den schmalen Eingang des Wirtshauses und hofften auf ein verheißungsvolles Signal, dass ihnen die Freiheit mehr zu bieten hatte, als mit nasser Montur wieder ins Lager zu trotten. Gewiss, ein Bier hätten sie sich nur genehmigen können, wenn sie jemanden bestohlen hätten. Da aber niemand da war, fristeten Jacques' flinke Hände ein untätiges Dasein. Liams Magen knurrte und Jacques sprach es aus:

„Gibt es irgendetwas zu Essen in diesem gottverdammten Nest?"

Winkler zuckte die Achseln und murrte etwas von Hafersäcken und Roggenschrot in Brocksmühle, aber das sei 10 km weit weg. Jacques hätte ihm zu gerne seine Faust ins Gesicht geballert.

Die Aussichten waren so trübe wie das Wetter. Sie machten sich auf den Rückweg. Die Sythener Kirchturmuhr zeigte 4 Uhr 15. Nachdem sie Spleiters Hof passiert hatten, schimmerte weit entfernt in einer Scheune ein flackerndes Licht, das allem Anschein nach von einem Feuer stammte. Ein Schmied, ging es Jacques sofort durch den Kopf, aber um diese Zeit würde die Esse so kalt sein wie seine Füße. Einen Versuch war es wert, dem einzigen Lebenszeichen auf ihrer kurzen Reise auf den Grund zu gehen.

Sie schlichen sich an die Bretterwand der Scheune heran, wobei der Geruch nach vergärtem Getreide immer aufdringlicher in ihre Nasen stieß. Jacques hielt sein Auge an einen breiten Schlitz. Zwei Männer, nein, zwei Jungs saßen auf Schemeln um eine Feuerstelle herum. Inmitten des Feuers stand ein dreibeiniger Bock mit einem Kessel oben drauf, daneben ein Kartoffelsack, dessen Juteleinen oben umgekrempelt war. Eine Handvoll Weizen oder Gerstenkörner lagen auf dem staubigen Boden um den Sack verstreut. Aus der Kuppel des Kessels ragte ein Stutzen zur Seite. Darin steckte ein Schlauch und daraus tropfte eine wässrige Flüssigkeit in eine bauchige Glasflasche. Die Jungs brannten Schnaps, deutete Jacques. In einer Holzkiste bewahrten sie die vollen Flaschen auf, fertig zum Abtransport auf den Schwarzmarkt. Die vollen Flaschen waren kleiner. Jacques vermutete, dass das Destillat aus den großen Flaschen ein zweites Mal durch den Destillationsapparat lief und erst dann in die kleineren Flaschen abgefüllt wurde.

Er richtete sich auf und wollte, dass Liam sich ein Bild von der Situation machte. Liam kniete sich nieder und spähte durch den Schlitz. Gleich darauf stand er auf und wandte sich flüsternd an Jacques.

„Moonshiner. Die Schotten verstehen auch was davon, nennen es Whisky, nachdem sie es in Rotweinfässern gelagert haben. Muss man aber nicht. Wir aus Eire kennen das Zeug unter dem Namen Poteen. Wir saufen es sofort nach dem Brennen und dann kippen wir um. Ein feuriger Trunk. Garantiert 60 % Teufelsspucke." Auf einmal änderte sich Liams Gesichtsausdruck. „Wir gehen da rein und helfen den Jungs", brachte er zwischen schmalen, gespannten Lippen grinsend hervor.

Jacques erschrak, hatte er doch noch nie einen so tief-radikalen Blick in Liams Augen gesehen. Fast wäre er vor der Wucht seiner Entschlossenheit zurückgewichen. Liam packte Jacques am Ärmel, zog ihn beiseite und besprach sich mit ihm. Winkler nutzte die Gelegenheit, das Innere der Scheune durch den Schlitz zu inspizieren. Liam hielt Jacques fest im Griff.

„Überlass alles mir. Wir greifen uns die Jungs und machen kurzen Prozess."

Bevor Jacques richtig begriffen hatte, stürmte Liam durch das Scheunentor, Jacques wie magnetisiert hinterher. Die Jungs stoben auseinander, flüchteten in die äußerste Ecke, in der sich Geräte für die Ernte befanden. Einer packte die Mistgabel und richtete sie gegen Liam, der andere stand mit dem Rücken zur Wand und rührte sich nicht. Liam schnappte sich beide Schemel, warf einen nach der Forke und benutzte den anderen, um damit auf den Jungen einzuschlagen. Der sank schreiend zu Boden und flehte um Gnade. Liam holte zu einem gewaltigen Schlag aus. Jacques sprang in die Bresche, um den Jungen vor einem Schädelbruch zu bewahren. Winkler rannte durch das Tor und lief in die Ecke zu dem anderen Jungen.

Liam kniff Jacques ein Auge zu. Jacques verstand endlich, dass Liam schauspielerte, und stieß den Jungen aus der vermeintlichen Schlagbahn. Der Schemel zerbarst in seine Einzelteile, als er auf den Betonboden prallte. Winkler stand schützend vor dem Jungen in der Ecke und rief den flüchtenden zu sich. Liam war außer sich, stapfte in die Geräteecke, nahm eine Axt und holte erneut zu einem Schlag in horizontaler Richtung aus, so, als wollte er Winkler und die beiden Jungs mit einem Hieb enthaupten. Jacques brüllte los.

„Ruhig, Bruder. Verschon das Pack, nur dies eine Mal. Sie könnten uns von Nutzen sein. Wenn sie nicht parieren, kannst du sie töten und ihre Schwestern und Brüder auch."

Liam hielt die Axt in Schlagposition, in den Augen den eisigen Willen des Vollstreckers. Ein Henker ohne Fehl und Tadel, dachte Jacques voller Staunen über Liams Vorstellung. Oder meinte er es doch ernst? Schwelten all die verlorenen Schlachten seines unterdrückten Volkes in seinem Herzen und suchten sich nun ein Ventil? Nein, Rache war nicht sein Ding. Der Mann aus Eire kannte die Armut und würde den beiden Halunken, die sich ein paar Mark auf dem Schwarzmarkt verdienen wollten, kein Haar krümmen.

Liam ließ die Axt langsam sinken und Jacques übernahm die Szene.

„Das nur als Kostprobe!", brüllte er und zeigte auf Winkler. „Komm her und reiche mir den Schemel!" Winkler tat, wie ihm geheißen. Jacques setzte sich und ließ Winkler rechts von sich und Liam links von sich stehen, die Jungs vor ihm fest im Blick. „Kniet nieder und schwört bei Gott, dass ihr schweigen werdet. Kein Wort über uns, sonst seid ihr tot." Die jungen Männer knieten ergeben und wisperten ihren Schwur mit gesenktem Haupt.

Jacques erhob sich und packte einen der Jungen am Kragen.

„Steh auf! Wie heißt du?“

„Natz Pöther“, kam es über bibbernde Lippen.

„Natz, du bringst uns morgen zwei Hosen, zwei Paar Schuhe und zwei Hemden. Wehe du erfüllst deinen Auftrag nicht, dann kommt mein Bruder zu dir nach Hause und richtet dort ein Blutbad an. Du wirst mit ansehen, wie deine Mutter stirbt, vielleicht musst du sie sogar selber töten. Mein Bruder steht im Bunde mit dem Teufel, deswegen die roten Haare.“

Es war alles gesagt. Jacques und Liam nickten sich zu. In ihren Augen glänzte der Triumph des verwegenen Dramaturgen. Ihre Inszenierung war gelungen. Die beiden Jungs und Winkler standen unter Schock. Liam klemmte sich mehrere der kleinen Flaschen unter die Arme und Jacques tat das gleiche, nur Winkler war so perplex, dass er kopflos hinter den beiden hertrottete. Ab sofort waren die Kräfteverhältnisse neu definiert. Jacques und Liam, die vor Mord nicht zurückschreckten, und Winkler, der geduldete Deserteur - mit im Sattel, aber immer auch mit einem Fuß in der Hölle.

Die meisten Flaschen wurden versteckt, wenige mit ins Lager genommen. Ihre Rückkehr verlief ohne Zwischenfälle. Die Lerchen begannen ihr Konzert und die Wildgänse zogen in Winkelformation übers Lager. Zeit zum Aufstehen.

„Wie hat dir meine Geschichte gefallen?“, fragte Marcel und sah dabei in Marions entspanntes Gesicht. Sie öffnete ihre Augen.

„Irgendwann bin ich einfach in deine Erzählung gesprungen, als wäre ich selbst dabei gewesen. Dass Liam den Überfall so getarnt hat, als hätte er es ernst gemeint, überrascht mich, denn ich habe ihn anfangs für einen Einfaltspinsel gehalten."

„Wie man sich täuschen kann. Liam war ein bisschen so wie der Indianer in ‚Einer flog über das Kuckucksnest', du weißt schon, der Klassiker mit Jack Nicholson. Wer in einem irischen Armenhaus aufgewachsen ist, ist durch die Hölle gegangen. Liam zeigte diese Erfahrung nicht jedem. Wahrscheinlich auch eine Lektion, die zum Überleben diente."

Marion erhob sich und klopfte sich die Hose hinten ab. Marcel tat das Gleiche und reichte Marion die Hand, um ihr beim Sprung vom Opferstein behilflich zu sein. Sie stapften durch den sandigen Fußweg nach unten, Hand in Hand.

„Vor dem Termin mit Fey Amber von der Kripo habe ich echt Bammel", sagte Marion. „Sie klang nicht so, als würde sie nur Routinefragen stellen. Wieso überhaupt Kripo? Die Karin hat sicher nichts verbrochen."

„Ob es ein Unfall war, muss genauso nachgewiesen werden wie ein Gewaltverbrechen."

„Das war jetzt kein Trost, Marcel."

„Es ist schön, deine Hand zu halten."

Der Kachelmann

Marion saß in einem kleinen Café am Sythener Marktplatz und wartete auf Fey Amber. Ihr Handy lag auf dem Tisch neben ihrer Tasse Cappuccino, die sie noch nicht angerührt hatte, weil es nicht so aussehen sollte, als wartete sie schon lange. Marcel Bresson hatte sie bis zur Eingangstür begleitet. Es waren nur drei Kilometer Luftlinie vom Opferstein bis zum Café und die Zeit verging wie im Flug, denn sie hatten sich viel zu erzählen.

Wie aufmerksam er gewesen war, und dass er sich so von Karins Schicksal betroffen fühlte, machte ihn sehr sympathisch. Er war ein netter Kerl und seine Leidenschaft fürs Erzählen, aber vor allem sein Mut für den unkonventionellen Umgang mit der Vergangenheit, machten einen interessanten Mann aus ihm. Er war kein Langweiler, wie die Kollegen in der Schule oder die Männer aus dem gemischten Kegelklub. Die waren alle so sachlich und trumpften immer mit absoluten Meinungen auf. Ein bisschen zu neugierig fand sie ihn, als er sich nach Karins Familie erkundigte. Dass Karin in der Berliner Punkszene mitmischte und Häuser besetzt hatte, beliebäugelte Marcel und fragte nicht weiter nach. Ihre Verwandtschaft mit den Poggenpohls von der Poststation in Sythen fand er hingegen aufregend. Einen Moment war sie stutzig geworden, fragte er doch nach alten Briefen oder anderen Erinnerungsstücken aus der Zeit, als das Kriegsgefangenenlager aufgelöst worden war. Er meinte, dass in der Post vielleicht Briefe von Gefangenen hängen geblieben wären. Marion hatte wirklich keinen blassen Schimmer, was daran interessant sein konnte und hatte das Thema gewechselt.

Eine elegante weibliche Erscheinung betrat das Café, bestellte im Vorbeigehen ein stilles Wasser und setzte sich ohne zu fragen an Marions Tisch.

„Sie sind Frau Thüner? Fey Amber von der Kripo Münster. Freut mich, dass Sie kommen konnten. In Zeiten des Corona-Virus geben wir uns besser nicht die Hand. Ich möchte Ihnen gerne ein paar Fragen zu Frau Karin Poggenpohl stellen. Die Ermittlungen laufen noch.

Warum hat Frau Poggenpohl ihren Mädchennamen behalten? Sie war ja verheiratet."

„Karin war immer sehr autonom in ihren Ansichten. Da blieb ihrem damaligen Verehrer nichts anderes übrig, als bei der Hochzeit ihren Namen anzunehmen."

„Würden Sie sich als beste Freundin von Karin bezeichnen?"

„Wir standen uns sehr nah. Ich machte mir Sorgen. Sie wurde zunehmend vergesslich und ich war eigentlich ihre einzige Ansprechpartnerin, wenn sie Probleme hatte. Deswegen habe ich gestern Nachmittag versucht sie anzurufen, um sie an den Vortrag von Herrn Bresson zu erinnern. Sie war aber nicht zu erreichen."

„Wie gut kennen Sie Karins Partner Hannes Kamps?"

„Er ist jünger als sie. Ist viel auf Montage unterwegs. Wenn er mal ein paar Tage bei ihr wohnte, hatte ich nichts zu melden. Dann war Karin nur für ihn da."

„Waren Sie eifersüchtig?"

„Keine Spur. Hannes ist nicht mein Typ. Er mag chic ausgehen und trägt feine Klamotten und ein Cabrio muss es sein. Wie gesagt, nicht mein Fall, Hauptsache Karin mochte ihn."

„Haben Sie seine Handynummer?"

„Bisher bin ich ohne sie ausgekommen. Er war nur selten da. Karin und ich ergänzten uns. Ich habe sie immer für ihren kreativen Geist bewundert. Sie konnte motivieren. Ihre Kursteilnehmer lobten sie über den grünen Klee, weil sie das Erfinderische in ihnen weckte. Eine tolle Frau."

„Sie sprechen nicht gern über Herrn Kamps."

„Ein Aufschneider, wenn Sie mich fragen. Weiß nicht, was Karin an ihm gefressen hatte. Die beiden passten in meinen Augen gar nicht zusammen. Karin töpferte für ihr Leben gern und Hannes rührte keinen Finger, wenn er bei ihr wohnte. Sie liebte ihren Kotten über alles und wäre nie dort weggezogen, aber Hannes lag ihr dauernd mit einem Apartment in Münster Gievenbeck in den Ohren. Zum Glück blieb sie bodenständig und hat sich nicht von seiner Masche blenden lassen."

„Was meinen Sie mit Masche?"

„Jedes Mal, wenn er sie anfangs besuchte, brachte er einen riesigen Blumenstrauß mit. Als wollte er ihr einen Heiratsantrag machen, aber es kam nichts in dieser Richtung. Da hat er sie schmoren lassen. Karin war sehr schön für ihr Alter und hatte ihren jugendlichen Charme bewahrt, mit dem sie früher die Jungs verrückt gemacht hat. Ich will nichts Böses über Hannes sagen, aber ich glaube, dass er sie ausgenutzt hat."

„Inwiefern ausgenutzt?"

„Nur ein Gefühl. Er hatte Ansprüche und Karin war glücklich, einen Mann im Haus zu haben. Möglich, dass sie ihm hier und da ausgeholfen hat, finanziell meine ich."

„Führten beide eine intime Beziehung?"

„Natürlich, was denken Sie denn? Mit 64 lebte Karin ihre Leidenschaft aus. Wie gesagt, ich glaube, sie war glücklich."

„Sie und Karin wollten gestern gemeinsam die Veranstaltung ‚Heimatgeflüster' von Herrn Bresson besuchen. Wie kam es zu dieser Verabredung?"

„Karin liebte schon als Kind die Heimatkunde, hat an der PH studiert und ihre Staatsarbeit über Masematte geschrieben. Sie wissen, den Ganovendialekt aus Münster. Bevor sie nach Berlin verschwunden ist, sammelte sie alte Funde aus der Zeit um die Jahrhundertwende, die sich noch auf den Dachböden vieler Häuser der Umgebung befanden. Den ganzen Krempel sortierte sie chronologisch und verstaute ihn irgendwo in ihrem Kotten."

„Ah, das klärt, warum das kleine Bild von 1918 an ihrer Wand im Wohnzimmer hängt."

„Sie meinen das Wappen von Merfeld. Das hängt da, seitdem ich Karin kenne. Warum sie sich ausgerechnet das Relikt ausgesucht hat, weiß ich nicht."

„Können Sie sich erklären, warum sie das Wappen in Ton gebrannt hat? Es lag auf ihrem Wohnzimmertisch."

„Keine Ahnung. Sie hat mir gegenüber nichts dergleichen erwähnt."

„Könnte das Wappen mit dem Vortrag von Herrn Bresson zu tun haben?"

„Nicht dass ich wüsste. Gut, das Bild stammt aus der Zeit, auf die sich Marcel Bresson in seinen Erzählungen bezieht und Merfeld ist die Gegend, in der seine Erzählungen spielen."

„Das ist eine ganze Menge, würde ich sagen. Kannte Karin Poggenpohl Herrn Bresson?“

„Nein, das glaube ich nicht. Sie war gespannt auf die erste Begegnung mit ihm in der Mühle.“

„Und kurz vorher kommt sie ums Leben“, ergänzte Fey. „Bresson spricht über die alten Zeiten, Karin sammelte Erinnerungsstücke aus der Jahrhundertwende und ein Wappen, das nach einer Vorlage von 1918 in Ton gebrannt wurde, spielt eine bislang unbekannte, aber aktive Rolle in diesem Fall. Für mich reimt sich hier Einiges zusammen.“

Marion schaute zur Eingangstür. Bis dorthin hatte Marcel Bresson sie vorhin begleitet. Er hatte sich nach den Poggenpohls erkundigt und das mit erhöhtem Interesse. Sollte sie das erwähnen? Sie durfte jetzt nicht überreagieren. Wenn es wichtig wäre, würde die Kommissarin von alleine drauf kommen.

„Möchten Sie mir etwas sagen?“, fragte Fey, die Marions nachdenkliches Gesicht beobachtet hatte.

„Herr Bresson erzählt über die Erlebnisse von vier Gefangenen aus dem Jahr 1918, die hier im Lager Haltern-Sythen untergebracht waren. Jacques aus Paris, Liam aus Irland, Jules Bresson aus Belgien (er war sein Großonkel und Assistent der Lagerbuchhaltung) und ein Friedel Winkler aus Dülmen. Aber ich glaube, diese Auskunft wird Ihnen nicht weiterhelfen.“

„Sagen Sie das nicht. Ein Deutscher aus Dülmen war auch dabei. Wie kam das?“

„Er war ein zum Tode verurteilter Deserteur. Marcel Bresson bezieht sich auf die Tagebuchaufzeichnungen seines Großonkels. Winkler gehörte notgedrungen zu dem Trio. Sie verschafften sich nachts Ausgang und strolchten durch die Gegend. Winkler kannte sich aus. Vielleicht haben sie ihn deswegen mitgenommen und natürlich sprach er Deutsch, die anderen nicht."

„Sehr aufschlussreich. Ich danke Ihnen, Frau Thüner. Eine Frage noch: Hatte Karin Poggenpohl Feinde? Vielleicht von früher, ein enttäuschter Verehrer aus Berliner Zeiten. "

„Wo denken Sie hin? Sicher, sie hat mit den Männern gespielt, aber das ist lange her. Nach 40 Jahren will sich niemand mehr rächen. In dem Alter sind wir froh, wenn die Rente reicht."

„Ich danke Ihnen. Nun ist Ihr Cappuccino kalt geworden. Wissen Sie, ob die Familie Winkler hier in der Gegend wohnte?"

„In Karins Kotten, der Kamin in der Küche. Die blauen Kacheln stammen von der Kachelmanufaktur Winkler. Die Firma existiert allerdings schon lange nicht mehr, aber die Kacheln gelten als antik. Karin ließ sie schätzen. Sie wären gut 2000 Euro wert, meinte der Sachverständige."

„Es wäre also möglich, dass der Deserteur Friedel Winkler ein Kachelmaler war?"

„Ja, könnte sein. Kommen Sie doch zu Marcels Erzählabend. Er wird Ihnen alles erklären."

„Wenn's denn authentisch ist. Auf Wiedersehen."

Fey schnappte sich ihre Flasche Wasser, bezahlte und ging.

Das Geschenk

Fey saß im Wagen vor dem Café am Sythener Marktplatz, als Harry sie anrief und ihr die Handynummer von Hans-Günther Kamps mitteilte. Karin hatte sie in ihr Auftragsbuch geschrieben. Dort hielt sie vor allem Termine für ihre Kurse fest und die Namen der Teilnehmer und ob sie bezahlt hatten. Das Buch hatte Harry zur Durchsicht mit ins Labor genommen.

Fey wählte sofort die Nummer. Ein Mann meldete sich und stellte sich mit Kamps vor.

„Fey Amber, Kripo Münster. Sind Sie der Lebensgefährte von Karin Poggenpohl?"

„Stimmt. Was ist los? Warum ruft die Polizei mich an?"

„Ich muss Ihnen eine traurige Nachricht übermitteln. Frau Poggenpohl wurde gestern Abend tot in ihrem Haus aufgefunden."

Manche Personen schwiegen kurz, manche lange und manche wehrten die Nachricht vom Tod eines Angehörigen oder geliebten Menschen mit Reaktionen wie „Das kann nicht sein" oder „Sind Sie sicher?" ab. Hans-Günther Kamps legte auf. Fey wählte erneut seine Nummer. Es blieb stumm. Nach drei Minuten rief Kamps zurück.

„Tut mir leid, Frau Amber, aber ich war im Moment so schockiert. Reine Kurzschlussreaktion. Ich bin entsetzt. Wir haben uns geliebt." Seine Stimme drohte zu versagen. „Wie ist sie gestorben? Hatte sie Schmerzen? Warum ist die Kripo da?"

„Angeblich ist sie die Treppe hinuntergestürzt. Der endgültige Befund steht noch aus. Wir ermitteln, um auszuschließen, dass sie gewaltsam ums Leben kam."

„Aber das ist unmöglich. Karin war ein herzensguter Mensch. Niemand konnte ihr etwas antun."

„Wo sind Sie im Moment, Herr Kamps?"

„Am Bodensee. Ich bin hier auf Montage und koordiniere die Baustellen. Im Moment habe ich frei und sehe mir gerade die Pfahlbauten der Kelten im Bodensee an."

„Wann haben Sie Karin zum letzten Mal gesehen?"

„Das war gestern um kurz nach drei, als wir uns verabschiedet haben. Ich bin dann losgefahren nach Konstanz."

„Wissen Sie, wo Karins Handy ist? Wir können es nicht finden."

„Passierte ihr öfter. Ich kann Ihnen da nicht helfen. Mein Gott, ich werde sofort zurückkommen. Jemand muss sich um die Beerdigung kümmern. Das ist ein schwerer Schlag für mich. Haben Sie noch Fragen, sonst würde ich gerne packen."

„In Ordnung. Wir sprechen uns bei Ihrer Ankunft."

Spontan kam ihr kein Verdacht gegen Hannes Kamps auf. Laut seiner Angaben war er zur Tatzeit bereits drei Stunden unterwegs nach Konstanz gewesen. Sein Ziel war gut 630 km von Dülmen entfernt. Es würde Zeugen geben. Sein Alibi würde sie überprüfen. Ein offensichtliches Motiv trat nicht zutage. Bei Kamps war im Moment nichts zu holen. Sie sollte sich vorrangig auf die Situation kurz vor Karins Tod konzentrieren.

Sie fuhr zum Kotten von Karin Poggenpohl. Der alte Resthof und die Tenne wirkten wie ausgestorben. Diesen Eindruck hatte sie wohl nur, weil sie wusste, dass die Eigentümerin tot war und bisher niemand aufgekreuzt war, der ihren Nachlass beanspruchte.

In der Tenne setzte sie sich auf den dreibeinigen Bock, vor sich die Töpferscheibe. Sie brachte sie in Schwung und verfolgte die kurbelnden Bewegungen des Gestänges darunter. Rohe Lehmstücke lagen in einer Holzkiste und waren notdürftig mit Plastikfolie abgedeckt. Vergeblich suchte sie nach einer Form für die postkartengroße Platte mit dem Merfelder Wappen. Nichts von der Größe lag herum. Das konnte bedeuten, dass keine Massenproduktion geplant war. Es sollte ein Einzelstück bleiben, was nahelegte, dass es sich um ein Geschenk handelte.

Karin hatte das Motiv des Wappens in die weiche Tonplatte eingeritzt und sie dann zum Brennen in den Ofen geschoben. Plötzlich bekam sie Besuch: Ein Bekannter, der nicht lange an der Haustür gewartet hatte, sondern gleich in die Scheune ging. Sie unterhielten sich eine Zeit lang, bis der Ton gehärtet war. Karin nahm die Platte aus dem Ofen. Aber halt. Die war viel zu heiß. Sie benötigte Lederhandschuhe, eine Zange oder ein Tuch. Wo sind die Utensilien geblieben? Karin und ihr Besucher gingen gemeinsam ins Wohnzimmer des Haupthauses. Dort müsste sich der Gegenstand finden lassen, mit dem die heiße Tonplatte angefasst worden war. Fey ließ sich von ihren Schlussfolgerungen ins Wohnzimmer leiten. Dort fiel ihr ein Küchenrost auf, das den Transport der heißen Tonplatte erklären könnte.

Sie wandte sich der Frage zu, was sich im Wohnzimmer abgespielt hatte. Karin servierte ihrem Gast etwas zu essen, zu dem sie Käsestückchen reichte. Die Platte mit dem Merfelder Wappen lag auf dem Wohnzimmertisch. Fey überzeugte sich davon, dass in der Küche etwas zubereitet worden war und fand tatsächlich ein

Blech mit verkrusteten Resten eines Gebäcks. Auf der Anrichte stand ein Schälchen mit Käse. Aber warum stand es in der Küche und nicht auf dem Wohnzimmertisch? Karin hatte also Zeit gehabt, wieder abzuräumen, nachdem ihr Gast gegangen war. Das legte nahe, dass es ein Unfall war, es sei denn, Karin erhielt Besuch von einer zweiten Person, sodass Fremdverschulden doch nicht gänzlich auszuschließen war.

Die nächste Frage stellte sich nach dem Kaffeelikör. Es stand nur ein Pinnchen mit Lippenstiftabdruck auf dem Tisch. Karin war laut Degenhardt ziemlich angetrunken gewesen. Ihr Gast hatte hingegen nichts angerührt, denn Harry hatte nirgendwo ein zweites gebrauchtes Trinkgefäß gefunden. Das könnte ein Zeichen dafür sein, dass ihr Besuch männlich gewesen war, denn Männer mieden in der Regel süße, cremige Liköre.

Fey öffnete den Kühlschrank und wickelte einen Block französischen Käse aus seiner Verpackung. Frisch und teuer. Sie hatte sich Mühe gegeben, eine gute Gastgeberin zu sein. Das ließ auf den Gast schließen. Er war es ihr wert. Aber warum wurde das Geschenk nicht mitgenommen? Fey schaute sich das Wappen an und wusste die Antwort: Es war ein Rohling und noch nicht fertig. In Farbe würde die Tonfigur des heiligen Antonius viel besser aussehen. Eine Künstlerin wie Karin hätte kaum ein Probeexemplar aus der Hand gegeben. Ein Geschenk musste perfekt sein. So gesehen war das Wappen in der Form also gar nicht als Geschenk gedacht.

War sie eigentlich vollkommen übergeschnappt? In ihrer spekulativen Retrospektive standen viel zu viele Wenn und Aber zur Diskussion. So einfach würden sich die Ereignisse kurz vor Karins Tod nicht rekonstruieren lassen. Resigniert setzte sie sich in einen Sessel.

„Versuch eine komplett andere Perspektive“, sagte eine innere Stimme. Marcel Bresson taucht in der Gegend auf und Karin wird am gleichen Tag ermordet. Bresson erzählt von seinem Großonkel Jules und der wiederum kannte einen Winkler aus der Dülmener Gegend, seines Zeichens Kachelmaler und Deserteur. Jules lebte mehrere Jahre als Kriegsgefangener in Sythen. Er war Assistent der Lagerbuchhaltung und nun kommt plötzlich ein Verwandter von ihm nach Deutschland, gräbt in der Vergangenheit und Karin Poggenpohl stirbt unter dubiosen Umständen.

Musste sie in zwei Zeitschienen denken? Eine heutige und eine vor einhundert Jahren? Die Namen Jacques und Liam waren gefallen und wenn sie es richtig verstanden hatte, machten diese Kriegsgefangenen damals die Gegend unsicher. Wie sollte sie damit heute ernsthaft umgehen? Wenn Bresson ein Lügenbaron war, würde sie sich dem Gespött aller Kollegen aussetzen und wie sie Mörris kannte, würde er sich auf solche Risiken bei den Ermittlungen nicht einlassen. Sollte sie ihm gegenüber einfach ihre Idee der zwei Zeitschienen verschweigen? Zumindest würde sie sich seine Nörgeleien ersparen. Besser sie hielt die Klappe und ermittelte im Stillen weiter.

Das Wappen von Merfeld trug eine Signatur: 1918. Bressons Geschichten stammten exakt aus diesem Jahr. Das Motiv auf der Tonplatte war identisch mit dem Wappen. Die Tonplatte war frisch gebrannt, als Karin Poggenpohl ums Leben kam. Fey hatte das Gefühl, ganz nah an der Wahrheit zu sein.

Kamps verließ das Haus um kurz nach drei. Dann kam der Besuch. Karin servierte Käse. Der Besucher verließ das Haus. Sie räumte ab. Kam dann ein zweiter Besucher, der auch Karins Mörder sein könnte?

Um vier Uhr hatte Marion Karin angerufen, sie aber nicht erreicht. Sie könnte zu dem Zeitpunkt von ihrem Besuch abgelenkt worden sein. Forsch dachte sie, dass es ja sogar zwei Besucher gewesen sein könnten. In dem Fall könnte der eine den anderen gesehen haben. Hier kam der anonyme Anrufer ins Spiel.

Es wäre doch denkbar, dass jemand von dem zweiten Besucher wusste und sich in der Nähe versteckte, bis der Besuch ging. Dann verließ die Person ihr Versteck, begab sich ins Haus und stürzte Karin in den Tod. Der Mörder nutzte die Gunst der Stunde und schiebt jemand anderem die Tat in die Schuhe. Wäre der Mörder der einzige Besucher gewesen, würde er sich nicht selber anonym angezeigt haben. Es könnten also tatsächlich zwei Besucher zwischen drei und sechs Uhr auf Karin Poggenpohls Hof in Börnste gewesen sein.

Motivsuche

Fey Amber stand zwischen Hof und Scheune und erlaubte dem friedlichen münsterländischen Idyll, sie zu einer Verschnaufpause einzuladen. Wenn sich die Gedanken festgefressen hatten, verloren sie an Spannkraft. Sie legte ihren Kopf in den Nacken, schloss die Augen und vernahm zum ersten Mal bewusst, dass dort in den Eichen die Meisen piepten. Natürlich dachte sie sofort daran, dass es den Eichenspinnerraupen hoffentlich an den Kragen ging. Aber sie hatte einen Mord aufzuklären. Glaubte sie wirklich an ein Verbrechen? Das Motiv fehlte, aber rein assoziativ lag es in unmittelbarer Nähe. Sie musste nur den Mut aufbringen, ihre Fühler danach auszustrecken. Um das Motiv zu finden, müsste sie tatsächlich den Ereignissen von 1918 auf den Zahn fühlen. Ein erster Schritt in diese Richtung wäre ein Besuch bei den Poggenpohls von der ehemaligen Poststation in Sythen.

Merkwürdig, die Familie war verwandt mit dem Opfer, hatte sich bisher aber nicht blicken lassen. Kurz entschlossen erfragte sie die Adresse bei der Zentrale und fuhr hin. Die Post befand sich längst an einem anderen Ort, aber die Poggenpohls wohnten noch immer in dem alten Klinkerbau aus Tonziegeln, die locker ein Jahrhundert wegsteckten. Fey parkte auf der gegenüberliegenden Seite und ließ das Gebäude auf sich wirken. Das Dach war neu gedeckt worden, glänzendes Blau, ein pompöser Kontrast. Das Verblendwerk aus verzinktem Blech und die dreifach verglasten Fenster stachen als moderne Attribute hervor, aber insgesamt passte sich die Komposition von Alt und Jung der gehobenen Wohngegend an. Das dunkle rotbunte Mauerwerk erinnerte an die alte Zeit. Es war das Fundament, auf dem sich hundert Jahre Geschichte türmten. Sie dachte an das Wappen von Merfeld und das Jahr 1918. Damals verschickten die Menschen Briefe und Pakete von hier, die womöglich noch mit der Postkutsche transportiert wurden, obwohl im Krieg bereits U-Boote und Flugzeuge zum Einsatz kamen. Was stand zu Kriegszeiten in den Briefen? Sicher immer wieder die Frage, ob Vater, Bruder oder Sohn noch lebten. Der Postbote musste der gefürchtetste Mann im Dorf gewesen sein, brachte er doch die Nachricht, die aus der Ehefrau eine Witwe machte und der Mutter den Sohn raubte.

Was hatte das mit ihrer Motivsuche für einen Mord von 2020 zu tun? Überlebende gab es keine. Was könnte nach 102 Jahren noch beweiskräftig sein, um damit einen Mord von heute aufzuklären? Sie dachte an die Ermordung eines Archäologen aus Haltern – ein Fall, der damals Schlagzeilen gemacht hatte. Komischerweise hatte sich der Mord nicht weit von Sythen entfernt ereignet, eigentlich genau in der Merfelder Gegend. Gewiss reiner Zufall. Ein sensationeller Fund aus der Römerzeit hatte für ein Erdbeben unter den Forschern gesorgt. Letztendlich war Habgier das ausschlaggebende Motiv für den Mord gewesen.

Waren es nicht die Emotionen, die alles Zeitliche überlebten? Hass, Neid, Eifersucht, enttäuschte Liebe, Wut und Angst trieben Menschen zu extremen Handlungen an. Emotionen wurden vererbt, aber nicht der Umgang damit. Im Grunde steckte hinter jedem Mord mindestens eine Emotion als Triebfeder, wobei es ihre Aufgabe war, herauszufinden, um welche Emotion es sich handelte und mit welchem Plan der Täter seine

Absicht realisierte. Oft standen rationale Beweggründe zu sehr im Mittelpunkt und vereitelten das Auffinden des wahren Motivs. Auch hinter einem bestellten Mord steckte eine übersteigerte Emotion und zwar die des Auftraggebers.

Fey schmunzelte. Wie sich ihre Gedanken verselbstständigten, wenn sie nicht aufpasste. Was hatte all das mit Karin Poggenpohl zu tun? Sie stieg aus ihrem Wagen, überquerte die Straße und schellte an der Haustür.

Sie hatte Glück. Beate Poggenpohl öffnete die Tür und blieb im Eingang stehen. Als sie hörte, um was es ging, bat sie Fey ins Wohnzimmer. Ohne, dass Fey eine Frage gestellt hatte, begann Beate zu erklären.

„Seit wir hörten, dass Karins Tod von der Polizei untersucht wird, haben wir mit Ihrem Besuch gerechnet. Nehmen Sie bitte Platz. Ich muss nur schnell in die Küche, um meinem Sohn eine Tasse heiße Schokolade zu machen."

Fey schaute sich die Dekorationen im Wohnzimmer an und fand, dass sie sehr dem Steingarten vor dem Haus ähnelten. Es fehlte die schmuckverliebte weibliche Seite. Alles viel zu rational. Eine Galerie moderner Fotografien stach heraus: Orcawale und Delfinmotive. Das war vielleicht vor 30 Jahren in gewesen. Automatisch sah sie sich nach einer Uhr um und als sie keine entdecken konnte, schaute sie auf ihre eigene. Sie wollte gar nicht wissen wie spät es war. Vielmehr suchte sie nach einer Auskunft, ob die Zeit hier stehen geblieben war.

Frau Poggenpohl kam zurück, setzte sich und wies mit einer Handbewegung zur Tür.

„Mein Sohn, er ist krank. Autoimmunschwäche. Er verlässt das Haus seit zehn Jahren nicht mehr und ich habe die Pflege übernommen. Er ist jetzt 36 und ich glaube, er wird es aus eigener Kraft nicht schaffen, wieder ein normales Leben zu führen. Wir haben uns um einen Therapieplatz in Cleveland, Ohio, beworben und hoffen, ihn dort bald vorstellen zu dürfen."

„Das hört sich gut an. Und Sie haben seit Jahren die Vollzeitpflege übernommen?"

„So ist es. Mein Mann arbeitet bei der Bahn im Schichtdienst. Aber wir kommen zurecht. Sie wundern sich bestimmt, warum wir nicht in Trauer sind und uns nicht um Karins Beerdigung kümmern. Die Poggenpohls von der alten Poststation hatten zwei Söhne. Einer übernahm die Post und der andere heiratete auf den Hof in Dülmen Börnste ein, dort, wo Karin zuletzt gelebt hat. Karin war das einzige Kind der Poggenpohls von Börnste. Leider stellte sich heraus, dass sie ein uneheliches Kind war. Der betrogene Onkel meines Mannes fing deshalb mit dem Saufen an. Seine untreue Frau sah sich das nicht lange an und jagte ihn vom Hof. Der Onkel war damals zu blauäugig und hatte bei der Heirat nicht auf eine Hälfte des Hofes bestanden. Eines Tages stand er völlig mittellos vor unserer Haustür, aber wir hatten damals schon Sorgen mit unseren Sohn und mussten ihn abweisen.

Als Karin ihr Studium beendet hatte, ging sie nach Berlin. Um ihren Vater hat sie sich nie geschert. Später kam sie mit einem ausgeflippten Musiker zurück auf den Hof. Ihre Mutter war gestorben und hatte ihr den Hof vermacht. Allerdings hatte der Musiker keine Ahnung von Landwirtschaft und war wohl auch kein sesshafter Mensch. Er kam und ging, bis er irgendwann ganz wegblieb. Später hat sie geheiratet, aber ihren Vater hat sie nie wiedergesehen. Wir auch nicht. Er mag irgendwo als Obdachloser gestorben sein.

Vielleicht verstehen Sie jetzt, dass wir Poggenpohls kein freundschaftliches Verhältnis zu einer Frau haben, die nie eine Poggenpohl war und den Namen auch nicht verdient hat."

„Kennen Sie den Namen des Musikers?"

„Wo denken Sie hin. Das hat mich nie wirklich interessiert. Mein Mann gibt Karin die Schuld am Zerwürfnis der Verwandtschaft. Mein Sohn hat uns schon früh in Beschlag genommen, ein schwieriges Kind. Wir haben uns das Geld für seine Therapie bis heute vom Mund abgespart. Mein Mann ist verbittert und hat kein gutes Wort für seine Cousine übrig. Im Grunde ist Karin ja nicht schuld, sondern ihre Mutter. Sie hat die Ehe gebrochen, aber wie das so ist auf'm Dorf. Er nennt sie Bastard, aber ich finde, das gehört sich nicht."

„Was können Sie mir über die frühere Poststation sagen? Gibt es Bilder oder andere Dokumente aus der Zeit?"

„Hier, wo wir sitzen, war der Schalter. Dort die Eingangstür und da ging es in die Küche. Clemens Poggenpohl, also der Großonkel von meinem Mann, war 46 Jahre Postmeister in Sythen. Heute wechseln die Betreiber der Post je nach Lust und Laune. Damals trug man eine Uniform und konnte sich noch etwas auf solch eine Stelle einbilden."

„Gibt es Andenken aus dieser Zeit um die Jahrhundertwende und danach? Vielleicht aus dem Ersten Weltkrieg?"

„Der Vater meines Mannes sammelte Briefmarken, aber auch Postkarten und Souvenirs, besonders aus Jugoslawien, wo er seinen ersten Urlaub im Ausland verbracht hat. Die Sachen liegen in einem Schuhkarton. Da mag auch noch uraltes anderes Zeug drin sein. Mein Mann brachte es nicht übers Herz, die Kraut- und Rübensammlung in die Mülltonne zu werfen, als sein Vater starb."

„Wenn es Ihnen nichts ausmacht, würde ich gerne einen Blick in den Schuhkarton werfen."

Frau Poggenpohl brachte den Karton.

„Bitte, wenn es Ihnen Spaß macht. Schauen Sie sich die ‚Altpapiersammlung' in aller Ruhe an. Ich mache ihnen einen Kaffee."

Fey blätterte und kramte in dem Wust von Papieren, bis ihr ein Umschlag in die Hände fiel. Er hatte ihre Aufmerksamkeit erregt, weil vorne eine französische Adresse geschrieben stand: Jacques Flambert, 42 Rue Madelaine, St. Germain, Paris. Der Name Jacques war kürzlich gefallen. Richtig, Frau Thüner erwähnte ihn, als sie über den Vortrag von Marcel Bresson berichtete. Leider befand sich kein Inhalt in dem Couvert, aber ziemlich sicher war, dass dieser Jacques den Brief kaum selbst geöffnet haben dürfte. Wieso war der Umschlag im Schuhkarton der Poggenpohls gelandet? Fey kam sich vor wie eine Archäologin, die auf einen verheißungsvollen Fund gestoßen war. Was war mit der Briefmarke? Merkwürdig. Sie trug keinen Stempel.

Frau Poggenpohl brachte den Kaffee. Wenn Jacques Flambert der Empfänger war, stammte der Briefumschlag aus dem Jahr 1918. Wieder tauchte dieses Jahr auf. Jacques Flambert sollte einen Brief vom Sythener Postamt erhalten. Aber Jacques war ja angeblich selbst in Sythen, interniert in dem Kriegsgefangenenlager zwischen Haltern und Dülmen.

Fey sah sich die Schrift an. Die geschwungenen Buchstaben und die Linienführung sprachen eher für eine Frau als Schreiberin. Vielleicht eine Geliebte? Unter den damaligen Umständen kaum möglich. Vielleicht handelte die Person im Auftrag, weil der Absender nicht schreiben konnte?

Frau Poggenpohl erinnerte ihren Gast an den Kaffee. Fey fühlte sich wie aus einem Traum gerissen. Das Bild des Wappens von Merfeld, fiel es ihr siedend heiß ein. Die kleine Signatur auf der Rückseite sagte „1918". War dieses Bild vielleicht der Inhalt des Couverts gewesen, das sie gerade in den Händen hielt? Der alte Postmeister Clemens Poggenpohl könnte das Couvert geöffnet haben und auf welchen Wegen auch immer kam Karin in den Besitz des Wappenbildes. Plötzlich tauchte Bresson auf und am gleichen Tag, nein, am gleichen Abend, wurde Karin ermordet, nachdem sie das Wappen geformt und gebrannt hatte. Zugegeben, eine sehr geraffte Geschichte, aber ein fabelhafter Anfang für die ganz große Story.

Fey bat um Erlaubnis, das Couvert mitnehmen zu dürfen, entschuldigte sich für die vergeblich gemachte Tasse Kaffee, die sie nicht angerührt hatte, und verabschiedete sich.

Zurück auf Karins Hof in Börnste ging sie direkt ins Wohnzimmer und nahm das Bild vom Merfelder Wappen in die Hand. Sie musste es einmal falten, damit es ins Couvert hineinpasste und meinte, genau dort im Bild einen leichten Knick vorzufinden. Reines Wunschdenken ging es ihr durch den Kopf. Nur Harry würde ihr Gewissheit geben können, ob Couvert und Bild vor 100 Jahren eine innige Beziehung hatten.

Sollte sie Bresson auf das Couvert ansprechen, falls Harrys Befund positiv war? Bresson gehörte zum Kreis möglicher Verdächtiger. Ihn hielt sie besser vorerst heraus. Was könnte das Bild des Merfelder Wappens für einen französischen Kriegsgefangenen bedeutet haben, der bereits wieder zu Hause in Paris war? Eine Geliebte, selbst ein Freund würde ein paar Zeilen geschrieben und einen Gruß angehängt haben. Vielleicht war der textliche Inhalt des Briefes verloren gegangen. Blieb die Möglichkeit, dass das Bild einen symbolischen Charakter hatte. Aber was sagte der heilige Antonius einem ehemaligen französischen Kriegsgefangenen? Das christliche Motiv bedeutete Schutz vor Seuchen und Gefahren des bäuerlichen Viehs. Was hatte Jacques Flambert damit zu tun? Jacques war gewiss wie alle anderen zu Arbeitseinsätzen in der nahen Merfelder Umgebung abkommandiert worden. Das Bild könnte die Botschaft „Merfeld“ beinhalten, einen Ort in der Nähe des Lagers. Bevor sie sich weiter in wilde Spekulationen verstrickte, hielt sie sich besser an Fakten. Aber was war Fakt und was Fiktion?

Winkler war einer der vier Figuren in Bressons Erzählung – ein Kachelmaler aus Dülmen. Sie stöberte im Internet. Eine Firma Winkler, die mit Keramik, Fliesen oder dem alten Handwerk der Kachelmalerei um Kunden warb, existierte nicht. Sie rief bei der Handwerkskammer an. Es dauerte, bis der für das Archiv zuständige Sachbearbeiter gefunden wurde. Sie erhielt die Auskunft, dass der ehemalige Handwerksbetrieb Winkler 1904 gegründet worden war und in den späten 1920er Jahren Konkurs angemeldet hatte. Aus einer

Notiz gehe hervor, dass die Gründe für den Konkurs nicht bei handwerklichen Mängeln oder Misswirtschaft zu suchen waren, sondern privater Zwist dazu geführt hätte. Der Sachbearbeiter versicherte, dass es keine weiteren Eintragungen gebe.

Die Firma Winkler hatte nicht überlebt. Wenn der Sohn Friedel Winkler nach dem Krieg als Deserteur nach Hause zurückgekehrt war und der Handwerksbetrieb zehn Jahre später aus familiären Gründen vor die Hunde ging, dann wahrscheinlich weil durch Schmach, Scham und Schande die Familie zerrüttet und der Betrieb in Mitleidenschaft gezogen worden war. Sie hatte wenig Hoffnung, einen Nachfahren des Kachelmalers Winkler aufzutreiben und beließ es vorerst dabei. Eine Schriftprobe von Friedel Winkler hätte sie allerdings gerne in die Hände bekommen.

Besuch

Marcel Bresson hatte sich im Hotel Pfeiffer in Sythen ein Zimmer genommen. Sein Wagen stand unverändert dort, wo er ihn bei seiner Ankunft abgestellt hatte. Drei Männer radelten auf ihren E-Bikes zügig auf das Hotel zu und stellten die Räder vor der Außenterrasse ab. Ohne dass sie etwas bestellt hätten, brachte die Kellnerin ihnen drei halbe Liter an den Tisch. Es wurde getuschelt und als einer der Männer aufstand und sich entfernte, setzte sich die Kellnerin zu den beiden anderen auf die Eckbank. Man hätte glauben können, er ginge zur Toilette, schlug aber den Weg zum Treppenhaus für die Hotelzimmer ein und klopfte kurze Zeit später an die Tür von Marcel Bresson.
Dieser öffnete und wich zurück, als der Mann, ohne nach Erlaubnis zu fragen, einige Schritte ins Zimmer machte. Das rabiate Verhalten sorgte für Irritation, aber als der Mann sich mit Ludger Huesmann vom Stammtischverein „Heimatland“ vorstellte, legte sich die hektische Anspannung im Raum und Bresson lud seinen Besucher ein, Platz zu nehmen. Huesmann blieb stocksteif stehen und entschuldigte sich damit, in Eile zu sein.

„Unten warten zwei Freunde von mir. Wir haben Ihrem Erzählabend drüben in der Mühle beigewohnt ...“

„Ich erinnere mich an Sie“, unterbrach Bresson.

„Sprechen wir Klartext. Sie wissen mehr, als Sie in Ihren Erzählungen preisgeben. Wir vermuten, dass der wahre Anlass Ihres Erscheinens mit einer Sache zu tun hat, die wir von „Heimatland“ seit vielen Jahren verfolgen. Leider stecken unsere Nachforschungen fest. Es fehlen konkrete Hinweise. Unser Wissensstand könnte dennoch für Sie interessant sein und Ihre Informationen für uns. Ich schlage deshalb vor, dass wir unsere Suche gemeinsam fortsetzen. Oder glauben Sie, bereits am Ziel zu sein?"

Bresson bewahrte Ruhe. Die Forderung des Mannes verlangte nach einer besonnenen Antwort. Die kam aber nicht wie aus der Pistole geschossen, denn das angesprochene Thema bewegte im Moment sein Leben mehr als alles andere je zuvor. Seit Wochen dachte er an die Lücken und unleserlichen Zeilen in Jules' Tagebuch. Er brauchte mehr Zeit, um die fehlenden Stellen sinnvoll zu ergänzen. Der volle Informationsgehalt blieb verschleiert, und zwar ausgerechnet dort, wo es thematisch um die wertvolle Beute ging. Bresson hatte sich an die versteckte Wahrheit durch das Erzählen der Erlebnisse von Jacques, Liam und Winkler herangetastet. Auf diese Weise war es ihm gelungen, sich besser in die tatsächliche Situation der Gefangenen versetzen zu können. Besonders hilfreich war der Nachmittag am Opferstein gewesen, als Marion ihm sehr aufmerksam zugehört hatte. Das hatte ihn beflügelt und die anschließende Arbeit mit dem Tagebuch war fruchtbar gewesen.

Huesmann wurde ungeduldig, weil Bresson damit begonnen hatte, im Zimmer hin- und herzulaufen, ohne erkennbare Absicht.

„Kommen Sie uns entgegen und wir schaukeln die Sache gemeinsam", half Huesmann nach. „Wissen Sie, es passierte hier, auf deutschem Boden. Grundsätzlich sind wir die Berechtigten. Da machen wir uns am besten nichts vor, aber wir wären bereit, Sie gebührend zu beteiligen."

Bresson wusste nun, dass es dem Mann einzig und allein um die Beute von damals ging.

„Ich weiß nicht, wovon Sie sprechen. Ich erzähle nur Geschichten und meine Anwesenheit in dieser Gegend erklärt sich aus dem Interesse, das der Halterner und Sytherner Heimatverein an meiner Erzählkunst bekundet hat. Einschließlich meiner Kosten ist das Ganze ein reiner Akt landesübergreifender Freundschaft, ein ehrenhafter Dienst an unser aller Vergangenheit."

„Hören Sie doch auf! So ein Quatsch. Unseres Wissens nach ist 1918 bei der Poststation der Poggenpohls in Sythen ein Brief aufgegeben worden. Von wem, wissen wir nicht, haben aber eine Vermutung. In dem Couvert befand sich ein Zettel mit einem Text, den wir haben. Leider ist die Information zu dürftig, um damit der Sache auf den Grund zu gehen. Statt ein Kopf-an-Kopf-Rennen zu veranstalten, bei dem uns allen auf den letzten Metern die Puste ausgeht, stecken wir doch besser die Köpfe zusammen, natürlich im Sinne eines bewussten Umgangs mit der heimatlichen Vergangenheit, versteht sich."

„Ich werde das Gefühl nicht los, dass Sie mich unter Druck setzen, Herr Huesmann. Wenn Sie jetzt bitte gehen würden."

Marcel Bresson ging zur Zimmertür und öffnete sie. Huesmann rauschte an ihm vorbei in den Flur, nicht ohne ihm einen grimmigen Blick zuzuwerfen.

„Sie können sich vorstellen, dass Sie hier keinen unbeobachteten Schritt mehr tun werden. Sie haben kein Recht in unserer Vergangenheit herumzustochern. Wieso sollten wir glauben, dass Sie nicht heimlich Dinge verschwinden lassen?"

Bresson hatte bereits die Tür geschlossen, bevor Huesmann den letzten Satz beendet hatte.

Im Schankraum warteten Franz-Josef Pieper und Jupp Sträter beim zweiten Bier. Huesmann kam die Treppe herunter und brauchte nicht viel zu sagen. Die Enttäuschung stand ihm förmlich ins Gesicht geschrieben. Seine beiden Kollegen fragten neugierig nach, aber unterm Strich war die Aktion ein Flopp gewesen. Nun hieß es, Plan B ins Leben zu rufen. Sie wollten Bresson auf Schritt und Tritt beobachten. Huesmann hatte diesem Plan ursprünglich zugestimmt, war aber wegen seiner Niederlage sehr verärgert und wollte lieber Nägel mit Köpfen machen und Bresson erneut konfrontieren.

„Bresson ist alles andere als harmlos. Wenn wir nicht aufpassen, schwimmen uns die Felle davon. Er hat Lunte gerochen und brütet etwas aus. Vielleicht steht er sogar kurz vor der Lösung. Wir schnappen uns den Kerl. Er ist Belgier und hat hier nichts verloren. Ein klares Wort unter Männern. Das hat noch niemandem geschadet."

Legende

Das Trio rüstiger Rentner, die sich als Stammtischverein bezeichneten, war vor langer Zeit bei einer Recherche über plattdeutsche Dönekes auf ein Lied von Clemens Poggenpohl gestoßen. Er hatte zu Lebzeiten eine Liederfibel herausgegeben, in der er selbst komponierte Melodien und Texte veröffentlicht hatte. Unter anderem hieß es dort:

> Und hatten Franzosen auch schwere Müh,
> So konnte doch einer entkommen.
> Vom Hellweg hoch, da kam er her.
> Paris jedoch, erlebte er nicht mehr.
> Ein Schuss ins Herz, tot fiel der Dieb.
> Ein Freund vergeblich einen Brief ihm schrieb.

Zu Zeiten, als sich Nachrichten hauptsächlich von Mund zu Mund verbreitet hatten, ging die Legende um, dass es im Jahre 1918 zu einem Raub gekommen war, bei dem Dinge von besonderem Wert erbeutet worden waren. Vom Tafelsilber des Herzogs von Croy und vom neuen Mercedes des Grafen von Westerholt war die Rede. Gold und Schmuck von adeligen Familien sollte vor der drohenden Novemberrevolution in Sicherheit gebracht werden, landete jedoch in den Händen einer Bande von Wegelagerern zu denen auch ein Franzose gehört haben soll.

Huesmann, Pieper und Sträter zählten sich zu den Pohlbürgern von Haltern und polierten ihr Image auf, indem sie Heimatkunde betrieben. Mit den Jahren festigte sich die Idee, dass der Text aus Poggenpohls Liederfibel tatsächlich historische Wahrheit enthielt.

Einmal infiziert, ließ die Lust auf Schatzsuche sie weiterforschen. Huesmann kam eines Tages mit einem raffinierten Vorschlag zum Stammtisch: Warum nicht bei Familie Poggenpohl in Sythen vorstellig werden und dort nachfragen? Clemens Poggenpohl musste vom Inhalt des Briefes an den Franzosen gewusst haben. Vielleicht würde ihnen das Glück in die Hände spielen und der Brief, der in der Fibel erwähnt wurde, schlummerte immer noch irgendwo unter verstaubten Akten. Sträter, der Verwandte in Sythen hatte, erklärte sich zu dem Besuch bereit. Frau Poggenpohl war sehr zuvorkommend und reichte ihm einen Schuhkarton. Sträter entdeckte natürlich den Briefumschlag mit der französischen Adresse, öffnete ihn, nahm einen Zettel mit der Inschrift „Es ist“ heraus und steckte ihn, ohne um Erlaubnis zu fragen, ein. Seit diesem Ereignis waren die drei Stammtischbrüder eine verschworene Gemeinschaft auf der Suche nach dem ominösen Schatz aus dem Jahre 1918.

Lager

Fey hatte gut geschlafen, blieb aber ganz gegen ihre Gewohnheit im Bett liegen. Ein aufsässiger Gedanke stachelte sie seit dem Aufwachen an. Zehntausend Männer hatte das Lager zwischen Haltern und Dülmen gefasst. Eine Stadt, auf dem Reißbrett entstanden, so groß wie die Städte, die in der Nachbarschaft lagen und einen Namen trugen. Damals, vor 100 Jahren, reihten sich hundert Baracken in die dortigen Wälder, um Gefangene von der Westfront zu internieren. Empfanden die Bürger der Städte das Lager als Schandmal oder blendeten sie die Wirklichkeit hinter Stacheldraht und Willkür aus? Vielleicht dachten sie: „Geschieht ihnen recht. Sie sind der Feind und hätten womöglich unsere Jungs erschossen, ihnen Arme und Beine weggesprengt." Es war lange her und trotzdem sprach dieses Kapitel deutscher Geschichte Fey intensiv an. Woher kam der Wunsch nach Nähe zu dieser Zeit? Sie versuchte, sich von den Gedanken freizumachen und an ihr Tagespensum zu denken. Sie musste zugeben, an den Geschichten, die sich um den Fall Karin Poggenpohl rankten, mehr Interesse zu haben, als an der unmittelbaren Ermittlungsarbeit.

Plötzlich wusste sie, wie sie sich ihre Gefühle erklären konnte. Es waren Namen gefallen. Es hieß nicht zehntausend Männer. Wer konnte damit etwas anfangen? Eine beeindruckende Zahl von Menschen, aber sie blieben anonym. Sie hatte Kontakt aufgenommen zu Jacques, Jules, Winkler und Liam. Die Namen machten den entscheidenden Unterschied aus. Sie konnte diesen Männern nachfühlen, weil sie eine Identität bekommen hatten. Ihr Schicksal, an dem sie nun teilnahm, verkörperte ein Stück Vergangenheit. Auch wenn sie 100 Jahre trennten, die vier Männer übten eine magische Anziehungskraft aus. Augenblicklich dachte sie an den Briefumschlag, der zusammen mit dem Wappen in ihrer Manteltasche steckte. Der Brief war damals an Jacques adressiert worden, aber nie angekommen.

Ihre erste Amtshandlung an diesem Morgen führte sie zu Harry ins Labor, wo sie den Briefumschlag und das Bild vom Merfelder Wappen seinen versierten Händen überließ. Hans-Günther Kamps wollte am Vormittag vom Bodensee zurück sein. Von ihm erhoffte sie sich wichtige Informationen über Karin und seine Beziehung zu ihr. In der Zwischenzeit hatte sie eigentlich Lust auf eine Fahrt zu dem Ort, an dem das Lager gestanden hatte. Ein Blick ins Internet verriet ihr, dass tatsächlich noch ein Gebäude aus dem Lagerkomplex existierte, allerdings war es bewohnt. Aufgrund der exponierten Lage des Hauses an der B 58 war es ein Kinderspiel, sich dort einen Eindruck zu verschaffen.

Von der A 43 bog sie an der Ausfahrt Coesfeld ab und fuhr Richtung Merfeld. An der ersten Abzweigung im Dorf bot sich ein Blick auf die Antoniuskirche, ein imposanter Bau für ein so kleines Dorf. Da hatten wahrscheinlich die reichen Bauern tief in die Tasche gegriffen. Ihr Blick streifte ein Steinkreuz auf dem Kirchplatz. An den diversen Prozessionswegen standen solche Wegkreuze quer durchs Münsterland. Auch kleine Kapellen und Schreine zur Andacht setzten der ländlichen Idylle eine christliche Krone auf.

Der Dorfladen auf der rechten Seite der Straße war bekannt für seine Mettwurst. Sollte sie oder sollte sie nicht? Doch mit wem sollte sie die teilen? Fürs Kulinarische war normalerweise ihr Mann zuständig, aber der sah sich bereits nach einem neuen Rock um. Mörris war bekanntermaßen auch nicht greifbar, also verschob sie die Sache mit der Mettwurst erstmal auf später.

Nach einer scharfen Linkskurve folgte eine ebensolche Rechtskurve. Dort stand wieder ein Steinkreuz und durch das lichte Geäst konnte sie kurz Haus Merfeld sehen, ein herrschaftliches Gebäude, dem zur Burg ein Wassergraben fehlte und zum Schloss die prunkvolle Fassade. Dort lebte zur Zeit der Herzog von Croy. Die Ländereien des Herzogs erstreckten sich weit über Merfeld hinaus, bis hin zum ehemaligen Lagergelände. Das herzogliche Schloss in Dülmen war im Zweiten Weltkrieg zerstört worden und so bekam Haus Merfeld die Ehre des ersten Wohnsitzes der Adelsfamilie.

Mörris meldete sich auf ihrem Handy.

„Gut geschlafen?“, fragte er Fey bei bester Laune. „Der Fall Poggenpohl ist ermüdend, findest du nicht? Denkst du auch, dass die Koinzidenz von Bressons Erscheinen und das Ableben von Karin Poggenpohl ins Auge springt? Ich dreh Bresson durch die Mangel. Was hältst du davon?“

„Mach das. Ich knöpfe mir Karins Lebensgefährten Hannes Kamps vor. Was hast du sonst Neues?“

„Ich habe mir gestern Abend mit dem Vorsitzenden des Sythener Heimatvereins die Liste der Besucher von Bressons Vortrag angesehen. Wir kamen ins Gespräch. Ein redseliger Mann, kannte Hinz und Kunz. Jedenfalls betonte er drei Namen: Huesmann, Pieper und Sträter. Der Begriff Konkurrenzverein fiel. Die drei Männer aus Haltern beschäftigen sich hobbymäßig mit der Sythener Vergangenheit, insbesondere mit dem Jahr 1918. Der Vorsitzende ließ kein gutes Haar an den Dreien, meinte, dass es ihnen nicht um historische Relevanz gehe, sondern allein um persönliche Bereicherung. Anscheinend geht es um eine Art Kriegsbeute, für die es aber keinen einzigen Beweis gibt. Wenn du mich fragst, reine Schatzsuchermentalität für gelangweilte Rentner, die ihren tristen Alltag aufpolieren wollen."

„Du bist doch Berliner, hast deine Heimat gegen das mondäne Münster eingetauscht. Vermisst du nichts?"

„In Münster wurde eine Stelle frei und für meine Wohnung bekam ich ein Vermögen. Und dann hab ich natürlich dein Foto auf der Website des Präsidiums gesehen."

„Spinner. Wo ist jetzt deine Heimat?"

„In der Heimat fühlt man sich sicher. Aber eigentlich ist das etwas für Schwächlinge. Menschen brauchen Heimat, weil sie ihnen eine Identität verleiht. Sie fühlen sich zugehörig und grenzen dadurch automatisch andere aus. Der Anfang allen Übels. Nichts für mich. Wenn ich sterbe, dann muss das nicht in der Heimat sein. Hauptsache meine Asche wird ins Meer gestreut. Das ist meine Heimat."

„Sagt der ungläubige Mörris und meint damit, zum Ursprung allen Lebens zurückzukehren und damit zu Gott. Und wie lautet das Fazit deines Gesprächs mit dem Vorsitzenden?"

„In dem Zusammenhang fiel auch der Name Poggenpohl. Da sperrte Kollege Mörris natürlich seine Lauscher auf. Der Vorsitzende meinte aber nicht Karin Poggenpohl, sondern die Verwandten von der ehemaligen Poststation. Bei einer Aufräumaktion der Familie waren alte Dokumente aufgetaucht, die der Sythener Heimatverein gesichtet hat. Aufgefallen ist ihnen dabei ein Couvert mit französischer Adresse, leider ohne Inhalt. Man glaubt, dass genau mit dem Inhalt dieses Briefes der Schlüssel zur Beute verloren gegangen ist."

„Schau her. Und nun sagt dir Kollegin Amber, dass sie eben dieses Couvert heute morgen zu Harry ins Labor gebracht hat und zwar nebst Inhalt. Nein, ganz so stimmt es nicht. Du erinnerst dich an das Bild von dem Wappen in Karins Wohnzimmer. Harry prüft, ob das Bild je in dem Couvert gesteckt hat."

„Feine Spürnase. Du holst dir die Vergangenheit in die Gegenwart. Das hatte auch der Heimatverein versucht. Sie stellten Nachforschungen in St. Germain an, fanden aber keinen Bezug mehr zu dem Namen auf dem Couvert, wie ausgelöscht. Ist eigentlich nicht mein Ding, aber ich schau mir trotzdem die Alibis der drei Männer von ‚Heimatland' an."

„Ach, da fällt mir ein: Was ist mit Niggemeier, unserem Kollegen im Ruhestand? Wir sollten ihn wegen Karin befragen. Er ist bestimmt ein wachsamer Spaziergänger."

„Vielleicht entlockt ihm eine charmante Kollegin im Dienst ein Geheimnis. Ich schick dir seine Nummer. Viel Glück."

Fey fuhr an den Wiesen und Bachläufen mit seinen weißen Reihern und Pferdekoppeln vorbei und sah die Gegend im verklärten Schein hundertjähriger Vergangenheit. Die Schwarz-Weiß-Bilder aus der Zeit suggerierten schlichte Monotonie, aber so war es nicht. Alles steckte voll mit bunter Lebensenergie und virtuell waren nur die Träume, damals wie heute.

Sie befuhr bereits die B 58, als sie rechts ein eingeschossiges Gebäude mit mehreren Schornsteinen bemerkte. Umgeben von Bäumen, nicht älter als hundert Jahre, fristete das bewohnte Haus ein einsames Dasein. Direkt dahinter lag der Silbersee II, hatte Google Maps ihr verraten. Da ließen sich im Sommer Tausende Ruhrpottler die Sonne auf den nackten Körper brennen. Exakt dort, wo heute Kurz- und Wochenendurlauber ins kühle Nass des Sees stiegen, hatten die Baracken gestanden, in denen magere Männer Zigarettenkippen gehortet und Kartoffelsuppe geschlürft hatten. Einer von ihnen war Jacques Flambert gewesen. Ob er sich wohl nach einer adretten Frau gesehnt hatte, und er je in seine Heimat zurückgekehrt war? Wenn Clemens Poggenpohl den Brief an Jacques Flambert geöffnet haben sollte, dann wahrscheinlich nur, weil er gewusst hatte, dass der Empfänger ... Sie zögerte einen Moment und dachte dann: weil der Empfänger nicht mehr lebte. Der Postmeister Clemens Poggenpohl war vermutlich der erste gewesen, der den ganzen Inhalt des Briefes kannte. Aber dann schien nichts weiter passiert zu sein. Der Inhalt musste für ihn keine entschlüsselbare Botschaft enthalten haben. Ihm fehlte die Geschichte dazu. Ja, es war die Geschichte, die das Geheimnis ans Licht brachte. Jules Bresson, der Großonkel von Marcel Bresson, kannte die Geschichte. Er könnte sogar den Brief geschrieben haben. Jules hatte sich aber der Sache nicht angenommen. Sie interessierte ihn einfach nicht, denn sonst wäre sein Urneffe nicht hier aufgetaucht. Marcel Bresson wusste, dass die Beute, wenn es denn überhaupt eine gab, noch immer in ihrem Versteck lag.

Fey staunte über sich selbst. Ihr kriminalistisches Gespür prädestinierte sie zur Novellistin. War sie die zweite Maeve Binchy, die mit Abenteuern von Jacques Flambert die Herzen einsamer Frauen eroberte?

Sie schaute auf ihr Handy. Hannes Kamps hatte getextet, in Kürze auf Karins Hof in Börnste einzutreffen. Sie wendete ihren Wagen auf der Höhe des Drügen Pütt. Eigentlich wollte sie Marion Thüner an der Schule einen kurzen Besuch abstatten, um sie speziell nach dem Couvert zu fragen. Karin Poggenpohl besaß das Bild vom Wappen. Sie hatte ihrer Freundin bestimmt mehr davon erzählt. Aber es wurde Zeit, nach Börnste zu fahren, um Kamps zu treffen.

… rostet nicht

Zwei Feldwege führten zum Hof, von denen einer offensichtlich öfter befahren wurde. Auf dem anderen stand eine alte Rostlaube, ein Mercedes 230 aus der Zeit des Kalten Krieges. Merkwürdig daran war, dass er mit den Rücklichtern zu ihr geparkt war und den Weg blockierte. Fey stellte ihren Wagen auf dem Hof ab und ging zu dem Fahrzeug mit Berliner Kennzeichen. Der Aschenbecher quoll über und einen Putzlappen hatte alles, was sich unter dem gelben Himmel befand, sicher nie gesehen. Auf den bemoosten Fensterrahmen grünten winzige Flechten und Farne. Die Plakette auf dem Nummernschild stammte allerdings aus jüngerer Vergangenheit. Jemand trieb sich hier herum. Offensichtlich ein Berliner. Vielleicht ein verflossener Verehrer auf Stippvisite.

Sie durfte sich von den geheimnisvollen Begleitumständen des Falls nicht täuschen lassen. Wenn es Mord war, passte sie besser auf sich auf. Kurz fasste sie an ihre Dienstpistole, die sie seit Langem nicht benutzt hatte, ließ sie aber stecken. Auf ihrem Weg zum Eingang sah sie aus dem Augenwinkel in der 1. Etage eine schattenhafte Bewegung hinter einer Gardine. Sie ließ sich nichts anmerken. Konnte ein Lichtspiel gewesen sein.

Beim Eintreten in den Flur meinte sie, eine herbsüße Duftnote zu riechen. Es musste jemand im Haus sein. Der Duft war zu frisch. Ohne Mörris dürfte sie jetzt eigentlich nicht weitergehen. Was, wenn dort mehr als eine Person auf sie warteten und einer jetzt hervorsprang und die Tür hinter ihr schloss? Ängstlich war sie nie gewesen, aber seinen Gegner nicht zu kennen, bedeutete immer Lebensgefahr. An bestimmte Grundregeln der Ausbildung erinnerte man sich schnell, wenn das Leben bedroht war.

Sie lauschte, während sie vorsichtig zur Treppe ging. Den Blick nach oben gerichtet, betrat sie die erste Stufe und brachte gleichzeitig ihre Pistole in Anschlag. In Bruchteilen einer Sekunde musste sie darüber entscheiden, ob sie einen Schuss abgab, der entweder ihr Leben schützte oder jemanden töten könnte, der gar keinen Angriff geplant hatte. Dazwischen lagen Welten. Noch sieben Stufen. Wohin ging sie dann oben weiter? Hätte sie sich nur länger Zeit genommen, das Haus kennenzulernen.

Eine Tür sprang auf. Sie zielte. Ein Mann mit Schal vor der unteren Gesichtshälfte stand oben im Flur, war aber unbewaffnet. Sie durfte nicht schießen und rief: „Polizei, nehmen Sie die Hände hoch."

Der Mann klopfte stattdessen an seinen Oberschenkel. Ein mittelgroßer Hund kam aus dem Zimmer und sprang in seine Arme. Fey hatte den Mann im Visier, war aber durch das Tier plötzlich vollkommen irritiert. Der Mann warf den Hund auf sie, sodass sie stürzte und die Treppe hinunterfiel. Der Hund jaulte und lief nach draußen, während der Mann über eine außen angebrachte stählerne Wendeltreppe zu dem alten Mercedes flüchtete.

Fey raffte sich unter Schmerzen auf und war mit wenigen Schritten im Hof, wo sie Mann und Hund zum Auto rennen sah. Sie feuerte einen Schuss auf das Auto ab. Das Projektil erzeugte einen lauten Knall. Der Mann erreichte das Auto und der Hund flüchtete panisch in eine andere Richtung. Fey rannte zum Wagen, in den der Mann gerade einsteigen wollte. Er fingerte den Schlüssel aus seiner Hosentasche, steckte ihn ins Schloss und betätigte die Zündung. Das dauerte! Als endlich der Motor ansprang, stand Fey vor ihm und drohte mit einem Schuss. Fluchend stellte der Mann den Motor wieder aus, stieg aus dem Wagen und bewegte sich auf Fey zu.

„Ohne meinen Hund wär ich sowieso nicht gefahren. Steck die Knarre weg. Du siehst auch ohne zum Fürchten aus."

Er beugte sich nieder zu seinem Hund, der seine Panik offensichtlich überwunden hatte und sich ausgelassen freute und sogar Fey begrüßte. Der Mann öffnete die Tür seines Wagens und ließ den Hund auf den Rücksitz springen.

„Wir fahren gleich, Bahlsen. Die Polizei möchte nur unsere Personalien aufnehmen." Er zeigte auf seinen Hund. „Wenn Sie gestatten, Bahlsen. Ich fand ihn an einer Autobahnraststätte. Angebunden und mit einer Schachtel Bahlsen-Kekse als Abschiedsgeschenk von seinem früheren Besitzer. Seitdem heißt er Bahlsen. Ich heiße Bastian Stein und wollte meine alte Freundin Karin besuchen, aber sie war nicht zuhause. Dann wurde ich von dir mit einer Schusswaffe bedroht und den Rest kennst du ja. Kannst die Kanone wegstecken, weil, mit oder ohne, ich habe keine Angst vor dir. Ich hole nur kurz ..."

Fey schnauzte genervt: „Hände auf den Wagen, Beine auseinander. Ich werde Sie ..."

„Mach ich nicht", unterbrach der Mann.

„Widerstand gegen die Staatsgewalt. Tätlicher Angriff auf eine Polizistin. Da kommt einiges zusammen. Besser Sie kooperieren."

„Okay, nur eben den Hund füttern, sonst ..."

„Hände auf den Wagen!"
Der Mann blieb stehen.
Fey warf ihm Handschellen zu.
„Beide Hände da rein und zuklappen."
Stein folgte der Aufforderung. Sie ging zu ihm und tastete ihn ab. Ein Bündel Banknoten, eine Dose mit Hasch und ein Beutel Halfzware Shag Zigarettentabak kamen zum Vorschein. Sie hielt ihm die Scheine unter die Nase.
„Wie viel Geld ist das?"
„5000. Ich sollte mich bedienen, wusste ja, wo es liegt, sie hat es mir am Telefon gesagt. Nur falls sie nicht zu Hause ist, versteht sich. Und sie war nicht zu Hause und deswegen habe ich mir das Geld genommen. Und weil ich so viel Geld bei mir hatte, habe ich mich verteidigt. Du hättest ja sofort ‚Polizei' rufen können, haste aber nicht. Deswegen bist du Schuld, und wenn Bahlsen was passiert ist, zahlst du die Tierarztkosten."
„Freche Berliner Schnauze. Was hat es mit den 5000 Euro auf sich?"
„Ich war knapp bei Kasse, wirklich knapp. Pleite mit anderen Worten. Schulden bei Leuten, die man lieber von hinten sieht. Karin und ich sind alte Weggenossen. Hausbesetzung, Barrikaden errichten, Backsteine auf Bullen werfen. Das schweißt zusammen. Sie hat sofort eingewilligt, mir das Geld zu borgen. Karin kommt bestimmt gleich. Kannst'se fragen."
Fey war es leid. Sie glaubte, dass jedes Wort von ihm gelogen war.
„Karin ist tot, ermordet, und nun?"
„Nee, nee, das glaub ich nicht. Du machst Witze. Oder, ohe, du willst mir was anhängen."

Stein ging auf Fey zu. Sie wich ihm aus, blieb auf Distanz und informierte Mörris und die Kollegen von der KT. Mit der Schusswaffe zu drohen, würde die Situation nur verschärfen. Sie hielt die Waffe nach unten. Abschreckung tat's auch.

„Wo war das Geld versteckt?", rief sie ihm zu. Er schwieg, machte ein paar Schritte auf seinen Wagen zu und lehnte sich dagegen.

„Wo waren Sie vorgestern zwischen fünf und sieben Uhr?"

„Bin ich ein Elefant? Bekifft wahrscheinlich. Wo? Spielt das eine Rolle?"

„Wenn Sie kein Alibi haben und wir Ihre Fingerabdrücke im Haus finden, sind Sie geliefert. Wenn da nicht sofort eine kluge Antwort kommt, werde ich Sie wegen des Verdachts auf Mord an Frau Karin Poggenpohl verhaften. Wo war das Versteck? Achten Sie sehr genau darauf, was Sie jetzt sagen!"

„Auf der hohen Kante."

„Will heißen?"

„An Karins Bett. Wenn du drin liegst, siehst du oben ein Regal mit einem länglichen Loch. Das ist die hohe Kante, hat Karin mir erklärt. Weil sich eure blöden Kriminaltechniker nicht ins Bett von den Ermordeten legen, finden sie auch das Versteck nicht."

„Sie brauchen ein Alibi, sonst werde ich Sie nicht gehen lassen. In Wahrheit haben Sie das Geld von Karin gefordert, und als sie nicht zahlen wollte, kam es zum Streit und oben an der Treppe konnten Sie Ihren Zorn nicht bremsen."

„Ist sie die Treppe hinuntergestürzt? Wie unwürdig. Burschikos, wie sie war, hätte sie einen heroischen Tod verdient, aber Mord macht auch was her. Karin war ein zähes Weib, haste ihr aber nicht angesehen. Alte Schule, späte 68er, mit Feuer im Arsch hat sie die Männer weich gekocht. Jetzt hängt sie mit einem Juppy rum, wenn der wüsste."

„Was meinen Sie damit?"

„Glaubst du, ich kenn die hohe Kante nur vom Hörensagen? Karin entspannte im Bett gerne mit einem Joint danach. Da guckst du unweigerlich auf das Versteck."

„Wie lange ging Ihr Verhältnis?"

„Kein Verhältnis, nur Sex ohne Grenzen und immer wieder. Sie mochte die Ratesendungen vormittags im Fernsehen mit Kai Pflaume und so, weil die so abgefahren normal waren. Das fand sie immer geil. Ich denke, wenn sie kam, hat sie sich vorgestellt, dass ihr alle im Studio dabei zusehen."

„Wie lange und woher kennen Sie Frau Poggenpohls Partner?"

„Vor zwei Jahren habe ich sie hier zuletzt besucht. Den Juppy hab ich nie gesehen. Er mich allerdings auch nicht. Karin hatte eben ihre kleinen Geheimnisse und Juppys haben es nicht anders verdient."

„Wie sind Sie ins Haus gekommen? Ich habe keine Einbruchspuren bemerkt."

„War offen. Aber schau mal in meine Hosentasche. Da steckt ein Schlüssel."

Stein hob die Arme so gut es ging und bot Fey an, in seine Hosentasche zu fassen. Hätte er einen Haustürschlüssel, würde ihn das deutlich entlasten. Sie griff ekelerregt in seine Tasche und fand unter einem zerknüllten Taschentuch einen einzelnen Schlüssel mit Anhänger.

„Das tat gut, schöne Frau. Und nun gehen wir und stecken den Schlüssel ins Loch."

Tatsächlich passte der Schlüssel. Mörris kam auf den Hof gefahren und stieg hastig aus.

„Was ist los? Keine Alleingänge haben wir uns geschworen."

„Ist alles gut gegangen. Herr Stein fährt mit ins Präsidium. Er kann sich nicht ausweisen und ist tatverdächtig, weil er kein Alibi hat und mit 5000 Euro, die er aus dem Haus entwendet hat, fliehen wollte. Mein Protokoll wird auch diverse Anzeigen gegen Herrn Stein enthalten, sodass er vorläufig in U-Haft bleibt. Kannst du ihn übernehmen?"

„Mach ich. Harry kann nicht persönlich kommen. Dafür rücken zwei Mann von der KT gleich an. In Bielefeld wurde ein Mafiaring enttarnt, Geldwäsche, Menschenhandel und Prostitution. Die Frauen aus Moldawien sagen nicht aus, haben Angst, weil man ihre Familien bedroht. Jetzt muss unsere KT aushelfen. Das kann dauern. Hier, den Haustürschlüssel soll ich dir geben. Wurde versehentlich von einem Ermittler eingesteckt. Die drehen alle am Rad, weil wegen Corona erste Beschränkungen auf alle Mitarbeiter zukommen und wir bereits einen Infizierten im Präsidium haben. Wenn die Kollegen in Bielefeld nicht rasch handeln, werden sie wertvolle Spuren verlieren."

„Okay. Was den Schlüssel betrifft, erklärt das zumindest die offene Tür. Da hat Herr Stein mal nicht gelogen."

„Kommissarin, welch unschöne Worte", mischte sich Stein ein. „Ich bin schneller wieder draußen, als du glaubst. Kann doch meinen Bahlsen nicht alleine lassen. Nimm wenigstens sein Bett aus dem Wagen.

Er schläft nicht ohne seine Matratze und pass gut auf mein Geld auf."

Mörris führte Stein zum Wagen.

„Rechne vorerst nicht mit mir. Kann sein, dass Carstensen mich auch nach Bielefeld schickt. Stein werde ich aber auf jeden Fall verhören. Wenn er ein Lügner ist, wie du sagst, werde ich die Wahrheit aus ihm herausquetschen."

Stein zeigte sich nicht beeindruckt und wandte sich an Fey.

„Wir beide machen eine Spritztour mit dem alten Benz, wenn ich wieder auf freiem Fuß bin. Versprochen. Bis dahin werde ich um meine Karin trauern."

Mörris fuhr davon und Fey sah sich den Schlüsselanhänger an. Sie wollte es nicht glauben: Das Wappen von Merfeld. Bahlsen sprang aus dem alten Mercedes und Fey griff nach der Matratze und verfrachtete sie unter Luftanhalten in ihren Wagen.

Lupenrein

Fey eilte in die obere Etage, am Wohnzimmer vorbei in Karins Schlafzimmer. Dort legte sie sich aufs Bett und fand das besagte längliche Loch. Sie griff mit der Hand hinein und fühlte einen Hohlraum, in dem man relativ gut Geldscheine verstecken konnte. In diesem Punkt war Stein aus dem Schneider. Fehlte noch der Kontoauszug.

In einer Küchenschublade fand sie einen Stapel Auszüge älteren Datums, andere lagen ungeordnet herum. Nachdem sie sich durch Rechnungen und Garantien gearbeitet hatte, fand sie einen Kontoauszug mit einer Barauszahlung über 5000 Euro vom 1.3.20. Das war vor 16 Tagen. Ein weiterer Punkt für Stein. Durchaus glaubhaft, dass er auch seit Jahren einen Schlüssel zu Karins Haus besaß. Alte Liebe rostet nicht. Er war in Schwierigkeiten, sie half aus. Eine plausible Erklärung, aber warum floh der Mann vor der Polizei und tat so, als wüsste er nichts von Karins Ableben? Ein Motiv für einen Mord an seiner alten Weggenossin lag allerdings auch nicht auf der Hand.

Ein Cabrio rollte über den mit Grasbüscheln bewachsenen Schotterweg auf den Hof. Fey hörte das Zuschlagen der Wagentür und sah nach draußen. Das musste Hans-Günther Kamps sein. Er schaute hoch zum Fenster, direkt in ihre Augen.

Jens Spahn, war ihr erster Gedanke, allerdings ohne Brille, dafür mehr Gel in den Haaren. Sie hatte nichts gegen Spahn. Im Gegenteil, er machte in Sachen Corona-Krise Dampf, um italienische Verhältnisse zu vermeiden.

Kamps entsprach auf den ersten Blick dem Typ Mann mit augenscheinlich coolem Image. Viele Frauen umgaben sich gern mit Macho-Männern, die sie pamperten, um sich nicht in direkter Konfrontation mit dem wahren Charakter des Mannes auseinandersetzen zu müssen. Solche Beziehungen gingen eigentlich nie lange gut.

Fey erwartete Kamps am Treppenaufgang und begrüßte ihn.

„Herr Kamps, hatten Sie eine gute Reise?“

„Meine Abreise hat sich gestern verzögert, weil ich die Kollegen in ihre Arbeit einweisen musste. Der Chef sprach von Kurzarbeit. Die Sache mit Karin hat mir allerdings keine Ruhe gelassen. Ich bin acht Stunden durchgefahren und ziemlich gehetzt, stehe Ihnen aber voll und ganz zur Verfügung.“

Kamps ließ sich auf einen Sessel fallen und schlug die Beine übereinander.

„Ich bin fix und fertig. Machen wir uns doch erst einen Tee.“

„Gerne. Wie lange waren Sie mit Karin zusammen?“

„Knapp drei Jahre. Wir wollten heiraten. Ich zeige Ihnen die Ringe. Einen Moment, sie liegen im Auto.“

Kamps wollte sich bemühen, doch Fey verzichtete auf den Beweis. Da Kamps bereits stand, kam sie auf den Tee zurück.

„Schwarz, und nicht zu lange ziehen lassen.“

Kamps stutzte, ging dann aber in die Küche. Sie konnte beobachten, dass er die Tassen suchte und den Tee. Er griff zu zwei Gläsern und einer Flasche Mineralwasser.

„Kein Tee mehr da. Ein Schluck Wasser tut’s auch. Was meinen Sie?“

Er goss für beide ein und setzte sich wieder in seinen Sessel, der genau dem Fernseher gegenüber stand.

„Haben Sie eine Spur vom Mörder?“

„Haben Sie denn eine Idee, wer es gewesen sein könnte?“

„Karin war so ein lieber Mensch. In meiner grausamsten Fantasie könnte ich mir niemanden vorstellen, der Karin etwas antun würde. Ein Unfall würde den Sturz von der Treppe plausibel erklären, aber wenn Sie Mord sagen...“

„Wieso ist ein Unfall für Sie plausibel?“

„Sie wurde etwas vergesslich und trank ab und zu einen Likör, um sich über die Zeit ohne mich hinwegzutrösten. Vor Tagen rief sie mich an, weil sie sich an der Badezimmertür den Kopf gestoßen hatte und beinahe ohnmächtig geworden wäre. Sie war nicht mehr die Jüngste. Auch wenn man ihr das nicht ansah, sie litt unter Arthritis in den Knien. Treppensteigen forderte sie sehr. Wegen der Schmerzen bewegte sie sich weniger und das ließ ihre Muskeln schrumpfen. Das Wort Lift durfte in ihrem Beisein nicht fallen. Da hätte sie mir ein für alle Male eine Abfuhr erteilt.“

„Kennen Sie einen Mann namens Bastian Stein?“

„Nie gehört. Allerdings fielen öfter Vornamen: Bastian, Kalle, Flori. Männerbekanntschaften aus ihrer Berliner Zeit. Das ist lange passé.“

„Haben Sie Karin geliebt?“

„Die Polizei stellt komische Fragen. Ob ich Ihnen nun die Wahrheit sage oder nicht: Was macht das für einen Unterschied? Karin und ich waren ein ideales Paar. Grund zur Eifersucht gab’s nicht und aus Liebe bringt man keinen Menschen um. Wir passten einfach toll zusammen. Ja, wir hatten Glück, uns gefunden zu haben. Wissen Sie, wenn Sie Karin nun fragen könnten, ob sie mich geliebt hat, würde sie sagen, dass sie glücklich ist, jemanden wie mich zu haben, der täglich mit ihr telefoniert und sie regelmäßig besucht. Ich habe ihr das Gefühl gegeben, eine Frau zu sein. Ja, wir hatten Sex, vom Feinsten. Schauen Sie mal in ihren Wäscheschrank. Da liegen delikate Geheimnisse."

„Ich möchte Ihnen nicht zu nahe treten, frage aber trotzdem: Trauern Sie um Karin?"

„Ich möchte Ihnen auch nicht zu nahe treten, aber das ist eine dumme Frage. Ich habe mein Glück verloren. Karin war der Dreh- und Angelpunkt meines Lebens. Ich liebe meine Arbeit, aber ohne Karin kommt mir nun vieles sinnlos vor. Acht Stunden Nachdenken und Nachfühlen liegen hinter mir. Ich bin erschöpft. Finden Sie mal mit 59 ein neues Glück. Da kommt ganz schnell Panik auf, dass man für den Rest seines Lebens alleine bleiben könnte."

Fey war ratlos. Kamps parierte ihre Fragen, ohne dass sie das Gefühl hatte, er würde sie anlügen oder ihr etwas vorspielen. Wenn er ein astreines Alibi hatte, war er vorerst aus der Sache raus.

„Kann jemand bezeugen, wo Sie vor zwei Tagen um 6 Uhr abends waren?"

„Sie haben einen unangenehmen Job. Aber klar, Sie müssen diese Fragen stellen. Um die Zeit war ich auf der Autobahn Richtung Konstanz. Kurz nach drei bin ich aus Börnste abgefahren und um 22 Uhr kam ich am Bodensee an und habe meine neue Kolonne in ihre Quartiere eingewiesen. Leiharbeiter kommen nicht immer zu bequemen Zeiten an. Sollte Karin um 18 Uhr ermordet worden sein, komme ich als Täter nicht infrage, denn in vier Stunden kann ich nicht wieder am Bodensee gewesen sein. Die Rezeptionistin der Pension Stallinger kann mein Erscheinen um 22 Uhr bestätigen."

„Nichts für ungut, Herr Kamps. Werden Sie bleiben, um bei den Beerdigungsformalitäten zu helfen? Die Verwandten aus Sythen sehen sich nicht in der Pflicht, da wäre es natürlich schön, wenn Sie ..."

„Maximum einen Tag. Da warten fünf Facharbeiter und zehn Bulgaren auf meine Direktiven. Mein Chef wird mich lynchen, wenn ich nicht binnen 24 Stunden dort wieder aufkreuze und am Sonntag nacharbeite. An meinem guten Willen liegt es nicht, Frau Amber, aber erzählen Sie das meinem Chef. Der schießt mir ins Knie und jammert uns wegen Corona die Hucke voll. Er hat Angst, dass die alles dichtmachen und wir mit unserer Arbeit nicht weitermachen können."

Fey fragte ungerührt weiter: „Es gehört zu meinem Job, Sie nach einer möglichen Erbschaft zu fragen. Erben Sie?"

„Wir haben uns gegenseitig als Vollerben eintragen lassen. Das wurde vor einigen Monaten notariell beglaubigt. Falls Karin es sich nicht anders überlegt hat, sollte dies noch gültig sein. Ob Karin Geld auf dem Konto hat, weiß ich nicht, und an dem Hof bin ich nicht interessiert. Da müsste ich ein Vermögen reinstecken, um ihn für meinen Lebensabend flott zu machen. Ich bin vom Fach. Glauben Sie mir, nur ein Idealist tut sich das an. Die Beziehung stand auf festem Boden, sonst hätte ich mich nicht darauf eingelassen."

Fey sah sich am Limit ihrer Fragen. Was hatte dieser Kamps an sich, dass er ihr keine Angriffsfläche bot? Er lavierte sich geschmeidig mit einfachen und ehrlich klingenden Antworten aus der Affäre. So gewann man

Vertrauen. So bekam er Karin und mit ein bisschen Geduld ihr Erbe.

Sie durfte Kamps keine bösen Absichten unterstellen. Da suchte einzig und allein ihr kriminalistisches Misstrauen nach einem Tatmotiv.

„Der Tatort ist noch nicht freigegeben. Ich muss Sie also bitten, sich eine andere Unterkunft zu suchen."

„Aber selbstverständlich. Ich hätte hier nicht übernachten können. Die Erinnerungen würden mich massiv daran hindern, zur Ruhe zu kommen. Karin ist so präsent in diesem Moment, egal, wohin ich schaue. Sehen Sie dort, den kleinen Igel. Den hat sie für mich gemacht. Er würde sie an meine Frisur erinnern."

„Ach, was sagen Sie zu dieser Tonplatte, hier auf dem Tisch?"

Kamps griff danach und betrachtete das Motiv.

„Das Wappen von Merfeld. Das Bild hängt dort an der Wand. Oh ..."

„Hing dort an der Wand", berichtigte Fey. „Befindet sich nun in unserem Labor. Was fällt Ihnen dazu ein?"

„Komisch, dass Sie mich das fragen. Sie machte immer ein Geheimnis darum. Beschwipst hatte sie mal gesagt, dass eines Tages jemand kommen würde, um sich nach dem Bild des Wappens zu erkundigen und nun liegt es in Ton gebrannt hier auf dem Tisch. Vielleicht ein Geschenk."

„Wie stand es um Karins Alkoholkonsum?"

„Nicht besorgniserregend. Selten, dass sie mehr als ein Gläschen zu sich nahm."

„Okay. Solange der Fall nicht abgeschlossen ist, verbleiben Ihre privaten Sachen im Haus."

„Das macht nichts. Allerdings würde ich gerne das Bild dort, von Karin und mir, mitnehmen. Das Cabrio werde ich wohl abstoßen. Karin liebte es. Sie sah so verdammt toll aus, wenn sie ihren weißen Schal um den Kopf legte und ihre Haare im Wind wehten. Klassisch blond, das war meine Karin. Weiß waren ihre Haare, als wir uns kennenlernten, aber seitdem färbte sie und ich glaube, sie liebte es."

Fey bat Kamps, sich vor seiner Abreise an den Bodensee bei ihr zu melden. Sie verabschiedeten sich. Bevor er ins Auto einstieg, blickte er hoch zum Fenster. Fey stand hinter der Gardine. War der Mann lupenrein? Sein Verhalten glich einem meisterlich absolvierten Programm. Sie wusste aber auch von der Schwäche der Perfektion. Die kleinste Unstimmigkeit konnte alles zum Einsturz bringen. Hoffentlich kamen die zwei Leute der KT endlich, denn Mörris hatte mitgeteilt, nach Bielefeld unterwegs zu sein. Sie musste nun zusätzlich seine Arbeit übernehmen. Die drei vom Stammtischverein und Bresson mussten vernommen werden.

Sie ging nach draußen, um frische Luft zu schnappen. Beim Blick in den blauen Frühjahrshimmel erinnerte sie sich an den ersten Storch, den sie morgens auf der Fahrt durch Börnste gesehen hatte. Störche bellten aber nicht. Was sie da hörte, waren Bahlsens Rufe. Er wäre nicht der erste Hund, den sie mit nach Hause nehmen würde. Bahlsen sprang an ihr hoch, als sie die Wagentür öffnete. Ihr Telefon ertönte und sie nahm ab, ohne auf das Display zu schauen. Es war ihr Mann, mit dem sie am wenigsten gerechnet hatte.

„Ich habe meine Sachen aus unserem Schlafzimmer und dem Ankleidezimmer in Koffer gepackt und in die Garage gestellt. Wenn du die bitte auflässt, sodass ich sie später abholen kann."

Fey hatte alle Mühe, sich Bahlsen vom Leibe zu halten.

„Wirst du jetzt aufhören, an mir hochzuspringen. Mach Platz, du verzogener Köter. Sonst noch was? Den Schlüssel zur Wohnung kannst du behalten. Ich werde ein neues Türschloss einbauen lassen. Ah, verdammt, jetzt guck dir die Sauerei an. Schlammpfoten auf meinem Mantel. Bahlsen ist sein Name. Er zieht bei mir ein. Du ziehst aus. Das trifft sich gut. “

Die Unterhaltung nahm groteske Züge an. Eigentlich meinte sie mit ihren Maßregelungen und Beschimpfungen nicht Bahlsen, sondern ihren Mann. Aber sie zweifelte, ob er ihre Gemütsverfassung verstehen würde. Wie immer, wenn es brenzlig wurde, reagierte er überhaupt nicht und ging mit keiner Silbe auf sie ein. Stattdessen zählte pure Sachlichkeit:

„Die Scheidungspapiere habe ich unterschrieben. Sie liegen auf dem Küchentisch.“

„An die Leine. Falls du trinken möchtest, hier ist Wasser aus der Regentonne. Wie du hörst, bleibt dir Einiges erspart. Und nun, hopp auf den Rücksitz.“

Feys Noch-Ehemann hatte aufgelegt.

Betriebsgeheimnis

In Haltern am See, im früheren Café Berkenkamp, heute Hotel am Turm, trafen sich regelmäßig die drei vom Stammtischverein „Heimatland“. Franz-Josef Pieper und Jupp Sträter hatten zu Mittag gegessen und warteten auf Ludger Huesmann, der die Frühschicht übernommen hatte. Nachmittags war Pieper mit der Observierung an der Reihe und für abends bis Ende hatte Sträter die Arschkarte gezogen. Bresson durfte ihnen nicht entkommen. Bestenfalls würde er sie direkt zum Versteck führen.

Während die drei „Heimatländer“ Bresson nicht aus den Augen ließen, war auch Fey ihm auf der Spur. Ihre Versuche, ihn telefonisch zu erreichen, schlugen fehl. Wo konnte der Mann um die Mittagszeit sein? Sie erkundigte sich bei Marion Thüner. Sie hatte sich mit Hannes Kamps nicht über ein Urnenbegräbnis einigen können und klang genervt. Frau Thüner erwähnte Fey gegenüber, dass Karin sich ein rauschendes Fest im Falle ihres Todes gewünscht hatte. Darüber kam es zum Streit mit Hannes, der eine stille Feier für angemessen hielt, obwohl er wegen seines dringenden Jobs gar nicht dabei sein würde. Fey blieb aus gutem Grund neutral, bat Frau Thüner allerdings, wenigstens ein paar Vermutungen über Bressons Aufenthalt anzustellen. Leider vergeblich. Marion war sauer und kein Gedanke war einen Pfifferling wert, wenn sie sauer war. Auf die Besucherliste des Erzählabends und speziell auf die „Heimatland“-Vertreter angesprochen, wusste sie, dass sie sich öfter im Hotel am Turm trafen und zwar in der Nische, wo früher der Stammtisch gestanden hatte.

Fey betrat das Hotel am Turm und bat die Kellnerin, sie an den Tisch mit den Herren Huesmann, Pieper und Sträter zu führen. Die Kellnerin ging voraus und wies auf den Tisch in der Nische, an dem zwei Herren beim Nachtisch saßen.

Nachdem sie sich vorgestellt hatte und keiner der Herren ihr einen Platz anbot, setzte sie sich, ohne zu fragen, an den Tisch.

„Ihre Gesichter, meine Herren, senden nicht nur Fragen, sondern auch Irritation aus. Neugier wäre auch eine natürliche Reaktion. Was glauben Sie, warum ich zu Ihnen gekommen bin?"

Pieper wollte Sträter überlassen darauf zu antworten, aber Sträter musste wohl gedacht haben, warum ausgerechnet er das Wort ergreifen sollte und löffelte weiter an seiner roten Grütze mit Sahne. Die Peinlichkeit der Unhöflichkeit erreichte einen Grad, den Pieper nicht ertragen konnte.

„Hat es mit dem Mord in Dülmen zu tun?"

Keinen Augenblick länger als nötig wollte sie die münsterländische Trägheit über sich ergehen lassen, mit der die Männer diese Konversation zu führen gedachten.

„Ich schenke Ihnen besser reinen Wein ein. Mir ist bekannt, welches Ziel dieser Stammtischverein verfolgt. Sie haben mit den Poggenpohls von der ehemaligen Poststation in Sythen Kontakt aufgenommen. Dort haben Sie mit Erlaubnis der Familie, oder sollte ich besser Gutgläubigkeit der Familie sagen, in überlieferten Unterlagen aus der Zeit um die Jahrhundertwende stöbern dürfen. Mir ist zu Ohren gekommen, dass in dem Zusammenhang der Inhalt eines Briefes entwendet wurde, der an einen Franzosen adressiert war."

Fey pokerte, um die Männer aus der Reserve zu locken. Natürlich wusste sie nichts von einem anderen Inhalt als dem des Wappens, aber was konnte sie verlieren? Falls sie recht behalten sollte und in den Besitz des vollständigen Briefinhaltes käme, wäre sie vielleicht sogar auf dem besten Weg eine 100-jährige Legende ins Licht der Wahrheit zu rücken.

„Keine Ahnung, was in dem Brief stand“, betonte Pieper mit Achselzucken.

„Wir waren bei den Poggenpohls“, ergänzte Sträter. „Warum ein Geheimnis daraus machen? Es geschieht alles im Sinne einer Entdeckung der heimatlichen Vergangenheit. Wir sind an Fakten interessiert, haben aber nichts gefunden. Der Umschlag war leer.“

„Ach, warum machen Sie sich dann zu dritt die Mühe, Bressons Märchenstunde zu besuchen? Er hat meines Wissens ausdrücklich betont, seine Geschichten dienten der Unterhaltung und entbehrten oft faktischer Grundlagen.“

„Rentner können es sich erlauben, ihre Zeit zu vertrödeln. Auch wir möchten uns von ausgeschmückten Anekdoten aus der Heimat berieseln lassen.“

Fey sah die Handys der Männer auf dem Tisch liegen. Man wartete wohl auf Neuigkeiten von Huesmann. Piepers Handy ertönte. Er warf einen Blick darauf und drückte den Anruf weg. Daraufhin summte Sträters Handy. Als er es in die Hand nahm, schaltete Fey sich ein, denn sie sah Huesmanns Namen auf dem Display.

„Der dritte Mann im Bunde. Gehen Sie ran, Herr Sträter. Die letzten Tage waren voller Überraschungen. Vielleicht hat er die Nuss geknackt und will mit Ihnen die Beute teilen.“

Fey lächelte, aber Sträter sah man an, dass er in der Zwickmühle steckte. Das Gespräch abzuweisen wäre verräterisch. Es war anzunehmen, dass der Teilnehmer vorher versucht hatte, Pieper anzurufen. Es war also dringend. Das Gespräch anzunehmen könnte schief gehen, wenn er sich nicht überzeugend aus der Affäre zog. Die Kommissarin ließ keinen Zweifel an ihrer Professionalität. Wie er es auch drehte, er musste handeln.

„Was gibt es?", fragte Sträter launisch. Eine halbe Minute verging und er legte auf, ohne ein weiteres Wort zu sagen.

„Interessante Konversation. Haben Sie sich angeschwiegen oder hat Herr Huesmann etwas gesagt?"

„Privatsache. Nix von Belang", brummte Sträter muffelig.

„Gut, dann eben mit Druck. Sie sagen mir, wo sich Huesmann jetzt aufhält oder Sie laufen Gefahr eine Anzeige zu kassieren, sollte sich herausstellen, dass Sie wichtige Informationen in einem Mordfall verschweigen und dadurch die Polizeiarbeit erschweren."

Pieper fuhr dazwischen.

„Das ist ja wie im reinsten Polizeistaat. Zwei Männer essen ihren Nachtisch, der dritte macht eine Fahrradtour und die Polizei droht ihnen mit Gefängnis. Dass ich nicht lache."

Sträter schaute erleichtert, aber nicht erlöst. Die Hilfestellung von Pieper zeigte Wirkung, aber Fey ließ nicht locker und forderte die Herausgabe der Informationen des Telefonats. Sie bewegte sich tatsächlich auf dünnem Eis, denn die drei waren weder verdächtig noch hatten sie sich in irgendeiner Form schuldig gemacht. Pieper war ehemaliger Amtsleiter und nicht auf den Mund gefallen.

„Ich gebe Ihnen Huesmanns Nummer und Sie versuchen Ihr Glück und lassen uns bitte in Ruhe aufessen. Den Kaffee würden wir danach gerne ohne Sie trinken."

Fey erhielt die Nummer und wählte sofort. Keine Antwort. Als sie sich entfernte, versuchte sie es erneut, wieder ohne Erfolg.

Schloss Sythen

Marcel Bresson war am Vormittag aufgebrochen, um die Wege ausfindig zu machen, die die Kriegsgefangenen zu ihrem Arbeitseinsatz genommen hatten. Das Tagebuch lag aufgeschlagen auf dem Beifahrersitz. Jules schwärmte von einer prächtigen Allee, deren Buchen 30 Meter in den Himmel ragten. Wahrscheinlich hatte er selbst die Allee nie gesehen. Er verließ sich auf die Erzählungen der Gefangenen. Die Männer berichteten von einem riesigen Kirchenschiff, das die Bäume über ihnen bildeten. Wenn sie zur Arbeit unterwegs waren, sangen sie, schrieb Jules, aber wenn sie die Allee beschritten, sangen sie lauter, fast so, als wären sie für kurze Zeit der Wirklichkeit entrückt und auf dem Weg in die Arme ihrer Familien. Im Tagebuch standen selbstredend keine Namen von Gefangenen, dafür aber gab es eine Zeichnung, und zwar die des Wappens von Merfeld. Die Namen hatte Jules Marcel mündlich überliefert, wenn er in Erzähllaune war.

Bresson fragte sich in Merfeld durch und fand den Franzosenbach und einen Bahndamm in einer Bauernschaft in Börnste. Er schaute sich an, was seine Landsleute vor einem Jahrhundert mit Schüppen und Spaten geschaffen hatten. Das Wasser floss in einen Angelteich. Ob sie den auch Meter für Meter ausgehoben hatten? Bei einem Waldspaziergang verfolgte er den weiteren Verlauf des Bachs und stellte fest, dass Jules' Aufzeichnungen korrekt waren. Dort stand nämlich, dass er vor seiner Mündung in den Heubach, am Haus Merfeld entlang floss.

Bresson warf einen Blick auf das herrschaftliche Haus Merfeld und kehrte zu seinem Wagen am Bahndamm zurück. Beim Einsteigen bemerkte er ein fremdes Fahrzeug. Später, auf der Fahrt durch Hausdülmen, tauchte der Wagen wieder in seinem Rückspiegel auf. Der Fahrer hielt aber Abstand, sodass er ihn nicht erkennen konnte. Würde es nicht um einen heiß ersehnten Beutefund gehen, wäre ihm der Verfolger nicht so wichtig gewesen. Bekanntlich wähnte man sich besser nicht in Sicherheit, wenn die Konkurrenz bereits in den Startlöchern saß. Huesmanns rüpelhaftes Verhalten im Hotel, der Mord an Karin und deren Verwandtschaft mit Clemens Poggenpohl, dessen Name mehrfach in Jules' Tagebuch auftauchte, gaben Anlass zur Vorsicht.

Bresson nahm Kurs auf Sythen. Am Rande des sagenumwobenen Götterwaldes, auch Linnert genannt, hatte der Heimatverein Teile der ehemaligen Schlossanlage zu Sythen kunstvoll restauriert. Bevor er bei Pfeiffer vis-à-vis zu Mittag essen wollte, sah sein Plan einen Besuch des Schlosses vor. Früher, zu Zeiten des Kriegsgefangenenlagers, befand sich das Schlossgelände im Besitz des Grafen Otto von Westerholt. Dessen Name tauchte auf den letzten Seiten von Jules' Tagebuch auf. Bresson ging auf die knorrige Schlosstür zu und rüttelte daran. Der Eingang war verschlossen, aber ein seitlich angelegter Fußweg führte in den Innenhof. Er spazierte mit wachsamen Augen über den Rasen zum hinteren Hauptgebäude und öffnete ein schmiedeeisernes Tor, das Einblick in eine Art Kapelle gewährte. Unwahrscheinlich, aber möglich, dass Jacques und die anderen bei ihren nächtlichen Streifzügen in dieser Kapelle Unterschlupf gesucht hatten.

Bresson sah sich um. Jedes noch so kleine Detail konnte von größter Bedeutung sein. Er war davon überzeugt, dass die Informationen vorhanden waren, nur leider nicht sofort erkennbar und vielleicht in falschen Händen lagen. Bresson war sich bewusst, dass er alle Mitwisser aufgerüttelt hatte und er vor Verfolgern nicht sicher war. Wer würde zuerst die entscheidenden Informationen besitzen? Und wer würde sie deuten können? Der Universalschlüssel lag einst in dem Brief an Jacques Flambert. Für Bresson stand fest, dass Jacques das Versteck der Beute nicht kannte. Er sollte durch den Brief davon in Kenntnis gesetzt werden. Logisch war auch, dass der Schreiber eine Art Code benutzt hatte, um die Informationen nicht jeder x-beliebigen Person zugänglich zu machen. Nur Jacques würde die verschlüsselte Botschaft des Briefes verstehen. Deswegen war es so wichtig, Jacques' Geschichte zu erzählen, nur so würde er ihn besser kennenlernen, um dann mit seinen Augen sehen zu können.

Unter dem Kreuzgewölbe

Ganz in Gedanken betrachtete Bresson das Gewölbe über sich. Plötzlich schepperte die schwere Eisentür in ihrem Rahmen.

„Jetzt ist Schluss mit lustig. Setz dich auf die Bank vor den heiligen Herrn und lass das Lügen."

Huesmann prustete wie ein Stier und ging auf Bresson los. Im letzten Moment wich Bresson in eine Bank aus. Huesmann blieb stehen und versperrte ihm den Weg.

„Los! Setzen. Ich habe dich beobachtet. Du bist auf der Suche nach der verlorenen Wahrheit von 1918. Du hast die Wahl. Entweder du kooperierst, oder wir lassen dich hochgehen und erklären der Presse deine wirklichen Absichten. Von wegen Heimatflüsterer. Den Schmusekurs kannst du dir an die Backe nageln. Dich unrechtmäßig an fremdem Eigentum bereichern, das willst du. Und der Mord an Karin Poggenpohl, wenn der nicht auch auf deine Kappe geht. Du willst Krieg – kannst du haben. Es sei denn, du bist vernünftig und spuckst aus, was in dem Tagebuch über die Beute steht."

Huesmanns massive Statur flößte Respekt ein. Bresson kannte diesen Typus Mann weniger aus der Realität als aus seinen Romanen. In solchen Szenen kam es entweder zu körperlicher Gewalt oder die schwächere Partei schlug sich auf die Seite der stärkeren. Keine Frage, er musste den Hitzkopf besänftigen.

„Ich recherchiere für meine Geschichten. Deswegen bin ich auf Besichtigungstour. Nichts weiter. Das Tagebuch meines Großonkels ist zu Hause in Belgien, aber ich kann Ihnen gerne Auskunft geben, wenn Sie spezielle Fragen haben. Ich wollte Ihnen nicht ins Handwerk pfuschen. Wo kann ich konkret helfen?"

„Setz dich endlich“, herrschte Huesmann ihn an und machte selbst einen Schritt zurück. „Jacques Flambert. Was weißt du über ihn? Es heißt, dass er wegen eines Diebstahls erschossen wurde. ‚... tot fiel der Dieb‘, schrieb Clemens Poggenpohl.“

„Erschossen? Oh, das ist mir neu. Ich erinnere mich an eine Passage meines Großonkels, da ging es um einen Überfall. Jacques, Liam und Winkler hatten Schnaps erbeutet und machten im Lager damit Geschäfte. Wer Schnaps hatte, war dort unermesslich reich. Die härteste Währung nannten sie den Fusel.“

Huesmann sah ihn grimmig an und setzte sich in die Bank, an dessen anderem Ende Bresson Platz genommen hatte.

„Der Diebstahl! Was faselst du von Schnaps? Erzähl mir alles, was du vom Ergaunern der Beute weißt und überlass mir die Schlussfolgerung.“ Huesmann zog einen Flachmann aus der Jacke, schraubte ihn auf und reichte ihn an Bresson. „Quittenschnaps. Löst die Zunge.“ Bresson nahm einen guten Schluck und Huesmann stellte den Schnaps in Reichweite. „Leg los. Verarscht du mich, wirst du das teuer bezahlen. Vergiss nicht das Schwein.“

Bresson schreckte regelrecht auf, versuchte aber seine Regung zu verbergen. Die Sache mit dem Schwein. Huesmann wusste anscheinend mehr, als er ihm zugetraut hatte. Für gewöhnlich fiel ihm das Erzählen leicht, wenn der Ansporn vom Publikum kam, doch mit Huesmann als einzigem Zuhörer brauchte er ein hochprozentiges Medium und griff zum Flachmann. Er sprach sich Mut zu. Wer mit Calvados groß wurde, machte sich vor einem Quittenschnaps nicht bange und vor einem feisten Drangsalierer erst recht nicht. Bresson begann.

Auf ihrem zweiten Nachtgang musste Winkler sich an die Scheune pirschen, in der sie hofften, die beiden Jungs zu treffen, die den Schnaps brannten. Um einen möglichen Hinterhalt zu erkennen, sollte Winkler in die vermeintliche Falle tappen, während Jacques und Liam im Graben eines abgeernteten Getreidefeldes lagen und lauschten. Natz Pöther öffnete das Scheunentor, um nachzusehen, ob jemand sich näherte, da schnellte Winkler vor, packte ihn am Hals und zischte in sein Ohr:

„Wo ist der andere?“ Winkler warf den Jungen zu Boden und stürzte sich auf ihn. „Ist das eine Falle, bezahlst du mit dem Leben. Wo bleibt dein Kamerad?“

Natz Pöther wollte sprechen, aber Winkler hielt seinen Hals umschlungen. Er röchelte Wortfetzen, bis Winkler ein Einsehen hatte und seinen Griff lockerte.

In dem Moment stürmten Jacques und Liam in die Scheune. Winkler sprang hoch und Jacques half dem Jungen auf die Beine, woraufhin er unter einer Decke Männerkleidung hervorholte, zwei Kappen, Hosen mit Hosenträgern, Hemden mit Löchern, eine Jacke und einen Kittel. Jacques und Liam zogen die Sachen an. Es passte, auch wenn's luftig war oder zwickte.

„Du bist ein braver Junge“, sagte Jacques. „Was sagen deine Leute? Habt ihr den Krieg satt? Da fehlt ein Sohn in jeder Familie, was?“

„Sie schreiben es nicht in der Zeitung, aber der Kaiser ist am Ende, der Krieg verloren. Man munkelt, dass Reichskanzler von Baden einen Waffenstillstand aushandeln will.“

„Ist er nicht ein Glücksbote, unser Natz", jubelte Jacques. „Jetzt kommen die Deutschen endlich zur Vernunft. Mit den Amerikanern haben sie nicht gerechnet und die Engländer werden sie auf See nicht schlagen, nicht wahr, mein lieber Liam. Die Alliierten gewinnen ohne dich den Krieg und wir werden bald frei sein. Hast du einen Schnaps für uns? Das muss begossen werden. Winkler, schieb' Wache am Tor!"

Natz holte alle Flaschen, die er abzweigen konnte.

„Mehr habe ich nicht, sonst fällt es auf. Die Sachen zum Anziehen waren für heimkehrende Soldaten gedacht."

„Also wie für uns gemacht", posaunte Jacques lächelnd, öffnete eine Flasche, trank und reichte sie weiter an Liam, der die Flasche halb leerte.

„Seht euch den Schluckspecht an. Ich denke, du trinkst nicht."

Liam setzte ab, holte tief Luft und gab Winkler die Flasche.

„Ich habe noch nie Alkohol getrunken, aber ich hatte Durst, deswegen. Brennt wie Ingwerwurzeln."

„Wenn du nicht so'n Haudegen wärst, würde ich glauben, du hast die Zeit verschlafen, in der wir alle Quatsch machten und das Saufen und Rauchen lernten. Wo warst du da?"

„Da, wo es nix zu saufen und zu rauchen gab, nur Prügel, und die bekam man, bevor man für einen Tag in den Karzer gesperrt wurde, der neben dem offenen Klo für 800 Männer stand."

„Hört! Ein Experte in Sachen Gerüche und Geräusche der männlichen Darmflora."

„Was meinst du, ist es bei Frauen anders?", fragte Liam und Jacques sah ihm an, dass er seine Frage ernst meinte.

„Das ist eine Glaubensfrage, denn die wenigsten Frauen werden dich riechen und lauschen lassen, wenn sie ihre Toilette erledigen. Sie machen ein Geheimnis drum. Ich weiß alles über Frauen, nur das nicht."

Natz machte große Augen. Er wandte sich verschämt ab und zerstreute die Glut unter dem Kessel, damit sie schneller abkühlte. Als er merkte, wie die Männer ihm dabei zusahen, erklärte er: „Niggemeier von der Dülmener Polizei rückt den Schwarzbrennern auf den Pelz. Der Kaiser und Ludendorf brauchen Steuergelder, um das zerschlagene Reich wieder aufzubauen. Ich werde keine Steuern zahlen. Alles gehört allen. Das denken auch andere. Ich will nichts weiter sagen, aber wir räumen bald gründlich auf. Das Volk ist der neue Kaiser."

„Sagt Natz Pöther und stürzt den Adel vom Thron. Recht so, mein Junge."

Jacques sah sich um. Sein Versuch, ein großes Netz vom Boden aufzuheben, scheiterte. Er rief die beiden anderen zu sich.

„Ein sehr großes Fischernetz", sagte er zu Natz. „Wo können wir damit Fische fangen?"

„Die Teiche des Herzogs sind abgelassen, die Karpfen geerntet. Das Netz ist hier zum Flicken. Es gehört einem Bauern aus Hullern. Die fischen im dortigen Märchensee damit. Die Stever ist aber ziemlich weit weg von hier."

„Kriegst du Ärger, wenn wir uns das Netz und das Seil ausborgen, sagen wir für eine Woche?"

Jacques flößte dem Jungen Vertrauen ein, indem er ihn wie einen Komplizen behandelte. Er sollte das Gefühl bekommen, mit zur Bande zu gehören. Hatte er sich einmal auf ihre Seite geschlagen, würde er sie nie verraten. Jacques nutzte die Gunst der Stunde, bediente sich mit ein paar Flaschen Schnaps, klopfte dem Jungen auf die Schulter und gab Liam einen Wink, das Netz in die Schubkarre zu laden und loszufahren. Nachdem sie Minuten still zurück in Richtung Lager gegangen waren, fragte Liam, was Jacques mit dem Netz vorhatte.

„Gänse!“, antwortete er wie selbstverständlich. „Du siehst jeden Tag auf dem Weg zum Arbeitslager Tausende Wildgänse. Die schnappen wir uns. Heute Nacht legen wir das Netz dort in die Wiese, wo sie morgens und abends rasten. Mit dem Seil haben wir einen Zugriff auf das Netz. Wir schleichen uns ran, ziehen kräftig und die Füße der Gänse verfangen sich in den Maschen. Dann greifen wir zu und verkaufen den Fang.“

„So machen wir es“, sagte Liam, belustigt vom Schnaps und nicht mehr ganz bei der Sache. „Meinst du, wir könnten selber eine essen? Rösten sie bei Natz über dem Feuer.“

„Gute Idee. Du solltest öfter Schnaps trinken. Mir fehlt der Rotwein. Wenn die Deutschen kapitulieren, saufen wir bis zum Umfallen, flanieren über die Champs-Élysée, legen die schönsten Pariserinnen flach und machen sie genauso glücklich wie uns, ihre Helden. Hast du es schon mal mit zwei Frauen gleichzeitig getrieben? Ach, ich vergaß, du bist Jungfrau, arme Sau.“

Sie scheuchten eine Schar Gänse auf, als sie das Netz breitflächig über die Wiese verteilten. Die Schubkarre landete im Gebüsch. Jacques und Liam zogen sich wieder ihre Lagerkleidung an, ließen auf Liams Wunsch eine Flasche Schnaps zurück und begaben sich zum Lager.

„Was ist mit dem Schwein?“, fragte Huesmann fordernd. „Bis jetzt konnte ich deiner Geschichte keine neuen Aspekte abgewinnen. Wehe, du verschweigst mir etwas. Das Schwein gehört zum Motiv des Wappens von Merfeld. Karin Poggenpohl tat so geheimnisvoll, als ich sie besucht habe und auf das Wappen zu sprechen kam. Los, erzähl vom Schwein!“

Das Schwein I

Bresson versuchte sich zu konzentrieren. Huesmanns Hinweis auf das Schwein im Wappen hielt er für unwichtig. Vielleicht konnte er ihn aber durch seine Geschichte auf eine andere Fährte lenken, war ihn vorerst los und hatte so wieder freie Bahn für seine eigenen Pläne.

Ein großer Fang schwebte ihnen vor. Auf die Graugänse war Verlass, und dass sie Geselligkeit pflegten, sollte ihnen zum Verhängnis werden. Das Anschleichen an das Ende des Seils, mit dem das Netz verbunden war, löste lautes Geschnatter und Flügelschlagen aus. Das Alarmsystem der Gänse erkannte feinste Geräusche von Füchsen und Wildkatzen. Für die drei Wilderer ein Grund zum Fluchen, aber Liam mahnte Geduld an. „Bleibt einfach hier liegen. Es kommen andere und dann sind wir am Zug."

Nicht lange, da hörten sie die ersten gefiederten Zweibeiner landen. Dunkel war die Nacht, aber sie waren sicher, dass das Vogelgeschnatter ganz aus der Nähe kam. Auf Jacques' Kommando sprangen die drei auf und zogen mit aller Kraft an dem Seil, liefen dabei weit nach hinten und fielen nacheinander über ihre eigenen Beine. Liam hechtete zum Netz und packte den ersten Vogel, der mit seinen breiten Füßen in den Maschen hing, zappelte und ein wildes Gezeter anstimmte. Jacques und Winkler stürmten herbei und griffen sich ebenfalls jeder einen Vogel, Jacques einen Storch und Winkler eine Gans. Die Männer sammelten sich und jeder zeigte seine Beute. Liam und Winkler konnten sich das Grinsen nicht verkneifen und Jacques reizte ihre Lachmuskeln umso mehr, weil ihm die Rolle des Vogelfängers augenscheinlich zuwider war. Ekelte er sich vor dem Storch oder hatte er gar Angst vor ihm? Winkler kam zur Sache und demonstrierte vor den anderen, wie man eine Gans tötete. Kopf umdrehen und ziehen. Danach nickte er den anderen zu, es ihm gleich zu tun. Liam packte zu und der Fall war erledigt. Jacques schien ein Problem zu haben und die anderen beiden schauten voller Erwartung zu, wie er es lösen würde.

Ließe er den Kopf des Vogels los, um an seinen Hals zu packen, liefe er Gefahr, von dem scharfkantigen Schnabel des Storches in den Hals gestochen zu werden. Seine Schlagader würde klaffen, sein Blut hinausschießen und er elendig verrecken. Jacques dachte wohl einen Moment ans Freilassen. Liam musste seine Gedanken gelesen haben und schüttelte vorsorglich den Kopf. Sollte er etwa wie ein Raubtier in den ranken Federhals beißen und ihm die Adern zermalmen? Mein Gott, im Feld hatte er Granaten in Schützengräben geworfen, war dem Kugelhagel des Feindes entkommen, sah Kameraden verbluten, stopfte ihre Wunden vergeblich, weil ein Arm abgerissen war oder ein Splitter die Eingeweide zerfetzt hatte. Dass er eines Tages vor einem Storch Manschetten haben würde, wäre ihm im Traum nicht eingefallen. Er sah in die Augen seiner Begleiter, doch nach wie vor strahlte ihm von dort entschlossen der Befehl zu töten entgegen. Drückte er ihm einfach die Luftröhre ab und der Storchenkopf würde langsam nach unten sinken, wäre er aus dem Schneider? Winkler hatte Erfahrung. Wurde ihm die Sache zu bunt? Er streckte Jacques auffordernd die Hand entgegen. Die Sache wurde immer brenzliger. Würde er sein Gesicht als Bandenchef durch einen Storch verlieren? Er musste das Tier töten, aber nicht banal, sondern gerissen, oder gar furchteinflößend. Ihm lief die Zeit davon. Plötzlich griff er nach dem Schnabel, packte ihn in der Mitte und rammte ihn ins Herz des Storches, sodass dieser ohne Wehr und Todeskampf schlaff in sich zusammensank. Stolz blickte Jacques auf.

„Kennt ihr die Sage vom Kormoran", tönte er überlegen, „der seinen Bauch aufschlitzt, um seine hungernden Jungen mit dem eigenen Blut zu ernähren? Wenn ihr belesen wäret, wüsstet ihr, wovon ich spreche. Egal, so macht man es mit Störchen!" Jacques sah in die angespannten Gesichter seiner Begleiter und brüstete sich. „Wieder was gelernt, Jungs. Und nun los. Wir verkaufen die Viecher, aber erst schneiden wir den Gänsen die Köpfe ab und dem Storch den Hals und die Beine. Dann wird er gerupft und als Gans verhökert. Legt das Netz wieder aus! Ich kümmere mich um den Storch."

Es blieb nicht viel Zeit bis zur Rückkehr ins Lager. In Hausdülmen warfen sie den Wirt einer Kneipe aus dem Bett. Winkler führte die Verhandlungen. Sie verkauften ihm die drei Gänse. Er nahm sie mit Kusshand, denn für gewöhnlich konnte er seinen Gästen nur Schmalkost servieren, Erbsensuppe, Himmel und Erde oder Wirsing mit Speckwürfelchen, die verdächtig nach angebratenen Zwiebeln aussahen. Warum die eine Gans bereits gerupft sei, erklärte Winkler damit, dass der vorgesehene Kunde sich den Preis nicht leisten konnte, was den Wirt umso wohlwollender stimmte. Die beiden Gänseköpfe behielt Liam in seiner Jackentasche. Man konnte nie wissen, wozu das gut sein würde.

Huesmann platzte der Kragen. Er sprang auf und marschierte wild gestikulierend im Gang der Kapelle auf und ab und beschimpfte Bresson, dass er nur seine Zeit vergeudete.

Das Schwein II

Bresson hatte Huesmanns Forderung, vom Schwein zu berichten, einfach ignoriert. Er war damit nicht durchgekommen, hatte aber erreicht, Huesmann mit seiner Erzählung hinzuhalten. Im gewissen Sinn hatte er ihn in der Hand. Durchs Zuhören war er gefügig geworden. Warum nicht die Geschichte so hinbiegen, dass sie ihn in die Irre führte?

„Verzeihung. Manchmal zieht eine Episode mich in den Bann, sodass ich den Überblick verliere. Die Story mit dem Schwein bringt auch mich an meine Grenzen. Soll ich sie glauben oder hat mein Großonkel Jules zu tief in die Flasche geschaut? Oder war Jacques besoffen und hatte mal wieder maßlos übertrieben?"

„Fang endlich an! Ich merke, wenn du mich verscheißern willst."

Seit Tagen zahlte sich das Geschäft mit den Gänsen aus, war aber ziemlich risikoreich, denn sie hatten festgestellt, dass sie immer neue Käufer finden mussten, weil sich Wirte und Privatleute fürchteten, der Wilderei und Hehlerei bezichtigt zu werden. Ein Schwein wäre hingegen unverfänglicher, hatte Jacques vorgeschlagen. Die wurden gemästet, um geschlachtet zu werden. Und wer wollte an der Wurst erkennen, dass es ein gestohlenes Schwein war? Die alles entscheidende Frage war die nach der Wurst. Wer machte die Wurst oder wer schlachtete das Schwein? Die drei waren sich einig. Diese Frage musste erst vom Tisch, bevor sie sich ein Schwein organisieren würden.

Von Natz Pöther hatten sie sich mit Schnaps eingedeckt und ihn mit einer Handvoll Mark dafür entlohnt.

Natz war unersetzlich, wenn es um Informationen ging. Auf das Schwein angesprochen, wusste er, dass man mit Bertlings Wilm in Haltern reden könne. Die würden schon frühmorgens schlachten. Das Geschäft lag zur Merschstraße raus, aber die Schlachterei war nur von der Turmstraße zu erreichen. Wenn sie das Schwein dort ablieferten, würde Bertling sie sofort bezahlen. Jacques war überrascht von den präzisen Auskünften, die sich für ihn eher wie eine Falle anhörten. Auf die Frage, woher Natz das alles wisse, konnte er gut parieren. Eine Lotte Roer würde dort aushelfen und Lotte wäre die beste Freundin seiner älteren Schwester. Niemand sonst als Lotte mache so leckeres Wurstebrot, prahlte Natz, und ihr Panhas würde bei Bertling weggehen wie frische Brötchen bei Schäpers.

Eine ehrliche Haut, dachte Jacques. Wenn er eins verstand, dann Lügen von Wahrheit zu unterscheiden. Das hatten ihn seine vielen Liebschaften gelehrt.

Den Metzger hatten sie, fehlte noch das Schwein. Auch hier erwies sich Natz als nützlicher Ratgeber. Es war Freitagnacht und auf Hof Schulte sollte morgens früh geschlachtet werden. Die Nachbarn brachten ihre Schweine rechtzeitig dorthin und der Metzger kam auf den Hof und schlachtete. In seiner Begleitung befand sich sein Hund, der vor einen hölzernen Trog auf Rädern gespannt war. Eine Axt und verschiedene Messer gehörten zur Ausrüstung. Die Besitzer der Schweine markierten ihr Tier an den Ohren, sodass jeder auch am Ende bekam, was er abgeliefert hatte. Schulten Hof konnten sie nicht verfehlen, ein steinernes Wegkreuz stand vor der Einfahrt. Kurz entschlossen schritten sie zur Tat.

Im fahlen Mondlicht sahen sie die fetten Leiber der Schweine in ihren Suhlen liegen. Jacques, Liam und Winkler schlichen sich an den Zaun. Was ihnen bevorstand, wollte Jacques sich lieber nicht ausmalen und hoffte, dass Liam sich als Experte erweisen würde. Ganz so zuversichtlich war er allerdings nicht, denn Liam konnte eigentlich gar nichts, weil er einfach gar nichts gelernt hatte, außer ein guter Kumpel zu sein und Kartoffeln essen.

Aber Liam hatte Schnaps getrunken und seit seinem ersten Mal vor ein paar Tagen hatte er richtig Spaß daran gefunden. Besonders, dass er immer lustiger wurde, je mehr er davon in sich hineinschüttete, überzeugte ihn von der Richtigkeit seiner neuen Leidenschaft. Reden fiel auch nicht mehr schwer. Im Gegenteil, Liam faselte und argumentierte das Blaue vom Himmel herab.

Nachgedacht hatte er nicht, aber er wusste scheinbar, was zu tun war, stieg über den Zaun, stellte sich breitbeinig über die Sau und schlug ihr mit einem Knüppel gewaltig zwischen die Augen. Der Knüppel zerbarst, die Sau erstarrte und dann sank ihr Kopf träge auf den Boden.

„Das Messer!“, fauchte er Jacques an. „Gib! Das Schwein ist bewusstlos. Wenn es quiekt, weckt es den Bauern auf.“ Jacques reichte ihm sein Messer, ohne zu ahnen, was Liam damit beabsichtigte. Er machte kurzen Prozess und schnitt dem Schwein die Ohren ab und reichte sie über den Zaun. Weder Winkler noch Jacques griffen danach. Liam blieb nichts anderes übrig, als sie in seine Jackentasche zu stecken. Dann hievten sie die Sau zu dritt über den niedergetretenen

Zaun, luden den schlaffen Körper auf den hölzernen Trog und machten sich auf den Weg zu Bertlings.

„Jetzt ist es unser Schwein", brüstete Liam sich strotzend vor Heldenmut, holte die Ohren aus der Tasche und schaute nach. „Hier die Marke. Ein blauer Stempel." Er zeigte den anderen die Markierung und warf dann das Ohr in den Straßengraben. „Warum hast du das zweite Ohr abgeschnitten?", wollte Winkler wissen. „Das machen wir zu Geld, wie wir es mit den Gänseköpfen getan haben."

Jeder Gans wurde der Kopf abgetrennt. Nachdem sie die Gänseleiber verscherbelt hatten, ließen sie sich von kaufwilligen Kunden eine Anzahlung geben. Der Gänsekopf galt als Beweis, dass sie liefern konnten und der Kopf verblieb als Garantie beim Käufer, der allerdings vergeblich auf den Rest wartete.

Sie wussten um ihr riskantes Spiel, aber die täglichen Nachrichten vom bevorstehenden Ende des Krieges nährten ihre Hoffnung, bald aus der Gefangenschaft entlassen zu werden. Dann hätten sie das nötige Geld für die Heimreise und könnten sofort los. Das Schwein war ihre Fahrkarte in die Freiheit. Ein totes Schwein konnten sie allerdings nicht abliefern, denn Bertling nahm keine toten Tiere.

Sie hatten die Stadtmauern Halterns erreicht, als plötzlich das Schwein wie angestochen schrie und quiekte. Es wälzte sich mit seinem kompakten Körper hin und her, fiel aus der hölzernen Wanne und hätte Jacques nicht einen Strick um den Hals des Tieres gebunden, wäre es davongerannt. Sie schafften es mit letzter Kraft, die wilde Sau zu bändigen, zerrten am Seil, um es zum Gehen zu bewegen, aber das Schwein war störrisch wie ein Esel und grunzte wie aus Trompeten. Das mussten die Schmerzen sein, dachte Jacques und versuchte seinen Blick vom blutüberströmten Schweinsgesicht abzuwenden.

Aber was war das? Ohne Ohren sah das Schwein aus wie ein Pferd, das zum Angriff seine Ohren anlegte. Blies die Sau zur Attacke? Windschnittig, dachte Liam, der mittlerweile eine ganze Flasche Schnaps intus hatte. In seinem Land pflegte man das Hunderennen. Wenn die Greyhounds auf der Rennbahn um die Wette liefen, sahen sie auch aus, als hätten sie keine Ohren.

„Liam!", rief Jacques flehend. „Zieh ihm noch eine über. Die Sau will uns ans Leder. Töte sie, wenn's sein muss!" Liam zog das Messer aus dem Gürtel, ging auf das Schwein zu, während die anderen das Seil stramm hielten. Wenn man Liam charakterisieren wollte, dann als Gemütsmensch. Unter dem Einfluss Alkohol allerdings fielen alle Hemmschwellen und die ganze Tiefe der männlichen Melancholie bahnte sich ihren Weg ins Bewusstsein. So oder so ähnlich war es mit Liam geschehen. Er setzte sich friedlich und gemütlich vor das Schwein und streichelte es vorne an der Schnauze, nicht ohne dabei ein irisches Wiegenlied zu summen.

Jacques sah es als zwecklos an, zur Eile zu mahnen. Er gab Winkler ein Zeichen und zugleich zogen sie am Seil. Das Schwein stolperte über Liam und folgte den beiden Männern, während Liam sich fragte, ob man nicht das Ohr wieder annähen könnte. Gesehen hatte er das in einem Lazarett, als ein Soldat eingeliefert wurde, dem ein Ohr mit einem Bajonett abgetrennt worden war.

Bertlings Wilm öffnete die Tür zur Metzgerei, betrachtete das Schwein und machte ihnen ein Angebot, allerdings nicht ohne klärende Worte. „Wegen der Ohren, da stell ich besser keine Fragen, dann bekomm ich auch keine falschen Antworten. Die beiden Ohren zieh ich euch vom Preis ab, und lasst euch nie wieder blicken. Das habt ihr einzig und allein der Lotte zu verdanken."

Lotte trat aus dem hellen Schein des Schlachthauses hervor, als hätte sie auf diese Gelegenheit gewartet. Jacques' Augen glühten im Widerschein der Deckenlampe, als er sie sah. Zu verschüchtert war ihr Blick, als dass sie etwas hätte sagen können. Dennoch, warum stand sie da in koketter Manier in ihrer fleckigen Schürze? Natz würde sie neugierig gemacht haben. Er hatte garantiert geplaudert und ihr die eine oder andere Räuberpistole erzählt. Vielleicht wollte sie auch nur einen Franzosen zu Gesicht bekommen. Gedanken wie diese gingen Jacques durch den Kopf, doch es wurde höchste Eisenbahn, wieder ins Lager zurückzukehren. Zu gern hätte er ihr einen französischen Gruß zugerufen, aber Bertling sollte nichts von seiner fremden Herkunft erfahren. Lotte hatte nur Augen für ihn und so warf er ihr einen Handkuss zum Abschied zu.

Sie eilten zurück in Richtung Dülmen. Unterwegs wechselten sie ihre Kleider und Liam musste sich schweren Herzens von seinem Schweineohr trennen. Er hatte es den ganzen Weg über in der Hand gehalten. Durch seine Berührungen war es wieder warm geworden und das gab ihm ein Gefühl von Geborgenheit. Als sie durch das Loch in der Barackenwand schlüpften, regten sich die ersten bereits in ihren Betten. Es fiel Jacques, Liam und Winkler nicht schwer, so zu tun, als wären sie noch genauso müde wie die anderen in Baracke 8.

Huesmann saß in der Bank und stützte sein Kinn mit einer Hand ab. „Lotte Roer stand also mit Natz Pöther in Verbindung. Pöther war ihr Informant und kannte die Pläne der Drei. Da tut sich ein neuer Zweig auf. Bin gespannt, wer diese Lotte war. Zweitens: Du hast ein steinernes Wegkreuz am Schulten Hof erwähnt. Im Wappen von Merfeld befindet sich ein Kreuz und ein Schwein. Du weißt nicht zufällig, wem das Schwein gehörte? Ich meine den Stempel."

„Keinen Schimmer. Jules schrieb, dass Lotte eine hübsche Frau war."

„Roer, der Name ist mir ein Begriff. Wir werden sehen. Strolch nicht weiter in der Gegend umher, Bresson! Deine Vorträge kannst du vergessen. Nach Karins Tod wird vorerst niemand deine Geschichten hören wollen, und bevor du des Mordes verdächtigt wirst, mach dich besser aus dem Staub. Hast du verstanden? Reise ab! Heimat hat für jeden einen Platz und deiner ist jenseits der deutsch-belgischen Grenze."

Huesmann nahm den Flachmann von der Bank und ging. Er hinterließ eine Aura arroganter Überheblichkeit, als hätte er ein Recht auf das letzte Wort. Für Huesmann klang die Geschichte glaubwürdig, dachte Bresson, sonst wäre er ihm lauthals ins Wort gefahren. Sein Köder war das steinerne Wegkreuz, das es aber am Schulten Hof gar nicht gab, jedenfalls hatte Jules nichts darüber geschrieben, es wäre also reiner Zufall, wenn dort wirklich eins stünde. Huesmann hatte genau hier angebissen. Wahrscheinlich war er bereits auf dem Weg zum Schulten Hof, um sich dort zu erkundigen. Das Wegkreuz passte also auch in Huesmanns Kenntnisstand. Das war ein Grund mehr, sich gezielt darauf zu konzentrieren.

Masche?

Huesmann hatte sich nicht auf Feys Anrufe gemeldet und die beiden anderen von „Heimatland“ hatten ihr quasi nichts geliefert. Sie saß immer noch in ihrem Wagen vorm Hotel Zum Turm in Haltern und überlegte, ob sie den beiden Männern folgen sollte, wenn sie sich blicken ließen. Sie würden bestimmt mit Huesmann Kontakt aufnehmen. Die Pensionäre hatten allerdings alle Zeit der Welt, während sie frustriert auf Mörris verzichten musste, und ihr im Moment nicht ein einziger Ermittler zur Verfügung stand. Frust war ein Gefühl, das wie eine schleichende Seuche nach Vermehrung suchte. Wenn sie sich nun vorstellte, dass ihr Mann seine Koffer packte, fand sie das einerseits in Ordnung, aber andererseits schossen ihr gerade Tränen in die Augen. Chef Carstensen hatte sich weder nach dem Fall Poggenpohl erkundigt noch signalisiert, wann sie wieder mit personeller Unterstützung rechnen konnte. Er saß die Situation offensichtlich aus. Bis der Tatbestand definitiv geklärt war, stahl er sich aus der Verantwortung, und wenn die Presse ihn nicht in ihrer Schusslinie hatte, regte er sowieso keinen Finger für sie.

Vielleicht ein Lichtblick. Mörris meldete sich.

„Tut mir leid, dass ich erst jetzt wieder anrufe, aber hier läuft alles aus dem Ruder. Harry lässt ausrichten, dass Steins Fingerabdrücke zum Sortiment gehören, das sein Team nach der Tat sichergestellt hat. Das heißt, dass Stein zur Tatzeit und nicht erst zwei Tage später bei Karin Poggenpohl gewesen sein könnte. Er käme als Täter infrage. Warum er erst zwei Tage später die 5000 Euro abholen wollte, ist mir nicht klar.“

„Stein ist verdächtig. Das müssen wir klären. Kannst du ihn dir ...?“

„Ausgeschlossen. Ich bin hier voll im Einsatz. Harry bat mich, dir außerdem zu sagen, dass seine beiden Leute reinen Alkohol in der Scheune neben diversen Schmiermitteln gefunden haben. Merkwürdig war, dass die Flasche aus der Apotheke stammte und nicht verstaubt war wie die anderen Behältnisse. Allerdings war das Etikett entfernt worden. Der Alkoholgehalt im Kaffeelikör lag bei 48 Vol. % – ganz schön heftig. Ich glaube nicht, dass Frau Poggenpohl sich selbst den Turbococktail gemixt hat. Sie hätte die Flasche mit dem reinen Alkohol nicht in der Scheune deponieren müssen. Harry meint, dass da jemand nachgeholfen hat und das mit ausdauernder Routine. Fingerabdrücke von Hanno Kamps wurden nicht auf der Flasche gefunden, auch nicht die von Stein.“

„Du meinst, jemand hat über längere Zeit nachgeholfen, dass Karin Poggenpohl mehr Alkohol zu sich nahm, als sie glaubte?“

„Im Altglascontainer fanden Harrys Leute zwei Flaschen Kaffeelikör. Die Analyse der Reste in den Flaschen ergab, dass auch dort gepanscht wurde und der Alkoholgehalt ähnlich aber nicht exakt gleich erhöht war.“

„Welchen Zweck siehst du?“

„Laut Degenhardts Befund waren Karins Leberwerte leicht erhöht. Wenn ihr jemand unbemerkt schaden wollte, dann durch den erhöhten Alkoholkonsum, der sie generell labiler machte. Da denke ich ans Autofahren oder an die Treppe, die ihr zum Verhängnis wurde. Sie glaubte, mit einem Schnäpschen noch fahren zu dürfen, dabei waren es tatsächlich zwei.“

„Du meinst, es handelt sich um vorsätzliche Unfallverursachung mit Todesfolge?“

„Totschlag würde dir nicht genügen. Du willst einen Mörder, stimmt’s?“

„Mörder sollten nicht mit Totschlag davonkommen.“

„Hast du einen Verdächtigen außer Stein?“

„Wenn die Sache mit dem Alkohol tatsächlich eine langfristig angelegte Intrige war, um Karin in Gefahr zu bringen, in der sie letztlich umkommen sollte, fällt mir nur ihr Partner Hannes Kamps ein. Er hat allerdings ein Alibi für die eigentliche Tat.“

„Hätte er ein Motiv?“

„Er beerbt das Opfer.“

„Ich würde ihn beschatten lassen, nur um sicherzugehen, ob er wirklich harmlos ist.“

„Du weißt doch, Carstensen hat alle Ermittler nach Bielefeld abgezogen.“

„Läuft nicht gut für dich. Ich hau Carstensen an. Er soll für mich einspringen und Stein verhören. Hoffen wir, dass diese Scheiße bald vorbei ist.“

Im nahegelegenen Sundern ging Fey eine Runde mit Bahlsen spazieren. Sie musste ihren Kopf wieder freibekommen. Der Frust der letzten Stunden blockierte ihren 7. Sinn. Gefühlt lag der Gordische Knoten direkt vor ihr. Ein Hieb und die Lösung läge zu ihren Füßen. Sie fragte sich, was sie konkret zerschlagen würde und sah augenblicklich das in Ton gebrannte Wappen vor sich. Vielleicht hatte sie da etwas übersehen.

Der Käse. War das Wappen ein Geschenk für Bresson und der Käse eine Geste der Gastfreundschaft? Bresson hatte zwar ein Alibi für die Tatzeit, aber was hatte er kurz vor dem Mord gemacht? Sie rief Marion Thüner an und erfuhr, dass Bresson kurz nach zwei

Uhr nachmittags in Haltern angekommen war. Er hätte also vor seinem Erzählabend ausreichend Zeit gehabt, Karin einen Besuch abzustatten.

Eine SMS von Mörris kam auf ihrem Handy an, in der er Fey die Telefonnummer vom Kollegen a. D. Niggemeier mitteilte. Sie rief umgehend an. Beide vereinbarten ein Treffen im Café Uckelmann in Dülmen.

Kollege a. D.

Niggemeier war vom Typ ein Gerd Fröbe, wie man ihn aus dem Edgar Wallace-Krimi „Der grüne Bogenschütze" kannte. Ganz so kraftvoll und unbeirrbar kam er ihr allerdings nicht vor, als er seinen Spazierstock ablegte und sich mit Handschlag vorstellen wollte. Fey wies ihn darauf hin, dass man sich derzeit wegen Corona nicht die Hand schütteln sollte. Niggemeier gehörte mit seinen 70 Jahren zur gefährdeten Altersgruppe, meinte aber spöttisch, dass ihn 40 Jahre Kommissariat Dülmen gegen jedes Virus immun gemacht hätten. Fey hörte einen verbitterten Unterton, fragte aber nicht nach, ob die Kollegen oder die Kriminellen für seine gestählte Abwehr verantwortlich waren. Fröbe-Typen waren Einzelgänger, schon möglich, dass er es nicht immer leicht hatte.

„Ehrlich gesagt, ich habe auf Ihren Anruf gewartet", gestand Niggemeier und rieb die Knöchel seiner linken Hand. „Alte Sportverletzung, hab in der Boxgruppe der Polizei trainiert. Mittelschwergewicht. Mein linker Haken war bekannt. Aber Sport ist nicht alles. Kommen wir zum Thema. Sie ermitteln im Fall Karin Poggenpohl. Ich traf Ihren Kollegen Mörris. Netter Kerl. Sie haben Fragen?"

„Ja, warum haben Sie auf meinen Anruf gewartet?"

„Liebe Kollegin, Herr Mörris wird Ihnen bestimmt gesagt haben, dass ich das Opfer kannte und im Umfeld des Poggenpohl-Hofes meine Spaziergänge mache. Ich könnte Informationen haben, die Sie sich nicht durch die Lappen gehen lassen wollen."

„Und, haben Sie?"

„Mir wäre es lieber, Sie stellten mir konkrete Fragen."

„Gerne, jedoch würde ich es vorziehen, wenn Sie mich vorher in Ihre persönliche Geschichte mit Karin Poggenpohl einweihen."

„Da muss ich weit ausholen. Mein Vater war Professor für Geschichte. Westfalen war sein Spezialgebiet. Als Kind verbrachte ich allerdings mehr Zeit mit meinem Großvater als mit meinem Vater. Leicht zu verstehen, denn mein Großvater war Kommissar in Dülmen – so wie ich. Nach seiner Pensionierung hatte er mehr Zeit für mich als mein Vater. Er nahm mich mit auf ausgedehnte Spaziergänge und erzählte mir von seinen Verbrecherjagten. An eine Geschichte kann ich mich bis heute gut erinnern: Zwischen Dülmen und Haltern häuften sich die Straftaten, unter anderem Wilderei und Betrug. Der Diebstahl eines Schweins und die Schwarzbrennerei führten zu intensiven Ermittlungen. Graf Otto von Westerholt, der auch auf Schloss Sythen residierte, hatte Druck gemacht, weil aus seinen Teichen Karpfen gestohlen würden und die Verwaltung des Herzogs von Croy hatte wegen der Wilderei von Graugänsen Anzeige gegen Unbekannt erstattet. Laut Zeugenaussagen sollten es drei Männer gewesen sein, deren Identität aber schleierhaft blieb, bis eines Nachts einer dieser Männer ermordet wurde, was man aber vonseiten der Polizei dementierte, bzw. unter den Teppich kehrte.

Ich habe recherchiert – nicht zuletzt in den Unterlagen meines Vaters. Glauben Sie nicht, dass er alles veröffentlicht hat, was er im Laufe seiner Forschungen über das Münsterland und Westfalen entdeckt hat. Unter anderem gab es da eine Notiz, in der er sich auf eine Gerichtsakte bezog. Verstehen Sie die Umstände? Mein Vater befand sich auf den Spuren seines Vaters, des Kommissars Niggemeier, der den Mörder des Franzosen nicht fassen konnte, weil er ihn nicht fassen durfte."

Fey war versessen auf den Ausgang der Geschichte.

„Es gab einen Augenzeugen. Er hat den Mord beobachtet und der Polizei gemeldet. Dort hatte man aber von ganz oben entschieden, den Fall ruhen zu lassen, bis Gras darüber gewachsen war. Der Zeuge war ein 17-jähriger Junge, dessen Aussage man aber unter den Tisch fallen ließ. Diese Entscheidung rechtfertigte man damit, dass der Junge wegen Wilderei und Schwarzbrennerei vorbestraft und somit ein unglaubwürdiger Zeuge war. Gleichzeitig wischte man so das Problem vom Tisch, dass dem Franzosen in den Rücken geschossen wurde und er ein registrierter Kriegsgefangener war. Seinen Tod hätte der Lagerkommandant erklären müssen. Der Krieg war aber bereits vorbei und verloren. Man wollte keine Scherereien mit den Behörden der Siegermächte. Im Lager traf man erste Maßnahmen zur Auflösung. Die Leiche des Franzosen wurde nie gefunden. Offiziell hatte er auf eigene Faust das Lager gen Heimat verlassen."

„Und? Fragen Sie sich heute, wer der Mörder des Franzosen war? Was ein echter Niggemeier ist, der wird sich auch nach 100 Jahren nicht unterkriegen lassen", sagte Fey forsch, lächelte und überließ ihm das Wort.

„Mein Großvater deckte die Vertuschungen seiner vorgesetzten Behörde und ließ einen Mörder entkommen. Mein Vater ließ die Angelegenheit auf sich beruhen. Warum sollte er den Namen Niggemeier in Verruf bringen?"

„Wollen Sie mir nicht verraten, wer es war?"

Fey erinnerte sich an den Anfang des Gesprächs. Würde Niggemeier noch den Bogen zu Karin Poggenpohl schlagen?

„Wissen Sie, ich muss heute nicht mehr Rede und Antwort stehen. Ich schlage Ihnen einen Deal vor. Der Mörder von Jacques Flambert, so der Name des Franzosen, ist längst tot. Seine Nachkommen möchten sicher nicht in Mitleidenschaft gezogen werden für ein Unrecht, das in einer ganz anderen Epoche geschah. Lassen wir die Toten ruhen und konzentrieren uns auf den Mörder von Karin Poggenpohl. Karin war ein begehrtes Frauenzimmer. Hübsch und verführerisch, anders als das übrige Geflügel vom Land. Karin hatte Stil, weckte den Piraten im Mann, genoss jeden Antrag, aber wusste genau, was sie wollte und bediente ihre Verehrer oft genug mit einem Korb. Nach dem Studium verschwand sie einfach und reiste mir nichts, dir nichts ab nach Berlin. Ihre Mutter war hilflos und enttäuscht."

„Hatten Sie etwas mit ihr?"

„So kommen wir der Sache näher. Ich war einige Jahre älter als sie und ältere Männer sind für junge Frauen eine attraktive Versuchung. Ich nahm meine Chance wahr, als wir eines Tages unsere Musikkassetten austauschten und dabei ins Gespräch über unsere Vorfahren kamen. Ich erzählte von meinem Großvater. Karin liebte nostalgische Geschichten. Wir merkten schnell, dass es gemeinsame Schnittpunkte gab. Schnittmengen sollte ich korrekterweise sagen. Wie auch immer, kommen wir nun zu unserem Deal, Frau Amber."

„Sie spannen mich auf die Folter. Ich wüsste nicht, was ich Ihnen zu bieten hätte."

„Meine Schnittmenge gegen ihre.“

„Das erklären Sie mir jetzt bestimmt.“

„In jenem Gespräch mit Karin, erwähnte ich – nun ja, aus purer Angeberei – eine besondere Episode meines Großvaters.

Nachdem er von dem Fall des Franzosen abgezogen worden war, fand er nach Jahren heraus, wer dessen Mörder war. Jacques Flambert wurde mit einem Schuss in die linke Lunge niedergestreckt. Er war nicht sofort tot. Der Mörder beugte sich nieder zu seinem Opfer und hörte wie der Sterbende folgende Worte sagte: Ma très chere amie. Offensichtlich richtete sich diese Anrede nicht an den Mörder, denn der war männlich und sicher nicht ein Freund. Dann soll Flambert bis zum Eintritt seines Todes mit röchelnder Stimme ein Chanson gesungen haben. Diese Überlieferung steht in keiner Akte, liebe Kollegin, und als Gegenleistung wüsste ich gerne von Ihnen den Stand ihrer Ermittlungen und dann hätte ich noch ein Angebot. Dazu aber später.“

„Den Stand der Ermittlungen darf ich Ihnen nicht mitteilen. Das wissen Sie. Offengestanden finde ich Ihre Geschichte aus dem vorigen Jahrhundert zwar interessant, aber nicht relevant für den Mord an Frau Poggenpohl. Was steckt hinter Ihrem anderen Angebot?“

„Sie wollen mich nicht allen Ernstes mit leeren Händen nach Hause gehen lassen? Frau Amber, ich baue auf Ihre Fairness und erzähle Ihnen, wie es zu dem Mord an dem Franzosen kam. Einem Polizeibericht zufolge ließ Graf Otto von Westerholt einen Diebstahl melden. Mein Vater entdeckte bei seinen Recherchen, dass die Ermordung des französischen Kriegsgefangenen und der Diebstahl an ein und demselben Tag stattfanden. In der Nacht des 16. Oktobers 1918 wurde Jacques Flambert ermordet und Graf Otto bestohlen. Um genau zu sein: Graf Otto wurde nicht persönlich bestohlen, sondern sein Chauffeur."

„Verstehe ich Sie richtig, dass Sie die Ermordung des Franzosen und den Diebstahl in Zusammenhang bringen?"

„Exakt. Jetzt sind Sie dran. Was wissen Sie von Bresson über Jacques Flambert und den Diebstahl?"

„Gegenfrage: Hat Graf Otto in seiner Anzeige angegeben, was ihm gestohlen wurde?"

„Ein Umschlag mit wertvollen Dokumenten. So steht es in der Akte."

„Wenn Flambert auf der Flucht war, weil man ihn beim Diebstahl ertappt hat, dann könnte er die Dokumente bei sich gehabt haben und der Mörder hat sie an sich genommen."

„Einer klugen Kommissarin würdig, aber dem ist leider nicht so. Der Mörder ist raus. Das kann ich Ihnen versichern. Die Spur der Beute verläuft in eine andere Richtung. Wenden wir uns Karin zu. Sie fand einen Brief bei den Poggenpohls von der Poststation in Sythen. Dieser Brief konnte nicht von Flambert abgeschickt worden sein, weil er bereits tot war. Damals wurde gegen drei Wilderer ermittelt. Ich glaube, dass der getötete Franzose und zwei weitere Gefangene die drei gesuchten Wilderer waren. Einer seiner Kumpane hat den Brief an Flambert geschickt, weil er glaubte, er wäre bereits wieder in Paris. Nicht ahnend, dass er irgendwo in Haltern oder Dülmen verscharrt wurde. Seit ich pensioniert bin, haben mich die Geschehnisse von damals in Beschlag genommen. Der Briefschreiber wollte Flambert über das Versteck der Beute informieren. Das ist meine Theorie. Und nun helfen Sie mir endlich."

„Sie meinen, dass die beiden anderen die Dokumente des Grafen, also die Beute, mitgenommen haben, während Flambert in dieser Nacht andere Wege ging."

„Nur so macht es Sinn. Gleich nach dem Diebstahl haben sich die drei getrennt. Und da Flambert ermordet wurde, haben sie sich nie wiedergesehen."

„Und was ist mit der Beute geschehen?"

„Die befindet sich immer noch irgendwo in der Gegend. Der Inhalt des Briefes bestand aus einem Bild vom Merfelder Wappen und einem Zettel mit nur zwei Worten darauf. Sie lauten: ‚Es ist'. Und nun verrate ich Ihnen ein weiteres Detail: Der Schreiber der Adresse beherrschte eine elegante Federführung, während der Schreiber der zwei Worte diese anscheinend mit Mühe aufs Papier gekritzelt hat."

„Das heißt, es gab zwei Personen", mutmaßte Fey. „Einer beschriftete den Briefumschlag und ein anderer schrieb die beiden Worte. Das Bild vom Wappen und die beiden Worte ergeben zusammen den Hinweis auf das Versteck der Beute. Ich frage mich nur, warum der Briefeschreiber die Beute nicht selber an sich genommen hat."

„Das habe ich mich tausend Mal gefragt. Der Graf sprach von wertvollen Dokumenten, aber die könnten für einen französischen Kriegsgefangenen völlig unwichtig gewesen sein. Angenommen, es handelte sich um eine Besitzurkunde oder einen Kaufvertrag. Die Franzosen konnten kein Deutsch. Sie hätten sich blind auf Winkler verlassen müssen. Das gefiel ihnen bestimmt nicht. Trotzdem haben sie sich die Mühe gemacht, die Beute zu verstecken."

„Woher wissen Sie von dem Zettel mit den Worten ‚Es ist'?"

„Ich habe den Zettel nie gesehen. Karin hat es mir gesagt."

„Und was meinte Karin dazu?"

„Sie tat sehr geheimnisvoll. Nach meiner Einschätzung reichten ihr die zwei Worte und das Wappen nicht, um das Versteck zu finden. Ich könnte mir vorstellen, dass Karin auf einen Mann wie Bresson gewartet hat. Und nicht nur sie. Plötzlich taucht er auf und alle stehen Gewehr bei Fuß."

„Wen meinen Sie mit ‚alle'?"

Niggemeier goss reichlich Milch in seinen Kaffee, den die Kellnerin zwischenzeitlich serviert hatte. Während er umrührte, folgte sein Blick dem Verkehr auf der Lüdinghauser Straße. So sammelte man Zeit, wenn man sich in Verlegenheit gebracht hat, dachte Fey. Niggemeier nahm einen Schluck und setzte die Tasse bedächtig ab.

„Magenprobleme. Keine Reiz- und Bitterstoffe sagt der Arzt. Selbstbetrug, das mit der Milch, aber wer ist ohne Fehler? Nun gut. Ich nenne Ihnen eine Reihe von Namen und einer davon ist Karins Mörder: Bresson, Stein, Kamps, Huesmann und die Poggenpohls aus Sythen."

„Wieso Huesmann?"

„Er und seine ‚Heimatländer' sind seit Jahren mit verbissenem Ehrgeiz hinter der Sache her. Huesmann ist der Wortführer. Sein verkappter Eifer hat nichts mit Heimatliebe zu tun. Ein verbohrter Fanatiker ist das."

„Und wieso die Poggenpohls?"

„Da schwelt eine uralte Feindschaft. Die Familie hat schwer zu kämpfen. Sie haben einen behinderten Sohn, für den sie eine teure Therapie in den USA bezahlen müssen. Da berappt die Kasse nicht. Die brauchen dringend Geld und vielleicht meinten sie, dass Karin ihnen etwas schuldig ist. Es kommt zum Streit und bums fällt Karin die Treppe hinunter. Vielleicht nur ein tragischer Unfall im Affekt."

„Sie fahren ziemlich schwere Geschütze gegen andere Leute auf. Wie steht es mit Ihnen selbst? Verstehen Sie mich nicht falsch, aber Ihren eigenen Worten entnehme ich, dass Sie sehr viel Zeit auf der Suche nach der Wahrheit von 1918 investieren, um es gelinde auszudrücken. Tatsächlich nehmen Sie wie die anderen an einem plötzlich entbrannten Wettlauf teil, bei dem keiner genau weiß, was wo zu finden ist, und sich mir Zweifel auftun, ob an der Sache überhaupt etwas dran ist. Bevor ich Gefahr laufe, mich in die Angelegenheit hineinziehen zu lassen, bleiben wir lieber auf dem Boden der Tatsachen."

Natürlich hatte Fey sich bereits tief in der Geschichte verstrickt und merkte nun, wie auch ihre Ermittlungen immer deutlicher von der Vergangenheit absorbiert wurden. Niggemeier beschuldigte Huesmann, weil er ihn verachtete und aus dem Rennen werfen wollte. Dass er auch die Familie Poggenpohl eines Mordes verdächtigte, warf kein gutes Licht auf ihn.

„Wir haben einen anonymen Anruf erhalten. Der Anrufer spricht von Mord an Karin Poggenpohl. Hat er den Mord gesehen oder will er die Polizei auf eine falsche Fährte locken? Was meinen Sie, Kollege?"

„Warum fragen Sie mich das?", antwortete Niggemeier abwehrend und griff zum Milchkännchen. „Ich soll mich nicht aufregen, hat der Arzt gesagt. Herz- und Kreislauf-Schwäche. Habe ich meinen Job zu verdanken. Geben Sie Acht auf sich, Frau Amber. Der Körper verzeiht nicht."

„Lenken Sie nicht ab. Der anonyme Anruf ging im Präsidium Münster ein. Direkt an der richtigen Stelle. Finden Sie das nicht komisch, Herr Kollege? Könnte Zufall sein. Oder waren Sie der Anrufer?"

Niggemeier stellte die Milch zurück, rief nach der Kellnerin und ließ sich einen doppelten Wacholder bringen.

„Scheiß was drauf. Nicht jeder ärztliche Rat ist richtig. Und Sie, Frau Amber, lenken Sie mal nicht ab. Eine Hand wäscht die andere. Ich habe Ihnen eine Menge Informationen geliefert, die Huesmann und andere Konsorten nicht kennen. Wenn aber im Zuge Ihrer Ermittlungen bei Ihnen letztlich die Fäden zusammenlaufen, geben Sie mir bitte einen Tipp. Der Fall von 1918 soll mein letzter sein. Mein Großvater, mein Vater und ich haben sage und schreibe 100 Jahre an dem Fall gearbeitet. Lassen Sie mich nicht im Stich."

„Ein für alle Mal, Herr Niggemeier, einen Deal gibt es mit mir nicht." Fey musterte ihr Gegenüber und fragte sich, warum sie im Laufe des Gesprächs eine Aversion gegen den Mann gebildet hatte. „Im Gegenteil, Schluss mit Märchenstunde. Wo waren Sie vor zwei Tagen zwischen drei und sechs Uhr?"

Niggemeier kippte seinen Wacholder mit einem Schluck und stellte das Pinnchen unsanft auf den Bierdeckel.

„Hätte ich mir denken können, eine Frau lässt sich hofieren, aber wenn es drauf ankommt, zeigt sie dir die kalte Schulter. Ich will Sie nicht beleidigen, aber mit dieser Form von Arroganz schneiden Sie sich ins eigene Fleisch. Sie weigern sich kategorisch auf meine

Angebote einzugehen. Kooperation, Sportsgeist - heutzutage alles nur hohle Floskeln."

„Warum so eingeschnappt? Geben Sie mir ehrliche Antworten und alles ist in Ordnung."

„Alibi hin oder her. Ich bin Rentner und lebe allein. Freunde, das ist lange her. Ich gehe spazieren. Zeugen habe ich keine."

„Also kein Alibi."

„Kein Alibi. Wie sich das anhört. Die Seite der Medaille kenn ich nicht. Ich brauchte noch nie in meinem Leben ein Alibi. Meine Visitenkarte ist die Ehrlichkeit! Wenn Sie mir nicht glauben, gehe ich jetzt besser."

Niggemeier erhob sich, rückte seinen Stuhl unter den Tisch und empfahl sich wortlos mit zusammengepressten Lippen und vorwurfsvollem Blick. Fey verstand seinen Ärger. Er wollte nicht zur Riege der Verdächtigen gehören, die er selber so freizügig aufgelistet hatte. Ein Alibi hätte ihn gänzlich entlastet. Er wäre aus dem Schneider und hätte vielleicht doch mit einem Tipp von ihr rechnen können. Unterm Strich hatte er auf ganzer Linie verloren, seine Trümpfe verspielt und nichts gewonnen.

Die Liste

Sie reihte Niggemeier in die Liste der Verdächtigen ein. Die Familie Poggenpohl konnte sie streichen. Sie würden keinen Mord begehen, um an Geld zu kommen. Andererseits, Moral war kein guter Ratgeber für eine Polizistin. Der alte Poggenpohl hegte Groll gegen Karin, nannte sie einen Bastard. Ihn einfach aus Mitgefühl von der Liste zu streichen, kam vorerst doch nicht infrage. So gern sie jetzt mit Bahlsen durch den Schlosspark in Dülmen gewandert wäre, so ungern wählte sie Kamps' Nummer. Als sie nach wiederholtem Versuch keine Antwort bekam, entschied sie sich, Bresson aufzutreiben. Er meldete sich aus seinem Hotelzimmer. Die Chefin von Hotel Pfeiffer hatte ihm nahegelegt, wegen der Corona-Krise bald abzureisen. Nach Frankreich sei die Grenze schon zu. Bresson schlug vor, Fey auf halbem Weg entgegen zu kommen. Auf dem Parkplatz von Silbersee II wollten sie sich treffen.

Fey verließ das Café Uckelmann und stieg in ihren Wagen. Kurz hinter Hausdülmen fuhr sie am ehemaligen Kriegsgefangenenlager vorbei, bog rechts an den Kalksandsteinwerken ab und sah Bressons Wagen am anderen Ende des Parkplatzes stehen. Sie schaute auf ihr Handy. Zwischenzeitlich hatte Kamps ihr einen Text geschickt: *Soll man nicht machen, während der Fahrt telefonieren. Ich bin auf der Höhe von Frankfurt. Musste dringend zurück zur Baustelle an den Bodensee. Rufen Sie mich an. Ich helfe gerne.* Er war ihr durch die Lappen gegangen. Mistkerl.

Bresson und sie begrüßten sich, während sie durch den Sand zum Ufer des Sees gingen. Dort blieben sie stehen und schauten auf die gegenüberliegende steile Böschung und den sich darüber erhebenden Wald.

„Sehen Sie auch, was ich sehe?“, fragte Bresson.

Fey ließ sich inspirieren von dem, was sie über das Lager gehört hatte. „Dunkle Baracken, soweit das Auge reicht, geteerte Dächer, Zäune, keine markanten Punkte, nur Schornsteine und Masten.“ Fey sah Bresson an, als wollte sie ihre Version eines hundertjährigen Rückblicks bestätigt wissen.

„Gut möglich“, stimmte Bresson zu. „Hätten wir einen Feldstecher, würde ich Ihnen das Loch im Zaun zeigen, durch das Jacques, Liam und Winkler in die Freiheit geschlüpft sind, wenn auch nur für ein paar Stunden. Am 16. Oktober war Schluss damit. An diesem Tag trennten sich ihre Wege.“

Es brauchte nur wenige Worte, und ihr Interesse an der hundertjährigen Geschichte eroberte sich eine unbezwingbare Präsenz, als wäre sie süchtig nach einer eigenen Rolle. Wie wäre es, wenn sie den Mordfall einfach hinten anstellte, zumindest für den Augenblick? Später würde sie Bresson nach seinem Alibi fragen. Warum nicht erst hören, was er ihr von alleine erzählen würde? Er ließ seinen Blick schweifen.

„Die unmittelbare Nähe zu den ehemaligen Baracken fasziniert mich. Was halten Sie davon, wenn wir mit Ihrem Hund am Ufer entlang schlendern und ich erzähle Ihnen, was mein Großvater Jules zum 16. Oktober 1918 aufgeschrieben hat?“

„Fabelhafte Idee. Werde ich am Ende wissen, welche Beute die drei ‚Freigänger‘ gemacht haben und wo sie versteckt wurde?“

„Das würde ich Ihnen selbstverständlich mit den Empfehlungen von Jules und Jacques in bester Erzählmanier darbieten. Leider muss ich Sie enttäuschen. Ich weiß es nicht und hoffe, mit Ihrer geschätzten Aufmerksamkeit plötzlich beim Erzählen einen Lichtblick zu bekommen, den ultimativen Hinweis, die Zauberlosung, um den hartnäckigen Bann zu brechen."

„Schießen Sie los, Herr Bresson. Erwecken Sie die Toten zu neuem Leben."

Die Wilderei war ihnen zu riskant geworden, zumal sie genug Geld beiseite geschafft hatten und ihre kurzfristige Freilassung immer wahrscheinlicher wurde. Einen Tag vor dem 16. Oktober kauften sie Natz Pöther einige Flaschen Schnaps ab. Liam hatte Gefallen am Rausch gefunden und versoff fast täglich eine Flasche. Wenn Natz Besuch von den drei Freibeutern bekam, wollte er mit Informationen aufwarten, um bei ihnen Eindruck zu schinden. Sie kamen ins Gespräch. Nun muss man wissen, dass die Menschen nach dem Krieg in eine ungewisse Zukunft blickten. Es formierten sich neue politische Kräfte gegen die etablierte Macht. Die Aristokratie und der Adel fürchteten Repressalien und gewaltsame Verfolgung war nicht ausgeschlossen. Vorkehrungen wurden getroffen. Transportable Dinge von Wert wurden vorsorglich an einen sicheren Ort gebracht. Es begann ein Wettlauf mit der Zeit.

Natz' Onkel war beim Grafen Otto von Westerholt als Chauffeur angestellt und wohnte in einer Kammer im Schloss zu Sythen. Natz hatte seinem Onkel eine Flasche Schnaps gebracht und erfuhr von ihm, was Graf Otto ihm aufgetragen hatte. Dabei ging es um eine wichtige Dokumentenmappe, die nicht per Post, sondern von ihm persönlich in Sicherheit gebracht werden sollte. Die Fahrt war für den nächsten Abend geplant und sollte nach Oberhausen gehen. Natz wusste auch, dass sein Onkel vor der langen Fahrt gerne ein paar Bierchen und Schnäpse in der Kneipe neben der Poststation trank. Eine Promillegrenze gab es nicht. Betrunken fahren war normal.

Jacques hatte beschlossen, mit dem glanzvollen Raub der Dokumentenmappe des Grafen die Freigänge zu beenden, allerdings nicht ohne für sich ganz allein einen besonderen Leckerbissen zu organisieren. Dazu nahm er Natz beiseite und flüsterte ihm seinen Plan zu.

Spät am nächsten Abend betrat Winkler, gefolgt von Jacques und Liam, die Kneipe neben der Post. Ein Schwall Tabakrauch entwich durch die Tür. Die Luft war schwer und roch nach einem Gemisch aus Zigarre, Schweiß, Viehstall und Sickergrube. An der Theke saßen zwei rotbäckige Männer, einer von ihnen hieß Clemens Poggenpohl. An den Tischen spielten einige Männer Karten, einer schlief mit dem Kopf auf der Tischplatte. Der Wirt hatte alle Hände voll zu tun und würdigte sie nur eines kurzen kritischen Blickes. Fremde. Der Kleidung nach nicht betucht. Was konnten die zu so später Stunde wollen? Ein Motorgeräusch hatte er nicht gehört, sie waren wohl zu Fuß unterwegs oder mit der Bahn gekommen, aber nein, da fuhr kein Zug mehr. Sie setzten sich an den einzigen freien Tisch. Es war noch so voll, weil am Nachmittag eine Beerdigung stattgefunden hatte und die Angehörigen spendabel das Essen bezahlt hatten. So blieb Geld zum Saufen übrig.

„Drei Bier und drei Schnäpse“, rief Winkler dem Wirt entgegen. Jacques kannte diese für ihn typische Situation, wenn er in Paris auf der Pirsch war. Taxieren, wohin die Gäste schauten. Wer war besoffen, wer aufmerksam? Wer war frech, wer schüchtern? Was wäre, wenn nun der Chauffeur hereinkäme? Welchen Platz würde er wählen, wie sich setzen, mit wem reden? Wo war der Gang zu den Toiletten? Würde er sich eine Zigarre bestellen und aus welcher Tasche würde er die Zündhölzer holen? In welcher Hosentasche trug er das Portemonnaie und wo zum Teufel würde der Autoschlüssel stecken? Ganz normale Fragen eines Taschendiebs, der es allen zeigen wollte, aber ohne Risiko. Er war ein Profi und ein Profi war dann ein Profi, wenn sein Job ihm Spaß machte. Jacques war in seinem Element und kippte seinen Schnaps mit Widerwillen runter.

Inzwischen wurden die drei von den übrigen Gästen nicht weiter beachtet. Jacques verwickelte Liam und Winkler in ein Gespräch, damit sie nicht wie Fremdkörper nur in die Gegend starrten. Die Tür sprang auf und der speckbäuchige Chauffeur des Grafen rauschte herein und bestellte schon vor Erreichen des Tresens ein Gedeck.

„Die Herrschaften machen es sich am Kamin bequem“, stöhnte der Chauffeur. „Ich komme heute erst um fünf in die Federn und früh am Morgen will der Graf zur Jagd. Alles immer eilig. Erst Krieg, dann Revolution. Die Scheißkerle von der MSPD gehen mir am Arsch vorbei.“

Natz' Onkel wollte gerade zum Schnaps greifen, da sprang ein junger Mann in schwarzer Montur und Schmutz an der Stirn, offenbar ein Bahnarbeiter, auf, packte den Chauffeur beim Schlafittchen, brüllte ihm seine sozialistische Grundüberzeugung ins Gesicht und begann eine Schlägerei. Jacques sah seine Chance gekommen. In dem Tumult konnte er fast unsichtbar operieren. Wo waren die Schlüssel zum Wagen? Nach dem Abschließen würde er sie in die erstbeste Tasche gesteckt haben. Seine Jacke reichte über die Hosentaschen. Also war der Schlüsselbund in seiner linken Jackentasche, denn er war Linkshänder.

Plötzlich sprang Jacques von seinem Stuhl auf, schnappte sich energisch sein Bierglas, dass es überschwappte und ging zu den beiden alten Männern an die Theke. In dem Moment, als er seinen Bierkrug auf den Tresen stellte, begann Winkler lauthals auf Liam einzureden, während er mit ausgestrecktem Arm auf Jacques zeigte.

„Das hast du nun davon. Protzige Reden schwingen kann jeder, aber deine Ware war verdorben. Das kauft niemand. 40 Mark Verlust und, nein, dich trifft natürlich überhaupt keine …"

Die Spannung der Gäste stieg, denn der Streit lief auf eine Schlägerei hinaus. Der Mann mit der schmutzigen Stirn hatte sich wieder gesetzt und Winkler drosch weiter verbal auf Liam ein, sodass Jacques leichtes Spiel hatte, geschickt in die Jackentasche des Chauffeurs zu greifen und den Schlüssel zu erhaschen. Mit einem kräftigen Schluck leerte er seinen Krug, ging zurück an den Tisch zu seinen streitbaren Freunden und reichte Liam die Hand. Liam war mit dem Szenenspiel überfordert und wusste im Moment nicht, wohin der Hase lief, schlug aber einfach ein und tat damit genau das Richtige.

Winkler erhob sich schließlich, griff in seine Hosentasche und zählte die Münzen ab, um die Zeche zu bezahlen. Er trank sein Bier, klopfte Jacques auf die Schulter und forderte ihn auf, zusammen das Lokal zu verlassen. Liam trank hastig den Schnaps von Winkler und folgte den beiden nach draußen.

„Nun, liebe Frau Amber, sind Sie mitten in einen Kriminalfall hineingeschlittert, während Sie hier am sandigen Ufer des Silbersees spazieren gehen. Möchten Sie eine Fortsetzung?"

„Ich kann mir nicht vorstellen, dass Sie so gemein sein würden, mich länger warten zu lassen."

„Ich hatte das Gefühl, vorm Erzählen der folgenden Episode einen Schnitt zu machen, denn ich weiß an dieser Stelle nicht genau, wie es weitergeht. Jules schreibt stellenweise sehr genau, was geschah, an anderen Stellen drückt er sich unklar aus. Ich denke, dass er unsicher war oder vielleicht sogar überfordert. Als ich seine Zeilen zum ersten Mal las, fühlte auch ich mich berührt, wurde nachdenklich, zweifelte gar an der Glaubwürdigkeit. Ich überlasse es Ihnen, den Wahrheitsgehalt herauszufiltern. Sollten wir allerdings jemals die Beute finden, werden wir uns im Nachhinein bei Jules für ein Stückchen aufregende Zeitgeschichte bedanken müssen.

Schauen wir zurück, Frau Amber, dann sehen wir unsere Fußabdrücke im Sand, auf dem das Lager stand. In 100 Jahren werden unsere Fußspuren verloren sein. Kämen wir allerdings in 100 Jahren wieder an diese Stelle, wüssten wir von unseren einstigen Spuren und könnten sie mit viel Vorstellungskraft wieder sichtbar machen. Verstehen Sie die Episode vor diesem Hintergrund und Sie haben mehr davon, als zum Beispiel Herr Huesmann, der nur nach Fakten lechzt."

„Das werden Sie mir bestimmt gleich näher erklären, aber machen Sie schon. Was war im Wagen?"

Jacques schloss auf und griff nach der Aktentasche auf dem Rücksitz. Alle drei rannten, was das Zeug hielt den Hellweg hoch Richtung Dülmen. Außer Reichweite von Straßenlaternen und Wohnhäusern schlugen sie sich in ein Waldstück. Jacques öffnete die Aktentasche und nahm den Inhalt heraus. Liam entzündete immer neue Streichhölzer, um die Dokumente zu beleuchten. Einige lose Blätter und zwei Hefter mit Geschäftspapieren ließ Jacques zu Boden fallen. Ein großer beigefarbener Umschlag aus merkwürdigem Papier blieb als einziges Schriftstück in seiner Hand. Vorne standen ein paar Zeilen geschrieben und auf der Rückseite klebte ein dickes rotes Siegel.

Jacques reichte den Umschlag an Winkler, damit er die in Deutsch geschriebenen Zeilen entzifferte. Winkler machte ein erstauntes Gesicht.

In meines Herzens tiefem Grund
Hört ich der Liebe schönsten Klang.
Der Morgengabe bin ich treu, dass niemand
Sie empfängt, als deine ewig dich liebende
Wilhelmina

So bestimme ich, dass niemand diesen Brief empfängt, noch jemals er geöffnet wird.

Gezeichnet,
Wilhelmine Gräfin von Westerholt und Gysenberg,
1792

„Mein lieber Herr Bresson, Sie legen noch mal 100 Jahre drauf. Kommen Sie da nicht mächtig ins Schwitzen? Wer soll das glauben? Aber vor allem, was war denn nun in dem Couvert? Sagen Sie bloß nicht, Jacques hätte sich von dem Siegel und den wehmütigen Zeilen beeindrucken lassen."

Jacques schaffte im Handumdrehen, was Generationen vor ihm aus Respekt nicht taten. Er nahm Winkler den Umschlag aus der Hand, zerbrach das Siegel, zog den kompletten Satz Blätter heraus und las die erste Zeile auf dem ersten Blatt: Ma très chere amie. Dann überließ er Winkler das Lesen, denn der restliche Text war in Deutsch.

Es folgte die Offenbarung eines Geständnisses eines jungen Liebhabers an seine Geliebte. Er sprach von unendlicher Zuneigung und wehen Stunden der Trennung und des Liebreizes ihrer gemeinsamen Nächte. Zuletzt schrieb er von einer Morgengabe, die nur für sie komponiert wurde und immer ihr Eigentum bleiben sollte. Offenbar handelte es sich genau um die beiliegenden Notenblätter mit dem Titel: Klaviersonate für Wilhelmina. Unterzeichner des Briefes und Verfasser der Klaviersonate war kein anderer als Ludwig van Beethoven. Datiert war der Brief mit dem Jahr 1790. Ich vermute, dass widrige Umstände die junge Gräfin dazu veranlasst haben, den Notensatz verschwinden zu lassen. Er gilt seitdem offiziell als verloren, aber war immer im Besitz des Adelshauses, verschlossen, so wie es die Gräfin durch ihre Zeilen auf dem Umschlag bestimmt hatte."

„Herrje, wo ist denn nun diese Klaviersonate? Das wäre ja die Entdeckung eines verschollenen Weltwunders. Sagen Sie mir jetzt nicht, Jacques, der gewiss sehr enttäuscht war, hat die Noten vernichtet."

Jacques war maßlos enttäuscht, aber er kannte Kammerkonzerte von Beethoven aus seinen Pariser Beziehungen und gelegentlichen Besuchen bei wohlhabenden Geschäftsleuten und wusste um den Wert. Der Meister war damals schon eine Berühmtheit. Jacques' Gedanken waren zu dem Zeitpunkt allerdings ganz anderer Natur. Er steckte den Notensatz zurück in den Umschlag und beauftragte Liam damit, ihn gut zu verstecken.

„Nichts für ungut, Winkler. Du hast deine Sache in der Kneipe gut gemacht. Die Beute ist nicht viel wert, mehr ein Andenken an unsere tollen Ausflüge. Trotzdem möchte ich, dass nur Liam das Versteck aussucht und kennt. Unsere gemeinsamen Tage sind gezählt, sodass wir wieder eigene Wege gehen. Ich für meinen Teil fange heute Nacht damit an. Geht ihr zum Lager. Ich habe noch eine Verabredung und komme später nach."

Fey warf einen ausschweifenden Blick über den See und sah sich für Sekunden in einem großen Freilichtkino.

„Total Immersion nennt man das in Fachkreisen, wenn jemand voll in einer Sache aufgeht. Das haben Sie gerade mit mir geschafft, Herr Bresson. Glückwunsch. Ich war noch nie so weit weg von meinen regulären Gedanken. Bleiben wir vorläufig bei Ihrer Geschichte. Zwischen der Gräfin Wilhelmine von Westerholt und Ludwig van Beethoven gab es eine Liaison. Beethoven schrieb für sie eine Klaviersonate und widmete sie nur ihr allein. Es gibt kein Duplikat."

„Richtig. Wilhelmine war noch sehr jung und Beethoven wohl zum ersten Mal verliebt. Liaison ist mir zu wenig. Ich möchte behaupten, dass es echte

Liebe war. Ich weiß nicht, ob es Sie interessiert, aber ich habe noch nie an die sogenannte eine wahre Liebe geglaubt, zu der man erst als gereifte Person fähig sein soll. Für mich war immer das Verlieben die echte wahre Liebe. Beethoven war verrückt nach Wilhelmine und sie nach ihm. Liebe wird nie größer, als in diesem Stadium. In diesem Stadium tut man alles füreinander. Er komponierte eine Klaviersonate und schenkte sie ihr als Morgengabe. Das war für eine junge Frau wie Wilhelmine sehr intim und überwältigend. Ich kann gut verstehen, dass sie ihr Geschenk ganz privat für sich behalten wollte. Auch der Nachwelt wollte sie ihr Geheimnis nicht preisgeben. So schrieb sie auf gut Glück die Zeilen auf das Couvert und hoffte fortan, dass es niemand wagen würde, ihre Verfügung zu brechen. Auf diese Weise wurde das Couvert von Generation zu Generation weitergereicht, denn wer wollte sich erdreisten, dieses ‚Erbe' zu entweihen. Und je häufiger es weitergereicht wurde, desto unantastbarer wurde es."

Fey hatte einen Gedanken aufgeschnappt, den sie aus rein privaten Gründen klarstellen wollte.

„Für Sie ist die große Liebe also nichts anderes als das Verlieben?"

„So ist es, Frau Amber. Es gibt immer noch bescheuerte Paartherapeuten, die ihren Klienten etwas anderes erzählen, aber lassen wir das. Bleiben wir bei der Liebe."

Jacques Flambert machte seinem Ruf als Herzensbrecher alle Ehre. Er ging zurück in dieser Nacht, nicht weit, lediglich bis zur Schnapsbrennerei. Dort wartete Natz auf ihn und mit ihm Lotte, deren Herz wie wild pochte, als Jacques das Scheunentor aufschob und er seinen Blick nicht von ihr lassen konnte. Er winkte Natz zu sich und ging mit ihm nach draußen.

„Du bist ein guter Junge. Wir könnten Freunde werden." Natz Augen glühten vor Eifer. Er hätte alles getan, um einen Kerl wie Jacques zum Freund zu haben. „Hör mir gut zu", flüsterte Jacques. „Ich beschreibe dir jetzt, wo das Netz liegt. Wir schaffen es nicht, es dir wiederzubringen. Die Schubkarre liegt dort in der Nähe. Geh und hol die Sachen und pass auf, dass dich niemand sieht. Der Jagdaufseher des Herzogs ist hinter uns her und Niggemeier, der Polizist aus Dülmen, auch. Beweise mir, dass du ein echter Kumpel bist."

Natz machte sich sofort auf den Weg und Jacques ging in die Scheune zu Lotte und machte ihr Komplimente, an die sie in ihren kühnsten Träumen nicht gedacht hätte. Ein Lebemann und die Unschuld vom Lande. Lotte hatte keine Chance und wollte auch keine. Sie wollte genau den Kerl, der so schmeichelnd mit ihr flirtete und sie so sanft auf den Mund küsste, ihre Ohrläppchen mit der Zunge umfuhr und ohne, dass sie es bemerkte, ihren BH gelöst hatte. Jacques und Lotte waren ein Paar im freien Fall der Gefühle. In dieser einen Nacht erfüllte sich das Unmögliche, das man absurder nicht denken konnte und alle, die seine Idee vom bois des femmes belächelt hatten, eines Besseren belehrte. Für beide erwachte eine stürmische Liebe, voller Zauber und Leidenschaft. Jacques, der Träumer, und Lotte, die Träumerin, entrückten der Realität mit einer Wonne, die alles Zeitliche belächelte und alles Verrückte umjubelte. Kurz war diese Liebe, länger für Lotte, sehr abrupt zu Ende für Jacques.

Natz Pöther war erst 17 Jahre und wenn auch erfahren im Schnapsbrennen, so doch unerfahren im Vergleich zur List und Tücke eines Jagdaufsehers, der es nicht gut mit ihm meinte. Bertram Borghorst lag auf der Lauer, im Anschlag seinen Doppelläufer. Er kochte vor Wut, nicht weil er seit Stunden ausharrte, sondern weil er einen Fund gemacht hatte, der ihn zutiefst erschütterte. Der rote Schnabel und der Ring an einem der abgehackten Füße ließen keinen Zweifel daran, dass die Wilderer am Tod von Benno Beutel schuldig waren. Benno Beutel war das Haustier der Borghorsts, die einen Hof bei den Fischteichen vom Herzog gepachtet hatten. Der Storch hieß mit Beinamen Beutel, weil er als wilder Jungstorch aus Neugier seinen Kopf durch eine Beutelschnalle gesteckt hatte und den Beutel nicht mehr loswurde. Er flog also mit einem Beutel durch die Lüfte, bis er eines Tages von Borghorst gefangen wurde und er ihn von seiner Last befreite. Seit Jahren flog Benno Beutel nicht mehr in die angestammten Brutgebiete, sondern war Borghorsts Liebling auf dem Hof geworden. Borghorst war entschlossen, die Wilderer abzuknallen, falls sie auftauchten, um das Netz zu inspizieren.

Seine Geduld und sein Tötungswille zahlten sich aus. Natz strolchte suchend durchs Unterholz, fand das Netz und begann mit dem Einrollen. Borghorst wartete mit seiner Enttarnung. Der Junge konnte unmöglich allein sein. Er wäre zu schwach, um am Netz zu ziehen. Es würde schlicht und einfach liegenbleiben.

Als Natz mit dem Verladen auf die Schubkarre begann, schnellte Borghorst hervor, legte an und drohte mit Erschießen. Natz hob die Arme und ergab sich. Borghorst war in Rage, packte den Jungen an der Schulter, warf ihn zu Boden und versetzte ihm einen Tritt in die Magengrube. Natz krümmte sich, stöhnte und röchelte, dass er unschuldig sei. Borghorst beugte sich nieder, zerrte den Jungen an der Kleidung hoch und drückte ihn mit dem Gewehrkolben gegen einen Baum. „Raus damit! Die ganze Wahrheit, sonst schieß ich dir die Eier weg!"

Für Natz ein unvorstellbar grausamer Gedanke, abgesehen von den tierischen Schmerzen. Heroische Freundschaft war eine Seite des Lebens und Überleben die andere. So stellte es sich für Natz dar. Er entschied sich fürs Überleben und bezahlte mit Verrat. Ein Hintertürchen ließ er offen. Wenn er nur Jacques ans Messer lieferte, könnte er vielleicht Glück haben und die beiden anderen würden ihre Freundschaft nicht kündigen. Jacques wäre des Todes, aber irgendjemand musste geopfert werden. Unrecht forderte seinen Tribut.

Borghorst fesselte seinen Gefangenen und ließ sich von ihm den Weg zur Schnapsbrennerei in Sythen beschreiben.

Jacques hatte sich gerade von Lotte verabschiedet. Er rauchte genüsslich eine Zigarette und trank Schnaps aus der Flasche, kleine Schlückchen wie beim Calvados und nicht zuviel. In St. Germain konnte man nie wissen, wie die Nacht ausklang. Er schob das Scheunentor auf, und war noch nie so glücklich wie in diesem Moment. Auf zum Lager, dachte er, und sah sich wie ein König die Welt umarmend in seinem bois des femmes, voll der Hoffnung bald die Klaviersonate zu hören, die er der Welt schenken würde. Borghorst raffte ihn aus seinen Träumen.

„Stehen bleiben oder ich schieße!", schrie er von hinten.

Jacques war beflügelt vom unendlichen Glück und so sollte es bleiben. Ein Traum, der nie zu Ende gehen sollte. Er lief weiter, ohne sich umzudrehen und so handelte er sich in der Welt der Realität eine Kugel ein, zwischen die Schulterblätter in der linken Lunge. Ob er noch etwas sagen konnte, weiß ich nicht. Aber ist das nicht egal?

Fey war gerührt von Jacques' Schicksal und Bressons Deutung seiner Gefühle. Sie ließ sich dennoch anregen, auf die letzte Bemerkung zu reagieren.

„Es wäre schade, wenn Sie Ihren Zuhörern in Zukunft vorenthalten, was Jacques angeblich gesagt haben soll. Borghorst hat ihn sprechen gehört und es nicht für sich behalten. Als Gras über die eigenmächtige Vollstreckung gewachsen war, hat Borghorst wohl bei einigen Leuten damit geprahlt, den diebischen Franzosen seiner gerechten Strafe zugeführt zu haben. Lassen Sie uns das getrost vergessen, nicht aber die letzten Worte eines unfreiwilligen Besuchers und scheinbar ausgefallenen Charakters. Ma très chere amie hat er gesagt und gesungen hat er oder gesummt, vielleicht ein Lied auf die Freiheit und die Liebe."

„Woher wissen Sie das?"

„Von einem Ihrer Konkurrenten, der mich jetzt übrigens daran erinnert, dass es ein viel dringlicheres Thema gibt, und zwar den Fall Karin Poggenpohl."

„Wie können Sie so gefühllos von einer herzergreifenden Geschichte zum Tagesgeschäft übergehen?"

„Sie haben recht. Einem d'Artagnan erweist man die letzte Ehre mit einem rauschenden Fest. Pauken und Trompeten, Wein, Weib und Gesang. Er war ein Held, gewiss. Liegt dort irgendwo entlang des Hellwegs zwischen Dülmen und Haltern notdürftig begraben. Nein, ich gehe nicht über zu ‚Business as ususal'. Ich bin traurig über die vielen Gefangenen, die diese Geschichte auch begleitet haben und von denen ich nie ein Wort gehört habe."

Sie gingen schweigend durch den Sand zurück zum Parkplatz.

Besucher

Fey öffnete die Wagentür, damit Bahlsen hineinspringen konnte. Nass wie er war, schüttelte er sich natürlich erst drinnen, um sich dann gemütlich auf die Polstersitze zu legen, statt auf seine Matratze. Sie bat Bresson, sich zu ihr ins Auto zu setzen.

„Bevor wir uns Karin Poggenpohl zuwenden, möchte ich Sie auf einen für mich ungeklärten Aspekt ansprechen. Sie geben vor, eine ganze Menge über die Ermordung von Jacques Flambert und viele andere Einzelheiten zu wissen und beziehen sich dabei auf das Tagebuch Ihres Großonkels. Ich gehe davon aus, dass er in seiner Funktion als Aushilfe das Lager nicht verlassen hat, schließlich war auch er ein Gefangener. Wie konnte er all das in Erfahrung bringen, was Sie heute berichten?“

„Sie zweifeln an der Authentizität der Aufzeichnungen? Glauben Sie etwa, Jules wäre auch ein Geschichtenerzähler gewesen, wie ich es bin? Jules war versessen darauf, Neuigkeiten von den drei Ausbrechern zu erfahren, darauf können Sie sich verlassen. Den tristen Alltag in einem Lager nur unter Männern, die es satt hatten, über ihr Schicksal zu jammern, möchten Sie nicht erlebt haben und das über Jahre. Es herrschte armselige Einsilbigkeit. Alle wollten nach Hause, hatten Familie, eine Liebste, Kinder. Jules hatte sich bewährt, war einer der ersten Gefangenen in diesem Lager. Er durfte es einmal in der Woche verlassen, um Briefe der Gefangenen zur Post nach Sythen zu bringen und von dort die Briefe für die Gefangenen abzuholen. Diese Aufgabe führte er nicht alleine aus, sondern zusammen mit dem Lagerverwalter. Jules und

Clemens Poggenpohl kannten sich. Damals hatten die Leute in der Regel kein Telefon. Informationen liefen über die Buschtrommel, von Mund zu Mund. Verständlich, dass bei Clemens an der Post ziemlich viel getratscht wurde. Der Chauffeur des Grafen war ebenso Stammgast in der Kneipe neben der Post wie Clemens Poggenpohl. Jeder kannte jeden. Da blieb kaum etwas geheim."

„Verstehe. Jules war quasi die Buschtrommel fürs Lager und im Speziellen für die drei Ganoven. Kommen wir zu Ihrer Bemerkung von vorhin. Sie nannten den Namen Huesmann. Kaum sind Sie hier, kennen Sie Ihre Konkurrenten. Ist Marion Thüner Ihre sprudelnde Quelle?"

„Marion doch nicht. Aber warum soll ich mit der Wahrheit hinterm Berg halten? Huesmann hat mich genötigt, die bisherigen Ergebnisse meiner Nachforschungen zum Versteck der Beute offenzulegen. Ich fühle mich vor ihm nicht sicher. Deswegen möchte ich die Sache am liebsten schnell abschließen und auf nimmer Wiedersehen verschwinden."

„Hat Huesmann etwas gegen Sie in der Hand?"

„Keine Spur. Er ist ein impertinenter Großkotz. Der kriegt von mir keinen Gefallen."

„Sie und Huesmann trafen sich heute am frühen Nachmittag, richtig? Das würde erklären, warum er nicht ans Telefon ging."

„Ich traf ihn nicht freiwillig. Der Mann hat mir aufgelauert."

„Wie sieht es mit Ihrem Alibi für die Tatzeit und davor aus? Karin Poggenpohl war in Ihren Augen bestimmt eine interessante Informantin. Unsere Kriminaltechniker haben diverse Fingerabdrücke genommen, die noch nicht zugeordnet werden konnten. Lügen macht jetzt keinen Sinn."

„Gut. Ich gebe zu, Karin einen Besuch abgestattet zu haben, ein paar Stunden bevor sie ermordet wurde. Marion Thüner erwähnte bei einem Vorgespräch unabsichtlich die Adresse und Handynummer ihrer Freundin. Ich brauchte nur den Namen Poggenpohl erwähnen und sie war gleich hilfsbereit. Es ging ja zu dem Zeitpunkt nur um ein paar Eckdaten für meine Geschichte, die ich noch vor dem Erzählabend von Karin erfragen wollte. Alles harmlos. Niemand ahnte, was passieren würde."

„Erzählen Sie. Nein. Nicht erzählen. Sagen Sie mir genau, was dort bei Ihrem Besuch geschah."

„Es war so gegen drei Uhr. Ich hatte mich telefonisch angekündigt. Als ich ankam, musste ich Frau Poggenpohl suchen. Sie hatte unseren Termin vergessen, doch als sie meinen französischen Akzent hörte, fiel ihr wieder ein, wer ich war. Eine sympathische Erscheinung. Sie hat mir eine Tonplatte mit dem Merfelder Wappen geschenkt, und lud mich zu einem Snack ein. Wir unterhielten uns blendend."

„Käse fiel auf die warme Tonplatte."

„Richtig, aber warum erwähnen Sie das?"

„Wichtig für meine reproduktive Kompetenz. Was hat Karin Ihnen verraten?"

„Wir führten eine angeregte Unterhaltung über Jacques, Liam und Winkler, als wären sie beste Bekannte. Karin erzählte drauflos und zu meiner Überraschung wartete sie mit interessanten Details auf, die total neu für mich waren, sodass ich mich beim Reden auf neue Fakten konzentrierte. Später merkte ich, dass auch sie Vieles nur erfunden hatte. Dennoch bin ich fest davon überzeugt, dass sie mir an diesem Nachmittag etwas verraten hat, das ich aber einfach nicht reproduzieren kann."

„Reproduktive Kompetenz. Sage ich doch. War es das Wappen?"

„Nein, das habe ich leider in der Aufregung vergessen."

„Welche Aufregung? Gab es Unstimmigkeiten? Streit?"

„Nein, im Gegenteil. Wir verstanden uns prächtig, aber plötzlich kam ihr Partner, Herr Kamps, ins Zimmer. Er hatte wohl nicht mit mir gerechnet, stellte sofort den CD-Player aus und bat Karin, mit ihm in den Flur zu gehen. Ich wollte das Wappen nicht einfach einstecken und als Karin mich dann freundlich aufforderte zu gehen, war ich etwas irritiert, aber was ging mich deren Problem an? Ich fuhr so gegen halb vier Uhr vom Hof."

„Und kamen dann wieder, weil Sie Ihr Geschenk vergessen hatten?"

„Nein. Ehrenwort. Ich fuhr nach meinem Besuch ins Hotel, um mich auf meinen Vortrag in der Sythener Mühle vorzubereiten. Dafür gibt es Zeugen."

„Hatten Sie den Eindruck, dass die beiden sich gestritten haben?"

„Eher, dass der Mann es eilig hatte. Die Rede war von einer langen Fahrt. Vielleicht wollte er sich gerne etwas privater von ihr verabschieden. Da war ich natürlich im Weg."

„Er ist kurz nach Ihnen auch gefahren. Es blieben also noch circa zwei Stunden bis zu Karins Ermordung. Da muss noch jemand anderes zu Besuch gekommen sein. Sie haben nichts bemerkt?"

„Nein. Ich habe niemanden gesehen."

„Werden Sie Ihre Vortragsreihe fortsetzen?"

„Bis zum Finale ist alles so gut wie fertig. Mit dem Tod von Jacques stirbt auch die Geschichte. Aber meine Zuhörer möchten sicher nicht auf die Entdeckung des Verstecks verzichten. Letztlich ist nicht gesichert, was sich tatsächlich ereignete. Alles, was Jules zum Verbleib der Beute aufgeschrieben hat, wissen Sie so gut wie ich. Entweder nahm Liam Beethovens Klaviersonate mit in die Baracke oder er versteckte sie schon vorher."

„Sie wollen mich auf den Arm nehmen. Einen Umschlag aus Papier versteckt man nicht einfach irgendwo im Wald. Liam und Winkler eilten über den Hellweg und weiter über Waldwege zum Lager. Liam musste den Umschlag vor Witterung und Dieben schützen. Nein, mein Lieber, da haben Sie garantiert eine bessere Theorie."

„Das Wappen von Merfeld und ein Zettel mit ‚Es ist' bergen das Geheimnis. Versuchen Sie Ihr Glück."

Bresson stieg in seinen Wagen und winkte ihr, als er losfuhr.

Niemals würde er ihr seine vollständigen Kenntnisse anvertrauen. Woher wusste er von dem „Es ist"? Karin wird es ihm gesagt haben. Er war kurz vor dem Ziel.

Und Sie? Sie ermittelte in einem ungeklärten Mordfall, ohne bisher einen Hauptverdächtigen zu haben. Kamps könnte Karin den hochprozentigen Cocktail gemischt haben. Er war im Grunde auf ihrem Hof zu Hause, wenn er nicht gerade auf Baustellen unterwegs war. Hätte Harry doch nur seine Fingerabdrücke auf der Apothekenflasche im Schuppen gefunden. Aber selbst wenn, er hatte ein Alibi.

Sie sprach mit Anneliese, der Sekretärin von der Mordkommission, um ganz sicher zu gehen, dass Kamps unverdächtig war. „Mörris hat man mir nach Bielefeld entführt. Wäre toll, wenn du mir aushilfst. Finde bitte alles zu Hans-Josef Kamps heraus. Seinen Arbeitgeber, seine Qualifikation, seine früheren Beschäftigungsverhältnisse, ob er verheiratet war oder ist und so weiter – und eine Handyortung brauche ich auch unbedingt. Wenn Carstensen das nicht genehmigt, ruf mich an. Kamps hat mir heute gegen vier eine SMS geschickt, als er in der Nähe von Frankfurt war. Check das bitte. Die Nummer schick ich dir. Prüf' auch nach, ob Kamps am Tag der Tat um circa zehn Uhr abends am Bodensee war – Pension Stallinger."

„Okidoki. Ich bin so froh, dass du mich einspannst. Tagsüber sind hier alle weg. Es herrscht gespenstische Ruhe. Und dann die Abstandsregeln einhalten, wenn die Kollegen zurück sind. Daran muss ich mich erst gewöhnen. Am Kaffeeautomat hat scheinbar jeder die Abstandsregel vergessen. Ich meld' mich. Bis dann."

Ein Blick auf die Uhr sagte ihr: Fahr nach Hause und finde dich damit ab, dass das Schicksal deinen Mann gegen einen Hund eingetauscht hat. Einen treueren, zuverlässigeren und besser gelaunten Partner gibt es nicht. Und mit etwas Glück schnappst du Bresson die Klaviersonate weg.

Sie war müde, Bahlsen schlief bereits. Also fuhr sie nach Hause. Morgen früh würde sie als Erstes Bressons Geschenk, das Merfelder Wappen aus Ton, inspizieren. Was hatte Karin sich dabei gedacht, ihrem Besucher ausgerechnet dieses Geschenk zu machen? Sie hätte etwas kaufen können, aber wieso? Sie hätte ihrem Besuch auch gar nichts schenken brauchen. War das

Wappen als Hinweis gedacht? Karin hatte das Motiv vom Bild auf die Tonplatte übertragen. Sie hatte etwas in den weichen Lehm geritzt, das als Hinweis zu verstehen war. So machte es Sinn.

Kurz bevor sie Münster erreichte, rief Anneliese sie an. „Hi Fey, zuerst die Handyortung. Carstensen hat für die Genehmigung ein Auge zugedrückt. Kamps hat um 15:58 Uhr eine SMS an dich geschickt, und zwar von einer Raststätte bei Frankfurt. Das ist Fakt. Die Rezeptionistin der Pension Stallinger konnte sich gut an den Abend erinnern, an dem Kamps und einige andere Männer bei ihr eingecheckt haben. Das war um zehn Uhr. Sie hatte ab zehn frei und sich geärgert, länger bleiben zu müssen. Und nun zu Kamps persönlich: Mittlere Reife, dann Lehre als Kfz-Schlosser. Lehre abgebrochen und seitdem auf verschiedenen Baustellen und in unterschiedlichen Funktionen tätig. Hat sich bei Heinz & Wellmann, einem Jacuzzi-Lieferant und Montagefachbetrieb, zum Vorarbeiter hochgearbeitet. Die liefern und installieren Blubberbäder in ganz Deutschland. Keine Auffälligkeiten, bis auf seine wechselnden Adressen. Seit knapp drei Jahren wohnt er in Börnste bei Dülmen. Keine Vorstrafen."

„Ein Mann ohne Fehl und Tadel. Alles sauber. Sollten wir in einem solchen Fall nicht erst recht stutzig werden?"

„Du kennst ihn persönlich, nehme ich an. Was sagt deine weibliche Intuition?"

„Eine Frage, bei der Carstensen zuverlässig die Augen verdreht. Spontan fällt mir ein, dass er eine Vorliebe für elegante Kleidung hat. Seine Hände waren 1A gepflegt, aber passt das zu einem Montagearbeiter?

Er drückt sich gewählt aus, schwafelt nicht und übertreibt nicht. Eigentlich ein umgänglicher Mensch."

„Hört sich an, als wäre er ein Kandidat für ein Rendezvous. Hat er Vermögen?"

„Das sollte ich besser dich fragen. Check das bitte, so gut es geht."

Auf der Fahrt zu ihrer Wohnung hörte sie in den Nachrichten, dass bei einem Brand in einem Mietshaus im Dülmener Ortsteil Dernekamp eine 68-jährige Frau ums Leben gekommen war.

Dunkelziffer

Auf ihren neuen Zimmergenossen war Verlass. Bahlsen stürmte morgens zu ihr ins Bett, als sie sich rekelte und streckte. Es war halb so schlimm mit dem Alleinsein. Angst bauschte gerne alles auf und dann wurde man die Klabautermänner nicht mehr los und bekam noch mehr Angst. Ob in der Psychologie oder an der Börse, Angst war der entscheidende Knackpunkt.

Fey freute sich auf die Fahrt zu Karin Poggenpohls Hof in Börnste. Würde sie das Rätsel entschlüsseln, das Karin in das Wappen graviert hatte? Sie brachte Bahlsen zu Anneliese ins Präsidium und gab ihr ein paar Tipps, wie sie Auskünfte über Kamps' Konten und sein sonstiges Vermögen in Erfahrung bringen könnte.

Als sie den Weg zum Hof entlang fuhr, entdeckte sie plötzlich einen Storch, der eine Schilfbank entlang stolzierte. Benno Beutel, fiel es ihr ein. Ein gutes Omen. „Es ist“, das Wappen und Karins Hinweis auf dem Wappen in Ton gaben den Rahmen vor, in dem sie suchen musste. Eine Gleichung mit drei Unbekannten. Das hörte sich kompliziert an, war aber nicht unlösbar. Mathe war zu Schulzeiten nicht gerade ihre Stärke gewesen, während sie in der Theater-AG ihre schulischen Bestleistungen erzielt hatte. War sie am Ende deshalb bei der Kripo gelandet? Es war ihr Job, den Leuten auf den Mund zu schauen und Wahres von Unwahrem zu unterscheiden. Oder man sagte gar nichts. Wer die Wahrheit verschwieg, log nicht. Dennoch konnte Verschweigen kriminell sein. Ging es nicht im Schauspiel wie im Leben genau darum? Um den goldenen Mittelweg. Statt kritisch zu fragen, wem sie misstraute, lag die Lösung vielleicht in der

Frage, wem sie traute. Bresson verschwieg etwas, aber das hatte mit den Ereignissen von 1918 zu tun. Sein Alibi war geprüft worden. Er war raus.

Ganz in Gedanken parkte sie ihren Wagen auf dem Hof, ging ins Haus und stieg die Treppe zu Karins Wohnzimmer hinauf. Ihr erster Blick fiel auf den Tisch, auf dem die Tonplatte zuletzt gelegen hatte. Da war sie nicht. Verdammt, das Polizeisiegel. Es war zerrissen worden und sie hatte es eben beim Öffnen der Tür nicht einmal registriert, so abwesend, wie sie war. Jemand hatte das Wappen gestohlen. So führte man eine Kommissarin an der Nase herum. Halt, sie hatte ja das Bild, aber konnte sie sicher sein, dass Bild und Motiv auf der Tonplatte übereinstimmten? Wäre sie achtsam gewesen, wäre ihr bestimmt ein Unterschied aufgefallen. So wie sie eben das kaputte Siegel übersehen hatte, so blieb die Wahrheit manchmal unsichtbar, weil man nicht achtsam war. Wer kannte die Sache mit dem Schlüsselbund nicht? Man hatte ihn verlegt und suchte. Bei der Suche sagte man: „Ich finde ihn nicht. Ich finde den verdammten Schlüssel nicht.“ Genau so passierte es. Gab man die Suche auf, fand man ihn dort, wo man vorher bereits mehrmals nachgesehen hatte. Was hatte sie beim Wappen übersehen? Was hatte Karin als Hinweis in Ton eingeritzt?

Bresson, Niggemeier und Huesmann hatten ein Motiv für den Diebstahl. Als Hauptkommissarin der Mordkommission in einem beschissenen Diebstahl zu ermitteln, statt einen Kollegen dafür abstellen zu können, machte sie wütend.

Sie rief Huesmann an. Er meldete sich von einem Fahrradausflug.

„So früh im Sattel, Herr Huesmann! Kommissarin Amber, Kripo Münster. Wir müssen uns unterhalten. Wo sind Sie gerade?“

„Mettwurst kaufen im Dorfladen Merfeld.“

„Bleiben Sie dort im Herz der Schatzsuche. Wir treffen uns im Café Grote nebenan, in fünfzehn Minuten.“

Augenblicklich tat ihr die Verabredung im Café leid, denn sie wollte keine Rücksicht auf Gäste nehmen, falls sie laut werden müsste. Sie fuhr zügig nach Merfeld, parkte vor dem Café und sah Huesmann versteckt in einem Winkel hinter der Garderobe sitzen, vor sich eine Tasse Kaffee. Sie blieb einen Moment im Auto sitzen und überlegte, wie sie die Situation am besten ausreizen konnte. Kurzerhand rief sie Niggemeier an und bestellte ihn zu einem vertraulichen Gespräch ins Café Grote nach Merfeld – ins Herz der Schatzsuche, schloss sie an. Dem Köder würde er nicht widerstehen. Sie betrat das Café und setzte sich zu Huesmann an den Tisch.

„Amber, Mordkommission. Es wurde Zeit, dass wir uns kennenlernen. Ihre Freunde vom Stammtisch haben Ihnen sicher von unserer Begegnung im Hotel am Turm erzählt.

Herr Huesmann, wo waren sie vor drei Tagen zwischen 15 und 18 Uhr?“

„Geht es um den Mord an Karin Poggenpohl?“

„Sie wissen genau, worum es geht. Wenn Sie ein Alibi für die Zeit haben, sind Sie aus dem Schneider. Nicht so für den Diebstahl von gestern.“

„Wie? Was? Ich war Fahrradfahren, wie immer, auch gestern. Keine Zeugen, aber bestimmt haben mich Leute gesehen. Da müssten Sie mal rumfragen.“

„Sie wollen, dass ich mich um ihr Alibi kümmere. Ein Novum in meiner Karriere, das muss ich zugeben. Nun gut, so soll es sein. Sie fahren gleich mit zur Polizeiwache nach Dülmen. Dort nehmen wir Ihre Fingerabdrücke und werden sie mit den Spuren am Tatort vergleichen. Sind Ihre dabei, werde ich Sie wegen Mordverdacht vorläufig festnehmen. Und nun zum Diebstahl. Das Siegel der Polizei an Poggenpohls Hoftür wurde durchtrennt. Es wurde ein Tonscheibe entwendet."

„Die Platte ist nichts wert. Mein Gott, so eine Lappalie." Huesmann griff in seine Manteltasche und legte die Platte auf den Tisch. „Ich war dort, scheiße, ja. Eigentlich wollte ich das Bild des Wappens, aber das war weg. Da habe ich die Tonplatte mitgenommen. Zeigen Sie mich doch wegen Diebstahls eines Gegenstandes im Werte von Null an und machen sich lächerlich."

„Lassen Sie das meine Sorge sein. Sie sind heute nicht zufällig in Merfeld und auch nicht wegen der Mettwurst. Sind Sie wenigstens schlau geworden aus dem Motiv auf der Tonscheibe?"

„Würde ich dann hier so ruhig mit Ihnen sitzen? Ihren Anruf hätte ich nicht entgegen nehmen brauchen."

„Klingt plausibel." Fey sah Niggemeier auf die Eingangstür zugehen. „Herr Huesmann, Sie wirken tatsächlich sehr gelassen. Ganz ehrlich. Hat Ihnen die Tonscheibe das Geheimnis verraten?" Niggemeier bog um die Garderobe herum. Fey empfing ihn freudestrahlend. „Ah, da kommt ja mein anderer Schatzsucher. Herr Niggemeier, setzen Sie sich zu uns."

Als Niggemeier die Tonplatte sah, pöbelte er zornig drauflos. „Kannst du vergessen, Huesmann, meinen Familienschwur wirst du nicht torpedieren. Dann kommt eben die ganze Wahrheit auf den Tisch: Nachdem du gegangen bist, habe ich mit Karin gesprochen. Offensichtlich hast du dich währenddessen auf die Lauer gelegt. Als ich wegfuhr, parkte dein Wagen an der Hauptstraße. Du bist zurückgefahren und hast Karin umgebracht. Was sie dir nicht freiwillig geben wollte, hast du dir mit Gewalt genommen. Konntest den Hals nicht voll kriegen."

Niggemeier griff nach der Tonplatte. Huesmann schlug mit aller Kraft auf Niggemeiers Hand. Die Platte schepperte auf den Tisch und zerbrach in zwei Teile. Niggemeier krümmte sich und hielt sich die verletzte Hand. Fey versuchte, die beiden Streithähne zu beruhigen.

„Sachte, meine Herren. Eins nach dem anderen. Herr Niggemeier, sie behaupten, Herrn Huesmann zur Tatzeit am Tatort gesehen zu haben und nachdem er das Haus verließ, statteten Sie Karin einen Besuch ab. Daraufhin sahen Sie, wie Huesmann wieder zum Hof zurückfuhr. Stimmt das so?"

„Du kannst mich kreuzweise, Niggemeier. Was geht mich dein beschissener Familienschwur an? Gleiches Recht für alle. Deine verstaubten Polizeiakten haben dich in die Irre geführt. Wo seid ihr Stümper nach 100 Jahren? Du bist ein schlechter Verlierer. Was wolltest du denn bei Karin? Bresson hat dich heiß gemacht. Du wolltest Karin genauso ausquetschen wie ich, nur warst du ihr letzter Besucher, du verdammter Mörder."

Fey hoffte, eine Eskalation verhindern zu können. Nun hätte sie Mörris unbedingt gebraucht. Sie eilte in den Verkaufsraum und bat die Verkäuferin, die Ladentür abzuschließen und sich dann unverzüglich in den hinteren Räumen in Sicherheit zu bringen. Schnell bestellte sie einen Streifenwagen zum Café und ging wieder zu den Männern.

„Du steckst doch mit den Poggenpohls unter einer Decke", schnauzte Niggemeier. „Euch geht es allein ums Geld und jetzt, wo Bresson euch den Braten wegschnappt, geht ihr über Leichen."

„Du Panhaskopp lügst", bölkte Huesmann mit hochrotem Kopf. „Nichts hast du gesehen. Ich bin nicht zu Karin zurück, sondern dir hinterhergefahren. Du warst zuletzt bei Karin im Haus. Das ist die Wahrheit. Als Kommissar warst du ein Versager, aber als Mörder nicht schlecht. Dein Großvater hat den Mörder des Franzosen gedeckt und dein Vater, der Professor, war bei deinem Beutezug keine Hilfe. Versager, alle!"

„Beruhigen Sie sich, meine Herren. Sie haben ja Ihre Aussagen so gut wie gemacht. Wir schreiben in Ruhe ein Protokoll und dann gehen Sie erst mal nach Hause und ..."

Wie es aussah, würde Niggemeier das 100-jährige Rennen auf den letzten Metern verlieren. Ihm gingen die Nerven durch. Wutentbrannt hob er seinen Spazierstock und schlug auf den sitzenden Huesmann ein. Der wehrte sich schreiend, fuchtelte mit den Armen und duckte sich unter den Tisch. Fey wollte nicht in die Schusslinie geraten, nahm einen Stuhl und warf ihn zwischen Stock und Opfer. Die burschikose Verkäuferin eilte mit dem Feuerlöscher herbei, zog am Verschluss und sprühte Löschschaum auf den Angreifer. Niggemeier wich zurück, stolperte über einen Stuhl und fiel zu Boden. Die Verkäuferin schloss die Tür auf, um die an die Scheibe klopfenden Streifenpolizisten hereinzulassen.

Die Kontrahenten wurden zur Wache nach Dülmen abtransportiert, nachdem ein zweiter Streifenwagen eingetroffen war. Die neue Order hieß „Abstand halten". Corona war auf dem Vormarsch. Fey war aufgefallen, dass fast nur noch Lastwagen auf der A 43 unterwegs waren. Weil sie so sehr in ihre Fälle involviert war, hatte sie kaum die rapiden Veränderungen in der Öffentlichkeit mitbekommen. Sie ließ ihre Kollegen von der Streife wissen, dass die Fingerabdrücke der Herren umgehend zu Harry in die KT geschickt werden sollten. Das Ergebnis würde positiv ausfallen, denn beide waren vor Karins Ermordung bei ihr zu Besuch gewesen. Die Untersuchung wäre aber wichtig für die Rekonstruktion.

Fey bedankte sich bei der Verkäuferin, half ihr beim Saubermachen und bestellte einen Kaffee. Sie legte die beiden Teile des Wappens aneinander und betrachtete es. Ihr Handy meldete einen Anruf von Mörris.

„Ich vermisse dich", sagte Mörris und Fey lächelte, hatte er ihr doch aus dem Herzen gesprochen. „Was macht dein Fall? Anneliese sagt, du bist an Kamps dran."

„Reine Verzweiflung, weil ich niemand anderen habe. Die Sache kompliziert sich insofern, als dass immer wieder Verbindungen zu Vorgängen auftauchen, die 100 Jahre zurückliegen. Die infrage kommenden Personen entpuppen sich nach und nach als Schatzsucher. Ein französischer Kriegsgefangener wurde vor 100 Jahren ermordet, konnte aber vorher seine Beute verstecken. Des Rätsels Lösung ist ein Wappen, das hier gerade vor mir liegt. Es ist ein relativ plumpes Motiv."

„Vielleicht ist es nicht das Motiv, sondern ein Fehler oder eine Auslassung oder eine Hinzufügung, die den Ausschlag geben. Du kennst doch die kleinen Rätsel auf den letzten Seiten der Illustrierten. Zwei Bilder stehen nebeneinander und sehen auf den ersten Blick gleich aus. Trotzdem findest du bei genauem Hinsehen mehrere Unterschiede. Das nennt man Achtsamkeit."

„Du Naseweis. Danke. Ich sehe gerade, dass Anneliese mich anruft. Melde dich bald wieder. Tschüss."

„Also mit Kamps ist das so eine Sache", sagte Anneliese und zögerte mit dem nächsten Satz. „Carstensen sagt, dass wir einen begründeten Verdacht haben müssen, bevor er Einsicht in Kamps' Bankverbindungen beantragt."

„Blödmann! Er hat mich nicht ein einziges Mal angerufen, um sich nach dem Fall zu erkundigen. Entschuldige, Anneliese. Leg los! Was hast du sonst?"

„Ohne direkte Einsicht in die Konten weiß ich, dass Kamps Verbindungen zu zwei Kreditinstituten hat. Normalerweise hat man nur eine Bank. Ein Karmann Ghia-Cabrio ist auf seinen Namen zugelassen. Mehr war nicht über ihn rauszukriegen."

„Gute Arbeit, Anneliese. Was macht Bahlsen?"

„Super. Wegen ihm hatte ich einen Grund, während der Arbeitszeit durch den Park zu gehen. Dort war kaum was los. Die Leute fangen an, sich zu verkriechen. So viele Tote in Italien, ist das nicht schrecklich?"

„Pass gut auf dich auf."

Fey hatte kaum aufgelegt, da meldete sich der Leiter der Wache Dülmen: „Hauptkommissar Jablonski. Wir wurden gestern zu einem Brand im Ortsteil Dernekamp gerufen, weil dort eine Frau ums Leben kam. Ihr Name ist Anne Krüger. Alter: 68 Jahre. Die Leiche ist beim Bestatter, ziemlich verkohlt. Die Feuerwehr geht in ihrem Abschlussbericht nicht von Brandstiftung aus, da offensichtlich keine Brandbeschleuniger benutzt wurden. Als Brandherd kommt ein defekter Regler an einem Heizgerät infrage. Es wurde aber dringend eine polizeiliche Untersuchung des Vorfalls empfohlen. Zur Begründung stehen im Bericht zwei ungeklärte Umstände. Erstens: Im Heizlüfter befindet sich ein Bauteil, das nicht vom Hersteller stammt. Zweitens: Es ist unklar, warum die Frau sich offensichtlich nicht selbst retten konnte. Ihre Leiche wurde neben dem verkohlten Sofa gefunden. Ich habe den Heizlüfter gestern noch an die KT Münster weitergeleitet. Gerade rief mich Ihr Kollege Harry an und bestätigte, dass der Regler bautechnisch nicht zum Gerät gehört. Das Heizgerät kommt aus China, der Regler aus Bayern von der Firma Stuber. Ich habe dort angerufen. Mir wurde versichert, dass die Firma keine geschäftlichen Beziehungen zu China pflegt. Das Einzelstück, also der Regler, kostet bei Stuber so viel wie das ganze Heizgerät aus China. Kollege Harry stellte außerdem fest, dass der originale Regler aus China in einem Kunststoffmantel eingeschweißt sei. Da könne man nicht an das Thermoelement heran. Den Regler von Stuber könne man hingegen aufschrauben, um das Thermoelement gegebenenfalls auszuwechseln. Ich dachte, Sie sollten das wissen."

„Der Regler von Stuber könnte nachträglich im Rahmen einer Reparatur eingebaut worden sein."

„Das müsste ein Fachmann erledigt haben und die Reparatur war dann sicher dreimal so teuer wie das neue Gerät. Da kämen mir Bedenken, besonders, da der neue, teure Regler so schnell seinen Geist aufgab.

Das Heizgerät wurde schlicht zu heiß. Im Bericht der Feuerwehr steht, dass ein Kabelbrand am Heizgerät der Auslöser gewesen sein könnte. Daraufhin habe die seitlich hängende Gardine Feuer gefangen. "

„Danke, Herr Jablonski. Ich kümmere mich darum. Schicken Sie mir bitte den Bericht der Feuerwehr. Wie weit sind Sie mit den Herren Huesmann und Niggemeier? Liegen die Aussageprotokolle vor?"

„Dazu melde ich mich später."

Fey lehnte sich zurück und trank bedächtig ihren Kaffee. Jetzt bloß keinen neuen Todesfall, bei dem es sich um Mord handeln könnte. Warum nicht einfach eine Leiche mit einem Messer in der Brust und einem eifersüchtigen Ehemann, der sich in Widersprüche verstrickte? Das wäre ganz nach ihrem Geschmack.

Inzwischen hatte Jablonski den Feuerwehrbericht auf ihr Handy geschickt. Sie las und wurde an einer Stelle aufmerksam, die bereits vom Brandmeister markiert worden war. Dort hieß es, dass das Mietshaus aus den frühen 60er Jahren stamme, als die Wände noch nicht isoliert wurden. Wegen der Dämmung habe man in solchen Häusern oft von innen nachgebessert. So auch im Haus von Frau Krüger. Die Wand- und Deckenverkleidungen waren aus brennbaren aber nicht natürlichen Materialen, wie sie bei Laminat und Deckenpaneelen vorkamen. Der Brand dieser Stoffe setze giftige Gase frei. Es lag nun an ihr, sich daraus einen Reim zu machen.

Möglich wäre es, dass Frau Krüger auf dem Sofa eingeschlafen war, den Brand nicht bemerkte, von den Gasen das Bewusstsein verlor und Opfer der Flammen wurde. Mord oder Unfall? Unfall war nicht ihre Sache. Mord stand für Mörder, und um den zu fassen, musste sie ihr inneres professionelles Räderwerk in Gang setzen, alles geben, mit aller Konzentration arbeiten. Antriebslos war genau das richtige Wort, um zu beschreiben, wie sie sich im Moment fühlte. Gerne würde sie Carstensen jetzt eine Standpauke halten. Er stahl sich aus der Verantwortung. Wenn sie jetzt kniff, würde sie sich den ganzen Tag Vorwürfe machen. Sie rief ihn an.

„Frau Amber, gut, dass Sie sich melden. Gerade dachte ich daran, wie ich Sie in dieser schwierigen Zeit am besten unterstützen kann. Mörris bleibt vorerst in Bielefeld. Den krieg ich da nicht weg. Ich verlass mich ganz auf Ihre Souveränität. Schließlich sind Sie meine beste Kraft."

„Chef, so geht das nicht. Sie haben mir einen zweiten Fall aufgebrummt. Ohne Partner schaffe ich das nicht."

„Frau Amber, wir müssen jetzt alle zusammenstehen. Systemrelevant arbeiten heißt jetzt straffen, wo es nur geht. Der Fall Poggenpohl hat nur dann erste Priorität, wenn Ergebnisse absehbar sind. Ansonsten ermitteln Sie im Fall Krüger. Klären Sie, ob es ein Unfall war. Wenn ja, sind wir raus. Seien Sie pragmatisch. Lassen Sie sich nicht von profaner Duselei ablenken."

„Was meinen Sie denn damit?"

„Ich weiß das nicht von Kollegen, sondern aus der Dülmener Zeitung. Typisch Presse. Kommerzialisieren einen Mordfall, indem sie ihre Auflagen mit abenteuerlichem Geschwätz in die Höhe treiben. Kinderkram, nostalgische Pfadfinder suchen Schatz von 1918."

Fey kannte Carstensens zwiespältiges Verhältnis zur Presse. Wenn sie ihm den Bauch pinselten, waren es seine besten Freunde, auf die er aber auch nach

Belieben einprügelte, wenn ihm die Berichterstattung nicht passte.

„Außerdem, Frau Amber. Der Stein beharrt auf seine Freilassung und sein Hund nimmt Anneliese stark in Beschlag. Da muss etwas passieren."

Fey platzte der Kragen. Carstensen war ein Ignorant in Sachen Empathie und deshalb als Chef völlig ungeeignet. Ein hoffnungsloser Fall. Sie hielt besser die Klappe, aber ganz ohne Nackenschlag wollte sie sich nicht abspeisen lassen. Sie legte einfach auf.

Vor ihr stand die leere Kaffeetasse. Wie hatte Carstensen sich ausgedrückt: profane Duselei. Das kam der Wahrheit ziemlich nahe. „Achtsam" hatte Mörris gesagt. Also schaute sie achtsam auf die Tonplatte, die vor ihr lag. Das Bild, fiel es ihr ein. Sie holte es aus ihrer Jackentasche und legte es daneben. Wo war der Fehler? Vielleicht war er ja auf beiden. Das Bild vom Wappen diente als Vorlage, also logisch, dass beide identisch waren.

Jablonski meldete sich.

„Die Protokolle sind noch nicht ganz fertig, aber ich halte es für wichtig, Ihnen bereits jetzt mitzuteilen, dass die Herren von Frau Poggenpohl telefonisch zu einem Besuch eingeladen wurden. Das sagten beide unabhängig voneinander aus."

„Ups, das ist ja eine interessante Neuigkeit. Danke." Karin Poggenpohl hatte sich die drei rivalisierenden Köpfe im Wettlauf um den Schatz nach Hause bestellt. Erst Bresson, dann Huesmann und zuletzt Niggemeier. Zwischendurch war ihr Partner Kamps da. Und Stein? Wo war der? Seine Fingerabdrücke waren dabei. Die ersten drei waren eingeladen. Fey versuchte, sich in Karins Situation zu versetzen. Sie brannte die Tonplatte für Bresson. Das war ihr Tipp für ihn. Was hatte sie für die beiden anderen? Vielleicht hatte sie nur die Versöhnung zwischen Huesmann und Niggemeier im Sinn? Oder sie wollte, dass die beiden ihr Wissen teilten. Weibliche Diplomatie. Ha! Sie könnte aber auch ebenso gut alle drei eingeladen haben, um von ihnen Hinweise zu erschleichen. Weibliche Diplomatie II.

Fey bedankte sich erneut bei der Verkäuferin im Café Grote und fuhr an Brüggemanns Mühle vorbei nach Dernekamp. Dort fand sie das einsam gelegene Haus von Frau Krüger am Waldrand.

Sie hatte Schaulustige erwartet, aber es war niemand dort. Der Dachstuhl war unversehrt geblieben, das Erdgeschoss ziemlich verwüstet, die Fenster zerbrochen. Frau Krügers Wagen stand draußen. Die Garage war leer.

Sie sah sich nach dem nächsten Haus um und fuhr hin. Von der Nachbarin erfuhr sie Einzelheiten zur Person Anne Krüger. Sie lebte allein und hatte bisher alle Angebote zur geselligen Nachbarschaft ausgeschlagen. Manchmal sei sie über Nacht weggeblieben, aber von Männerbekanntschaften wüsste sie nichts. Frau Krüger stammte aus Hamburg und passte eigentlich nicht so richtig in die Nachbarschaft. Arrogant wäre zu viel gesagt, aber freundlich grüßen war nicht ihre Stärke. Leider habe die Nachbarin das Feuer gestern nicht bemerkt. Es hatte starker Regen eingesetzt und da war sie mit ihrem Hund nicht mehr vor die Tür gegangen.

Fey musste einmal tief durchatmen, als sie wieder in ihr Auto stieg. „Wo jetzt ansetzen?“, schmetterte sie gegen die Windschutzscheibe. „Achtsam, Mädchen“, ermahnte sie sich. Pragmatisch wäre es, jetzt eine Pause zu machen, allerdings wäre das nicht systemrelevant im Sinne ihres Chefs. Ihr fehlten die Gespräche mit Mörris. So wie Bresson beim Erzählen klüger wurde, lernte sie von ihrem Partner, wenn sie sich über einen Fall austauschten. Jetzt brauchte sie diesen Dialog.

Horizont

Sie rief Mörris an.

„Ich brauche dich hier."

„Typisch Frau. Du sprichst es aus. Als Mann würde mir das nicht so leicht über die Lippen kommen."

„Versuch's mal. Ich würde mich freuen."

„Wenn das so ist: Ich brauche dich hier. Was hast du sonst auf dem Herzen?"

„Sag mal, ein Karmann Ghia, was ist das für eine Automarke?"

„Einst Schmuckstück von Volkswagen. Eine sportliche Edition. Ist heute Kultauto, also im Grunde nur zum Vorzeigen."

„Würdest du damit an den Bodensee fahren?"

„Mit dir auf jeden Fall, aber meinen Ohren zuliebe, nein. Warum fragst du?"

„Kamps ist Auto-Freak. Er fährt so einen Schlitten."

„Vielleicht machst du dir kein richtiges Bild. Der Wagen ist ein Oldtimer, chic für eine Fahrt um den Aasee oder im Sommer nach Sylt."

„In den Motorsport-Magazinen, die ich bei Karin Poggenpohl gefunden habe, geht es um Rennwagen, also Formel 1. Wenn das sein Hobby ist, warum hat Kamps dann keinen Flitzer?"

„Vielleicht bestand Karin auf einen Kompromiss und sie einigten sich auf einen Karmann Ghia."

„Du bist aber zahm heute. Hauen wir den Kamps in die Pfanne, nur als Experiment, aber systemrelevant versteht sich. Sein Alibi platzt, wenn ich ihm zwei Stunden von seiner Fahrt an den Bodensee klaue. Mord an Karin um sechs Uhr. Kamps fährt um vier Uhr in Dülmen los und ist spätestens um zehn Uhr am Bodensee. Das könnte klappen, falls die Straßen so frei waren wie heute. Dreh es so, dass Kamps noch um sechs Uhr in Dülmen ist und trotzdem um 22 Uhr in einer Pension in Konstanz ankommt."

„Der Karmann ist frisiert. Nein, Kamps ist nicht Auto gefahren, sondern geflogen. Zielort Friedrichshafen, dann mit superschnellem Leihwagen."

„Ich wünschte, du hättest recht, aber mit Einchecken und so weiter geht das auch nicht schneller."

„Da halt ich dagegen. Dülmen-Düsseldorf, eineinhalb Stunden, eine halbe Stunde warten, eine Stunde Flug. Dann Leihwagen, Taxi, oder noch besser, ihn holt jemand ab, also maximal plus eine Stunde. Summe etwa vier Stunden."

„Du machst mich neugierig. Einen Moment. Prüfen wir die Flugverbindungen. Ich tippe mal ein. Ankunft Friedrichshafen. Da sehe ich keinen Flieger aus unserer Gegend, der um diese Zeit landet. Aufs falsche Pferd gesetzt, Kollege. Was nun?"

„Mit dem Karmann Ghia schafft er es nicht in vier Stunden."

„Es ist kein anderer Wagen auf seinen Namen zugelassen."

„Will heißen: Jemand anderes ist gefahren und dessen Karre geht ab wie eine Rakete."

„Da tut sich eine Tür auf. An einen zweiten Mann hatte ich nicht gedacht."

„Und wenn es eine Frau ist?"

„Denkbar, aber Motorsport ist immer noch eher etwas für Männer. Eine Rakete über die Autobahn zu lenken, dazu gehört Übung und Fitness. Kamps ist 59. Ich glaube nicht, dass er eine solche Fahrt in dem Alter schafft. Der zweite Mann ist eine realistische Möglichkeit. Okay. Danke, Mörris. Jetzt weiß ich selber weiter."

„Wir sind eben ein unschlagbares Team."

„Wenn Carstensen das auch kapieren würde."

Ohne Mörris hätte sie das Gedankenexperiment mit der Fahrt an den Bodensee nicht in der Tiefe weiter entwickelt. Heraus kam der zweite Mann. Nun stand eine nachprüfbare Hypothese im Raum und eine neue Perspektive auf Kamps erweiterte den Blick auf neue Zusammenhänge. Zielperson: Kamps. Opfer: Poggenpohl.

Sollte sie noch einen Schritt weitergehen? Karin Poggenpohl und Anne Krüger waren etwa ein Alter, weiblich, wohnten allein und starben an einem Unfall, der ebenso gut auch ein Mord sein könnte. Zeitlich und örtlich lagen beide Ereignisse dicht beieinander. Gab es eine Verbindung? War es Kamps?

Jagdfieber

Fey fuhr zurück zum Haus von Frau Krüger. Sie merkte förmlich, wie es in ihr zu arbeiten begann und sich ihre Antriebslosigkeit verflüchtigte. Vor ihr baute sich ein Kartenhaus auf, das, wenn sich ihr Verdacht bestätigte, auf subversivste Weise entstanden war, und das sie nun auf subversivste Weise zerstören wollte. Kamps legte in gewisser Weise ein Gentleman-Gehabe an den Tag, das ihn zunächst aus dem Kreis der Verdächtigten ausschloss. Damit war jetzt Schluss. Sein aalglatter Umgang mit der gesamten Situation hatte sie von Anfang an argwöhnisch gemacht. Er glaubte sich auf der sicheren Seite, weil er ein Alibi hatte. Hier kam der zweite Mann ins Spiel. Die Hypothese lautete: Der zweite Mann besaß einen sehr schnellen Wagen und steckte mit Kamps unter einer Decke. Kamps fuhr einen Karmann. Wo stand der, wenn er und der zweite Mann unterwegs waren? Es musste ein Versteck geben. Nicht nur für den Wagen, wahrscheinlich auch für die beiden Männer. Am Tag des Mordes wartete der zweite Mann in der Nähe und fuhr Kamps in halsbrecherischer Weise in vier Stunden zum Bodensee. Alibi perfekt. Nur jetzt nicht aufhören! Es musste noch eine zweite Karte fallen. Kamps erfuhr offiziell durch die Polizei von Karins Tod und erschien nach angemessener Fahrzeit mit seinem Karmann in Dülmen. Tatsächlich wurde er von seinem Fahrer gefahren, und zwar vom Bodensee direkt zum Versteck seines Wagens. Kamps übernahm wieder die Rolle des Karmann Ghia-Fahrers. Er traf sie auf Karins Hof und später Marion Thüner wegen der Beerdigungsformalitäten. Dann fuhr er aus arbeitstechnischen Gründen wegen des Corona-Engpasses angeblich wieder an den Bodensee. Sein Handy wurde in Frankfurt geortet. Jetzt fiel die zweite Karte: Er war gar nicht an den Bodensee gefahren, sondern nur sein Fahrer, der Kamps‘ Handy bei sich im Wagen hatte. Deswegen hatte Kamps nicht mit ihr telefoniert, sondern es wurde getextet.

Demnach könnte er noch irgendwo in Dülmen und Umgebung sein und auch sein Fahrer könnte bereits wieder zur Verfügung stehen. Dieser Gedanke schreckte sie auf. Es lag nahe, dass Kamps auch als Täter im Fall Krüger infrage kam, denn er hätte die ganze Zeit in der Nähe sein können. Sie telefonierte mit dem Geschäftsführer der Firma Heinz & Wellmann. Von ihm erfuhr sie, dass für Kamps und sein Team die Baustellen am Bodensee seit heute ruhten, weil einige Käufer wegen der Corona-Krise ihre Bestellungen stornieren wollten. Wo Kamps sich aufhielt, entzog sich seiner Kenntnis.

Wo lag das Motiv? Warum sollte Kamps Karin ermorden? Er wollte ihr Geld und bekam es. Was, wenn er von Anfang an ein Verhältnis mit Karin eingegangen war, nur zu dem Zweck sie zu einem passenden Zeitpunkt zu beerben? Ein Heiratsschwindler. Seine Trauer hielt sich in Grenzen. Er nahm sich nicht mal die Zeit, für ihre Beerdigung zu sorgen.

Sie rief Anneliese an.

„Check in Flensburg und bundesweit schwerwiegende Fälle von Geschwindigkeitsüberschreitung bzw. die verhängten Bußgeld- und Haftstrafen. Alles, was 100 km/h drüber liegt. Ist Carstensen in der Nähe?“

„Einen Moment. Ich reiche weiter.“

„Was gibt’s, Frau Amber?“

„Unbedingt sofort eine Fahndung nach einem weißen Karmann Ghia veranlassen. Kennzeichen hat

Anneliese. Im Raum Dülmen, Coesfeld, Haltern. Außerdem brauche ich die Bankdaten von Kamps. Ich habe einen begründeten Verdacht, dass Kamps kein Alibi und eventuell sogar den Fall Krüger zu verantworten hat."

„Sie bringen mich da ..."

„Machen Sie einfach", unterbrach Fey und legte auf.

Karin Poggenpohl und Anne Krüger waren alleinstehend. Kamps war jünger, stilvoll und wahrscheinlich eine patente Nummer im Bett. Waren die Ladys auf einen Heiratsschwindler hereingefallen? Bei Karin fanden sich keine Papiere von Kamps. Keine Versicherungsunterlagen, keine Rechnungen, keine Steuererklärung, keine Ausweispapiere. Offiziell war er in Dülmen-Börnste gemeldet, aber Fey war sicher, dass er einen weiteren Wohnsitz hatte, wo er auch seinen Wagen versteckt hielt. Falls er Anne Krüger auch auf dem Gewissen hatte, würde es sehr schwierig werden, ihm das nachzuweisen. Alle Spuren waren verbrannt. Hatte er genau das bezweckt? Vielleicht war Anne Krüger ihm auf die Schliche gekommen. Kamps musste befürchten, dass sein Name oder sein Wagen im Medienrummel um den Mord an Karin Poggenpohl und die Schatzsucher irgendwo auftauchte. Dann wäre er geliefert. Eine eheähnliche Beziehung in dem Alter baute man nicht von heute auf morgen auf. Das kostete Zeit und die hatte er in beide Frauen investiert. Damit die Mühe nicht vergebens war, musste er schnell handeln und tötete auch Anne Krüger. Ansonsten hätte sie ihn ans Messer der Justiz geliefert. Kamps stand unter dem immensen Druck, dass Anne Krüger zur Polizei gehen würde, wenn zwischen ihm und dem Mord an Karin Poggenpohl ein Zusammenhang bestand und seine Identität als Heiratsschwindler aufgedeckt würde.

Fey konnte nicht aufhören, den Faden weiterzuspinnen. Um ihre Darstellung zu untermauern, brauchte sie ein handfestes Motiv. Was steckte Kamps sich in die Tasche? Sie rief Anneliese an und veranlasste, dass die Bankdaten von Anne Krüger ermittelt wurden. Dann wagte sie es, sich an Radio Kiepenkerl in Dülmen zu wenden. Sie fuhr zum Studio in der Stadtmitte und bekam zwei Minuten Sendezeit, um die Bevölkerung um Mithilfe bei der Suche nach einem weißen VW Karmann Ghia zu bitten. Kennzeichen und Name des Halters gab sie wohlweißlich nicht bekannt, denn ihr Verdacht fußte immer noch auf einer Hypothese. Jetzt musste Kamps raus aus seinem Loch. Nachbarn würden sich bemerkbar machen oder er hatte selber Radio gehört. Den Versuch war's wert.

Anneliese rief an und gab durch, dass es eine Liste von 70 Rasern gäbe, die über 100 km/h zu schnell gefahren waren. Fey gab den Ball zurück an Anneliese, die prüfen sollte, wer von denen einen besonders schnellen Wagen auf seinen Namen zugelassen hatte.

Beim Verlassen des Studios meldete sich nochmal Anneliese und gab den Namen der Bank durch, bei der Anne Krüger ihre Finanzen regelte. Fey fuhr zur Stadtsparkasse in Dülmen mitten auf den Vorplatz und parkte dort in der Fußgängerzone. Jemand wollte sich beschweren, aber da war sie bereits auf dem Weg ins Foyer. Sie wies sich aus. Man hatte von Anne Krügers Ableben gehört und war kooperativ. Ein dynamischer Bankangestellter stand für ihre Fragen zur Verfügung. Sie erfuhr, dass Frau Krüger seit etwa einem Jahr ihr Kapital in Form von Gold anlegte. Die Unsicherheit der Anlagepapiere und der drohende Minuszins hätten sie dazu bewogen. Gold im Wert von 210.000 Euro sei bisher an sie geliefert worden. Krugerrand-Münzen, je eine Unze. Sein Anraten, das Gold in einem Bankschließfach zu deponieren, hatte sie abgelehnt. Ob sie immer allein ihre Bankgeschäfte abgewickelt habe, beantwortete der junge Mann mit Ja, konnte sich aber daran erinnern, dass sie an einem Tag Schwierigkeiten hatte, am Automaten Geld abzuheben. Er sei ihr zur Hilfe gekommen und habe kurz darauf gesehen, wie sie zu einem Mann ins Auto gestiegen war. Nein, es wäre kein Karmann Ghia gewesen.

Fey war bester Laune, als sie die Bank verließ. Sie hatte ein Motiv, und zwar aus reinem Gold, denn Gold wurde von der Feuerwehr nicht gefunden. Harry musste ran und das ganze Haus auf den Kopf stellen, damit sie Rückendeckung für ihren Verdacht hatte. Sie rief ihn an. Harry war einverstanden und schickte zwei Leute.

Den großen Unbekannten in Frau Krügers Leben gab es also. Was würde sie jetzt tun, wenn sie Kamps wäre? Sie würde die Rakete starten und abdüsen. Natürlich an den Bodensee und behaupten, dass sie dort seit heute die Kurzarbeit genieße.

Sie rief Carstensen an.

„Ringfahndung Dülmen und Straßensperren und Kontrollen bis runter zum Bodensee, aber schnell. Ich garantiere für nichts, aber vertrauen Sie mir. Kamps könnte es gelingen in zwei Mordfällen ohne Spuren und ohne Zeugen davonzukommen. Wenn wir ihn jetzt schnappen, haben wir eine reelle Chance, ihn anhand von Indizien zu überführen."

„Mensch Amber, Sie bringen mich in Teufels Küche. Zwei Morde, das ist allerdings ein Argument. Ich versuch's zumindest für NRW."

„Was ist mit Stein? Macht der inzwischen den Mund auf?"

„Gut, dass Sie mich darauf ansprechen. Ich hörte gerade, dass Herr Stein zur Vernunft gekommen ist. Er möchte mit Ihnen reden, nur mit Ihnen."

„Ich kann hier nicht weg. Schicken Sie mir den Mann nach Dülmen."

„Ist das wirklich notwendig?"

„Steins Fingerabdrücke waren überall in der Wohnung des Opfers verteilt. Er hat etwas gesucht. Gut möglich, dass er zur Tatzeit auf dem Hof gewesen ist. Seine Aussage könnte wichtig sein."

„Er ist in 30 Minuten bei Ihnen. Wohin genau möchten Sie ihn haben?"

„Gute Frage. Ich könnte mir vorstellen, am Tatort mehr aus ihm herauszulocken. Ich warte auf dem Hof von Frau Poggenpohl in Börnste auf ihn."

Während der Fahrt von Dülmen nach Börnste erhielt sie einen Anruf von Anneliese. „Ein Name sticht aus der Liste der Raser heraus. Armin Stuckenbrock. Er war Rennfahrer bei Mercedes, bis er durch wiederholte Trunkenheit am Steuer seinen Führerschein verlor. Daraufhin hat Mercedes ihm den Laufpass gegeben. Später absolvierte Stuckenbrock erfolgreich den Idiotentest und fährt heute einen Lotus. Angemeldet wurde der Wagen vor einem Jahr beim Straßenverkehrsamt Marl."

„Irgendwelche Verbindungen zu Kamps?"

„Außer der örtlichen Nähe keine. Das Straßenverkehrsamt Marl ist für den Kreis Recklinghausen zuständig. Das schließt Haltern mit ein. Also sehr nah dran an deinem Epizentrum. Offiziell wohnt Stuckenbrock in Pforzheim. Ich habe die Adresse überprüft. Das Mietshaus wurde vor einigen Monaten abgerissen. Auf dem Grundstück entstehen zur Zeit Eigentumswohnungen. Keine Ahnung, wo der Mann jetzt wohnt. Seine Post dürfte umgeleitet worden sein, aber das ist lange her."

„Versuch trotzdem mit dem Postamt zu sprechen."

Wackelte da gerade wieder eine Karte oder ging ihr Optimismus mit ihr durch die Decke? Bildlich gesprochen zogen eher Gewitterwolken auf. Falls Stuckenbrock und Kamps Komplizen waren, konnten sie sich gegenseitig Alibis zuschustern.

Harrys Leute von der KT meldeten sich bei Fey. Sie waren am Haus von Frau Krüger angekommen.

„Haben Sie einen besonderen Verdacht, sodass wir intensiver suchen können? In der Wohnung ist fast alles verbrannt. Im Außenbereich hat die Feuerwehr die Spuren verwischt."

„Fingerabdrücke und DNA-Spuren im Keller oder auf dem Dachboden. Ach, da fällt mir ein, dass die Garage leer steht. Der Wagen von Frau Krüger steht seitlich davor. Sehen Sie das?"

„Ja, was meinen Sie genau?"

„Suchen Sie in der Garage nach Fingerabdrücken und ..."

„Hallo, sind Sie noch dran?"

„Augenblick. Ich muss das eben zu Ende denken. Der Täter fuhr gestern mit seinem Wagen zu Frau Krüger. Frau Krüger stellte ihr Fahrzeug absichtlich nicht in die Garage, weil der Täter sie darum gebeten hatte. Er musste nämlich seinen Wagen vor möglichen Zeugen verbergen. Er fuhr also in die Garage und schloss das

Tor. Für die Zeit seines Aufenthalts im Haus gab es außen keine Anzeichen. Jetzt hat mir aber vorhin die Nachbarin gesagt, dass es gestern Nachmittag geregnet hat. Der Wagen des Täters war also nass und es tropfte auf den Garagenboden.

So Kollegen, jetzt seid ihr dran. Findet dort etwas, das nur vom Wagen des Täters stammen kann, am besten in den Wasserpfützen."

Jablonski von der Dülmener Wache schickte ihr die beiden Protokolle von Huesmann und Niggemeier. Darin hieß es, dass Huesmann von Karin Poggenpohl um vier Uhr zu einem Gespräch bestellt war und Niggemeier um fünf Uhr. Als Niggemeier um halb sechs ging, habe er den Wagen von Huesmann an der Hauptstraße gesehen. Huesmann bestätigte das in seinem Protokoll. Er gab an, auf Niggemeier gewartet zu haben, um ihm zu folgen. Leider fuhr Niggemeier nicht zum Versteck, sondern nach Hause.

Beide sagten aus, dass Frau Karin Poggenpohl noch lebte, als sie das Haus verließen.

Für Fey kamen die beiden Berichte wie gerufen. Sie stützten ihre Theorie. Kamps brauchte nur Minuten, um sich Zutritt zum Haus zu verschaffen, Karin zu konfrontieren, sie zur Treppe zu locken und hinunterzustürzen, um danach in vier Stunden von Stuckenbrock im Lotus an den Bodensee „geflogen" zu werden. Einen Tag später erfuhr Kamps von Karins Tod. Er ließ sich Zeit, denn Stuckenbrock saß in den Startlöchern und fuhr ihn zu seinem Karmann Ghia nach Dülmen. Sie traf Kamps auf dem Hof in Börnste. Danach vereinbarte er ein Treffen mit Marion Thüner, hielt sich aber nicht lange mit den Formalitäten für die Beerdigung auf. Er stand unter Zeitdruck, denn Anne Krüger wartete zu

Hause auf ihn. Ihr Wagen stand draußen, worum er sie gebeten hatte. Alles weitere war unklar. Der Heizlüfter könnte bereits präpariert worden sein. Er musste ihn nur einschalten. Anne Krüger tötete er zum Beispiel durch Erwürgen. Er legte die Leiche aufs Sofa, stellte das Heizgerät an, wartete kurz, ob die Gardine Feuer fing, schnappte sich das Gold und fuhr davon.

Scheiße, das ließ sich nicht beweisen, wenn kein Wunder geschah.

„Ferienpark Bergflagge."

Anneliese übermittelte ihre neuesten Rechercheergebnisse.

„Nachbarn in der Bergflagge haben den Karmann Ghia gesehen, können sich aber nicht an das Kennzeichen erinnern. Weiß ist die Farbe, aber das reicht dir wahrscheinlich nicht. Ist nur ein paar Steinwürfe von Anne Krügers Haus entfernt. So vermied Kamps längere Strecken, die das Risiko erhöhen konnten, dass die auffälligen Wagen größere Aufmerksamkeit erregten. Soll ich Carstensen informieren?"

„Du bist die Beste. Auf jeden Fall. Unterrichte auch die Beamten der Dülmener Wache. Da gibt es einen patenten Hauptkommissar. Sag ihnen, dass sie mit zwei abgezockten Verbrechern zu rechnen haben. Schutzwesten und Bewaffnung ist Pflicht. SEK wäre mir am liebsten, aber ich beweg mich noch auf dünnem Eis."

Ein Segen, diese Freisprechanlage. Was sie alles während der Autofahrt erledigen konnte. Sie hielt auf dem Hof in Börnste, der jetzt verlassen war. Die Besitzerin war tot und Kamps würde erben. Ein Bagger würde kommen und die Scheune mit dem Brennofen und der Töpferei abreißen, und Kamps würde sich dort ein Jacuzzi hinstellen, den er mit dem Gold von Anne

Krüger bezahlen würde. War das eine Gänsehaut, die sie auf ihrem Rücken fühlte? Gerechtigkeit blieb nur ein Wort, wenn sie nicht in die Tat umgesetzt wurde. Die Indizien gegen Kamps häuften sich. Ein Streifenwagen aus Münster rollte auf den Hof. Der Kollege hielt neben ihr. Stein glotzte sie stirnrunzelnd vom Rücksitz an.

„So vorwurfsvoll, Herr Stein?“, grüßte Fey. „Ist es Ihnen im staatlichen Hort für erwachsene Bösewichter nicht gut ergangen?“

„Mädchen, lass mich ma’ erst aussteigen, bevor wir ins Geschäft kommen.“ Steins Alter von 65 Jahren merkte man ihm an. Gelenkigkeit sah anders aus. Als er endlich vor ihr stand, grinste er in bekannt ungenierter Manier.

„Taxi auf Staatskosten. Darf ich dich auf eine Currywurst, Pommes und ’n Bier einladen? Das wär jetzt ganz nach meinem Geschmack. Was verschafft mir das Vergnügen?“

„Sie wollten mit mir sprechen. Die Wahrheit sucht sich ihren Weg. Möchten Sie eine Aussage machen?“

„Ihr seid so einfältig und gutgläubig, dass man einen Waschlappen vor euch auswringen und den Dreck als Wahrheit verkaufen kann. Mann, Mädchen, ich wollte raus aus dem Kasten. Du warst mein Lockvogel.“ Stein ging ein paar Schritte und atmete tief ein und aus, als würde er gerade von allen Sünden erlöst. „Wie geht es Bahlsen? Hat er sich in dich verliebt? Komm, wir gehen eine Runde über den Hof. Vielleicht fällt mir beim Plaudern ja etwas ein.“

Fey wägte zwei Möglichkeiten ab. Entweder sie verfrachtete ihn umgehend zurück in den Streifenwagen und ab nach Münster, oder sie spielte mit.

„Einverstanden. Wir gehen und Sie erzählen."

„Karin und ich, wir waren ziemlich dicke, aber es hat nie für eine echte Beziehung gereicht. Sie wollte auch keine, glaube ich. Jedenfalls brauchte ich Geld und Karin hatte es. Die 5000, weißte ja. Nun kannste fragen, warum ich das Geld erst nach Karins Ermordung von der hohen Kante geholt habe, aber das stellen wir mal zurück. Karin war ein Spaßvogel. Sie hatte drei Männer zu Besuch, die verrückt nach Schatzsuche waren. Einen nach dem anderen hat sie abgefertigt. Erst diesen Bresson und dann die alten Säcke Huesmann und Niggemeier. Als Huesmann kam, hat Karin ihr Handy angestellt und das Gespräch mit ihm heimlich aufgezeichnet und später auch das mit Niggemeier. Ich kam an dem Tag direkt aus Berlin und war früh dran. Damit ich nicht mit ihren Besuchern zusammenstieß, sollte ich meinen Wagen auf dem zweiten Zufahrtsweg parken. Ich bin dann kurz vor sechs zu Karin rein. Sie empfing mich freudestrahlend und spielte mir ihre Tonaufnahmen vor. Wir haben uns über das Gelaber von Huesmann und Niggemeier kaputtgelacht."

„Wo ist Karins Handy?"

„Ich habe keinen blassen Schimmer. "

„Sie befanden sich im Wohnzimmer, als sie die Tonaufnahmen abspielten. Erinnern Sie sich! Es ist wichtig."

„Ein Kinderspiel für deine Laborfuzzies. Mach sie richtig scharf, dann finden die auch was."

„Sie spucken große Töne. Nach Ihrer eigenen Aussage waren Sie der letzte, der Karin lebend gesehen hat. Sie reiten sich gerade ziemlich in den Sumpf."

„Ich tu doch der Karin nix. Komm, wir gehen in die Scheune und erweisen ihr dort an ihrem geliebten Arbeitsplatz unsere Hochachtung. Sie war eine wunderbare Frau."

Als sie auf die Scheune zugingen, erhielt Fey einen Anruf von Hauptkommissar Jablonski.

„Wir sind hier an der Bergflagge. Die Vögel sind ausgeflogen. Der Karmann ist weg. Alles deutet darauf hin, dass hier zwei Männer gewohnt haben. Allerdings gibt es keine Anzeichen, dass sie fluchtartig das Haus verlassen haben."

„Lassen Sie das Haus bewachen. Ansonsten danke."

Stein war bereits in die Scheune gegangen und hatte sich auf Karins Schemel gesetzt.

„Jetzt wird es spannend, Frau Kommissarin. Einen Deal und ich liefere Ihnen den Mörder." Stein schaute sie erwartungsvoll an.

„Keinen Deal. Das sagte ich bereits vor einiger Zeit."

„Mach mich nicht zum Bettler. Ich kenn euch Bullen, die 5000 stehen mir zu. Es ist mein Geld, ein Geschenk von Karin zu ihren Lebzeiten. Garantiere mir, dass ich die 5000 behalten darf und ich sage dir, wer Karin ermordet hat."

„Es wird sich herausstellen, ob Ihnen das Geld wirklich zusteht. Wieso sollten Sie wissen, wer der Mörder ist?"

„Ich habe es nicht gesehen, aber ich war dabei und habe es gehört."

„Sie stehen mit einem Fuß im Gefängnis, schon vergessen? Wieso sollte ich Ihnen glauben?"

Feys Handy meldete einen neuen Anrufer. Es war eine unbekannte Nummer, aber Kamps' Stimme war ihr sofort geläufig. Sie entfernte sich einige Schritte, um Stein nicht Zeuge des Gesprächs werden zu lassen.

„Frau Amber. Ich wollte mich nur mal melden. Kurzarbeit. Wir haben zwei Baustellen fertiggestellt, fünf liegen still. Ich bin auf dem Weg nach Dülmen, habe gerade zu Mittag gegessen und könnte in zwei Stunden bei Ihnen sein. Wo sind Sie jetzt?“

„Schön, dass Sie sich die Zeit nehmen. Ich bin auf dem Hof von Frau Poggenpohl, der ja nun bald Ihnen gehört.“

„Das trifft sich gut. Wenn ich Sie um einen Gefallen bitten dürfte?“

„Selbstverständlich.“

„Karin hatte sich für den Fall ihres Ablebens eine Urne getöpfert. Es lässt mir keine Ruhe und würde mich sehr erleichtern, wenn Sie eben nachschauen, ob die noch im Kleiderschrank ihres Schlafzimmers steht.“

„Das wird nicht lange dauern. Ich rufe Sie wieder an.“

Stein stand plötzlich neben ihr. „Das war Kamps, oder? Was wollte er? Unser Deal!“

„Ich bin gleich wieder da.“ Auf halbem Weg schaute sie zurück. Stein versuchte sich mit Handschellen, eine Zigarette aus einer Packung zu nehmen. Fey war glücklich, Mörris zu erreichen. „Da ist etwas oberfaul. Ich brauche deinen Rat. Krass gesagt, ruft mich der Mörder gerade an, bittet mich ganz freundlich um einen Gefallen und sagt außerdem, dass er mich in zwei Stunden treffen will.“

„Liegst du richtig? Ist er es?“

„Scheiße, ich weiß es plötzlich nicht mehr.“

„Von wo hat er dich angerufen?“

„Keine Ahnung, zwei Stunden von Dülmen entfernt.“

„Handyortung, sofort! Wo bist du?“

„Poggenpohls Hof, mit Stein und zwei Beamten."
„Was für ein Gefallen ist das?"
„Ich soll was nachschauen, eine Urne suchen."
„Makaber. In der Urne ist nicht zufällig eine Bombe? Halt ihn hin. Ruf ihn an und sage, dass du sie nicht finden kannst, aber weitersuchst. Ich sprech mit Carstensen wegen der Handyortung."
Als sie die Treppe zu Karins Wohnzimmer hochlief, rief Harry an.
„Bahnbrechende Neuigkeiten: Wir haben das Reifenprofil des Karmanns in der Garage von Anne Krüger sichergestellt. Letztlich ist das kein ganz lupenreiner Beweis, denn auch ein anderes Auto könnte dieses gängige Reifenprofil haben, aber nun kommt's: Wir fanden einige wenige Schalen von Sonnenblumenkernen in Krügers Garage. Hauptkommissar Jablonski von der Kripo Dülmen hat den Einsatz im Ferienpark Bergflagge geleitet und gerade durchgegeben, dass die Nachbarin von Kamps die Wildvögel in ihrem Garten mit Sonnenblumenkernen füttert. Über Kamps' Parkplatz in der Bergflagge steht eine Birke. Dort verputzen die Vögel ihre Mahlzeiten und lassen die Hülsen fallen. Die verfangen sich in den Lüftungsschächten des Autos und der plötzliche Regenguss von gestern hat sie wieder ausgewaschen. Bei Anne Krüger im Garten gibt es keine Futterstelle. Da ist auch keine Birke. Geringe Spuren von Birkenabrieb fanden wir auch auf dem Boden der Garage. Kamps ist geliefert. Ein gerissener Hund mit technischem Sachverstand. Hat wahrscheinlich den Regler im Heizgerät manipuliert. Das war alles von langer Hand geplant. Nimm dich in Acht. Der Mann hat Köpfchen."

Fey blieb stehen. Wenn der Kamps, der sie vor einer Minute angerufen hat, genau der Mann war, den Harry gerade beschrieben hatte, dann spielte dieser Mann gerade Katz und Maus mit ihr. In welche Falle sollte sie tappen?

Plötzlich hörte sie einen Schuss, sofort danach einen zweiten, dann Schreie. Die Streifenpolizisten sprangen aus dem Wagen, schauten sich um und rannten in die Richtung, aus der die Schüsse vermeintlich gekommen waren. Fey stürmte die Treppe hinunter, zog ihre Waffe und eilte zur Scheune.

Stein lag am Boden, blutüberströmt. Mit verzerrtem Gesicht wollte er etwas sagen, stöhnte jedoch zu sehr, als dass Fey etwas verstehen konnte. Sie schickte die Kollegen hinter die Scheune, wo sie weiter den Wald durchkämmen sollten. Die Ambulanz wurde bestellt und Verstärkung angefordert. Dann löste sie Steins Handschellen, holte Verbandszeug aus dem Wagen und verarztete seine Wunden. Ein Schulterdurchschuss von hinten und ein Oberarmschuss an der gleichen Seite. Der Schütze hatte nur knapp das Herz verfehlt. Lebenswichtige Organe waren nicht verletzt. Stein würde offensichtlich durchkommen.

Ihr Schuldbewusstsein ließ nicht lange auf sich warten. Wieder keine Beweise, aber natürlich war es Kamps, der sie von seinem Opfer weggelockt hatte. Kamps musste in Sichtweite gewesen sein, als er mit ihr telefoniert hatte. Er hatte sie mit seiner Bitte um einen Gefallen von Stein weggelockt. Der Deal, fiel es ihr ein. Stein musste etwas gesehen haben, dass Kamps veranlasste, ihn mundtot zu machen. War Stein ein Augenzeuge?

Das würde sie ihn fragen, wenn er wieder vernehmungsfähig war. Ein Beamter lief auf sie zu und rief: „Wir haben Stuckenbrock gestellt. Sein Lotus steckt im matschigen Boden fest. Dort drüben auf dem ausgedienten Zufahrtsweg. Mein Kollege bringt ihn gerade her."

Fey schaute auf und sah, wie Stuckenbrock in Handschellen zu ihr geführt wurde. Sie schickte die beiden Polizisten wieder los, um die Verfolgung von Kamps aufzunehmen. Er durfte nicht bis zu seinem Wagen gelangen. Sie hoffte, dass er keine Geisel nahm und wandte sich an Stuckenbrock.

„Wie blöd muss man sein, einen Sportwagen in einen Waldweg zu lenken?"

„Hatte vorher schon geklappt, aber der beschissene Regen hat den Boden aufgeweicht."

„Zweimal Mord und ein versuchter Mord. Geh ich nur davon aus, dass Sie Beihilfe geleistet haben, wandern Sie für 15 Jahre in den Knast. Sie haben das Wort."

„Ich habe mich einen Scheißdreck darum gekümmert, was Kamps macht. Ich bin nur gefahren. Er hat die Karre bezahlt und hat mich machen lassen. Ich fahr eben gerne. Eine Win-win-Situation. Er war viel unterwegs und wollte keine Zeit verlieren mit seinen Weibern. Zwei in Dülmen und neuerdings eine in Konstanz. Immer die gleiche Masche. Kehrt den Kavalier raus. Rote Rosen, Geschenke und Komplimente, dass sich die Balken biegen. So packst du die Frauen bei ihren Schwächen. Sie fühlen sich nicht schön genug und du machst sie schön. So einfach ist das. Das habe ich von ihm gelernt. Aber Mord – der Kamps doch nicht! Er wollte die Kühe melken, nicht töten. Wär doch auch bescheuert. Wenn er was von ihnen wollte, Unterschriften oder Versprechen, hat er sie mit Alkohol gefügig gemacht. Er trank nur, um sie in Stimmung zu bringen. Mich brauchte er, um schneller von Baustelle zu Baustelle und von einer Frau zur nächsten zu kommen. Die wollten immer möglichst viel Zeit mit ihm verbringen. Außerdem hat ihm die Raserei Spaß gemacht."

„Was ist mit der Frau in Konstanz, seiner neuen?"

„Er ist ein ausgekochter Fuchs, das muss ich ihm lassen. Er besucht sie seit einer Woche. Die Poggenpohl hatte er seit drei Jahren ‚im Geschirr', wie er das nannte. Die Olle aus Dernekamp seit zwei Jahren. Er wollte am Bodensee eine neue Offensive starten und die beiden Dülmener Perlen abstoßen, weil die meisten ledigen Frauen im Süden mehr Kohle haben."

„Sehr aufschlussreich, Herr Stuckenbrock. Da hab ich ja einiges über die Frauen von Ihnen gelernt. Wenn Sie nun so nett wären, sich zu meinem Wagen zu begeben. Dort bleibt Ihnen noch etwas Zeit, um zur Besinnung zu kommen. Es scheint mir, dass Sie zu lange in schlechter Gesellschaft waren. Beten Sie, dass Kamps, den wir in Kürze fassen werden, Sie nicht mit in die Hölle reißt, in die wir ihn mit Sicherheit schicken werden."

Es ist

Am nächsten Tag, abends um sechs Uhr in Karin Poggenpohls Scheune, hielt Marion Thüner eine kleine Ansprache. Man musste sich erst an die Corona-Abstandsregeln gewöhnen. Wo man sonst kuschelig beieinander saß, klaffte heute eine Lücke von zwei Metern zwischen den Anwesenden. Es wurde Schnaps und Bonekamp-Bier aus Rorup serviert.

Marcel Bresson war der Star des Abends. Die Ankündigung einer abenteuerlichen Geschichte von Jacques Flambert und seiner Gang von 1918 sorgte für ein, im Rahmen der Vorgaben, volles Haus. Die zweite kurze Pause war angebrochen. Gläser wurden gefüllt und Schnittchen mit westfälischem Schinken gereicht. Diskussionen zum Thema Beethovens Klaviersonate entbrannten. „Da hat er übertrieben“, meinte ein Zuhörer. „Aber für eine gute Geschichte lass ich das gelten. Ist ja eh alles fiktiv.“

Bresson und Marion Thüner beglückwünschten sich bereits jetzt zu dem gelungenen Abend. Die beiden Veranstalter waren sich schnell einig geworden. Zu Ehren von Karin Poggenpohl hatte Bresson die ganze Geschichte von Anfang an erzählt, zwar an einigen Stellen gerafft, aber doch im Wesentlichen ohne Lücken. Nun war er selber gespannt, wie sich das Ende gestalten würde. Manche Episoden waren eine schwere Geburt, immer wieder musste er improvisieren. Würde sich der entscheidende Wink plötzlich doch noch als Gedankenblitz entladen? Er schaute in die Runde. Huesmann war ebenfalls anwesend und hatte ihn vor der Veranstaltung auf seine cholerische Art zur Sau gemacht, weil er ihn zu einem Bauernhof geschickt hatte, an dem gar kein Wegkreuz stand. Das würde er noch bitter bereuen. Auch Niggemeier gehörte zu den Gästen und hatte sich während des Vortrags Notizen gemacht. Sichtlich erfreut war Bresson dagegen über die Anwesenheit von Fey Amber, die ihm so nett zulächelte. War sie in ihrer Eigenschaft als Kommissarin gekommen, oder weil sie sich das Ende der Geschichte nicht entgehen lassen wollte?

Fey trank von ihrem Bier und erinnerte sich an ihren Besuch bei Stein morgens im Krankenhaus. Er war sehr redselig gewesen und freute sich euphorisch darüber, dass Kamps ihn mit beiden Schüssen verfehlt hatte. Als die Sprache auf den Mord an Karin Poggenpohl kam, normalisierte sich seine Stimmlage. Nach Steins Auskunft spielte sich Folgendes direkt vor der Tat ab:

Karin hatte ihm ihr Handy gegeben, damit er sich das Geplapper von Huesmann und Niggemeier anhören konnte. Er und Karin belustigten sich über die eifrigen Männer, als plötzlich Kamps auf den Hof gefahren kam. Mit ihm hatten sie nicht gerechnet. Stein suchte in panischer Angst nach einem Versteck und hechtete durch die Wohnung, was seine Fingerabdrücke erklärte, die überall gefunden worden waren. Er verkroch sich in seiner Not im Besenschrank. Stein schilderte, wie zwischen Karin und Kamps sofort ein heftiger Streit ausbrach. Allerdings – erklärte Stein ausdrücklich – konnte er nicht sehen, ob Kamps Karin mit Absicht die Treppe hinuntergestoßen hatte. Danach wäre Kamps zurück zu seinem Auto gerannt und mit Vollgas abgehauen. Stein selbst ging daraufhin zu seinem am zweiten Zufahrtsweg abgestellten Wagen, vergaß aber in der Aufregung die 5000 Euro mitzunehmen. Später habe er Kamps kontaktiert, um ihn zu erpressen. Er gab sich als Augenzeuge aus und belegte das mit Zitaten aus dem Streit zwischen Karin und Kamps.

Steins Aussage klang glaubwürdig, denn warum sollte Kamps Stein erschießen wollen, wenn er nicht gehörig unter Druck stand? Ein Augenzeuge war für ihn verhängnisvoll. Für Kamps spitzte sich damit die Sache gefährlich zu. Wenn er Stein beseitigte, sprachen höchstens noch Indizien gegen ihn. Er wartete also auf die nächstbeste Gelegenheit. Das bedeutete im Nachhinein, dass er Fey auf Schritt und Tritt gefolgt war, um Stein aufzuspüren.

Fey wünschte sich einen unumstößlichen Beweis für den Mord an Karin Poggenpohl. Sagte Stein die volle Wahrheit? Hatte er wirklich nichts gesehen?

Das Licht in der Scheune wurde schummrig. Die kleine Glühbirne an der Decke hatte alle Mühe, den Redner und sein Publikum zu beleuchten. Bresson setzte sich auf Karins Schemel und bat um Ruhe.

Das Ende der Geschichte stand bevor. Fey dachte an Mörris' Worte zur Achtsamkeit. Für die Fantasie war Bresson zuständig. Sie durfte nur lauschen. Oder die ganz große Überraschung kam mit einem Paukenschlag: Alles war nur ein Bluff. Bresson würde die Maske fallen lassen und erklären, dass seine blühende Fantasie mit ihm durchgegangen war und er, wie der tolle Bomberg aus Buldern, nichts weiter im Sinn gehabt hätte, als sich einen Spaß zu machen. So oder so, der Applaus wäre ihm sicher.

Bresson räusperte sich und begann.

Sie hatten sich getrennt. Jaques ging zurück, um Lotte zu treffen. Liam trug den Umschlag unter seinem Arm und schaute sich ständig um, ob Jacques nicht doch noch kommen würde. Zum ersten Mal musste er das Kommando übernehmen. Winkler trottete hinter ihm her. Sein Schicksal schien in Kürze besiegelt, denn man munkelte, dass der Kommandant für ein paar Tage aufhören wollte zu saufen, um Ordnung in seinen Laden zu bringen. Das Todesurteil für Winkler zu vollstrecken, würde Teil dieser Ordnung sein und deswegen fiel dem flüchtigen Deserteur jeder Schritt bleiern schwer. Die Alternative, nicht ins Lager zurückzukehren, hatte er hundertfach durchgespielt, war aber immer kategorisch bei einem Nein gelandet. Ein zweites Mal würde er nicht kneifen. Jules und seine beiden Kameraden Jacques und Liam würden auffliegen, wenn man seinen Fluchtweg rekonstruierte. Sie müssten unter Umständen mit ihrem Leben bezahlen. Ein ewig Fliehender wollte er nicht sein und in seiner Heimatstadt Dülmen wusste man über seine Fahnenflucht Bescheid. Irgendwie musste er für seine Schuld geradestehen und die Familie von diesem Makel befreien.

Sie gelangten unbeobachtet ins Lager. Liam steckte das Couvert mit Beethovens Klaviersonate unter seine Matratze und weckte Jules, der sofort hellwach war und nach Jacques fragte. Der Schrecken stand ihm ins Gesicht geschrieben. Nicht auszudenken, was passieren würde, wenn, kurz vor Auflösung des Lagers, der Kommandant von der Flucht eines Gefangenen erfahren würde. Liam stand achselzuckend bei ihnen und hörte sich das Wehklagen an. Er hatte aber dann die Idee, Jacques auf dem Papier pro forma ins Lazarett zu verfrachten. Nur für eine Nacht. In der nächsten Nacht – wenn alles gut ging – würden sie fliehen und Jules sollte mit von der Partie sein.

Jules ließ sich Liams Vorschlag durch den Kopf gehen und stimmte zu. Morgens beim Appell sagte er dem Wachmann von Baracke 8, dass der Gefangene Jacques Flambert schlimme Koliken hatte, jetzt im Lazarett liege und der Arzt ihn für Morgen wieder zur Arbeit abstellen würde. Dem Wachmann war das egal, zumal Jules ihm eine Schachtel Zigaretten zusteckte. Sie hatten Luft für einen Tag Zwangsarbeit am Franzosenbach, der mittlerweile bis Haus Merfeld ausgeschachtet war, und einen Abend, an dem sie still bis zur Dunkelheit ausharrten. Es wurde Zeit, dass sie Nägel mit Köpfen machten, denn die Moral der Gefangenen hatte sich gebessert. Die Nachrichten von draußen über einen Waffenstillstand und die Aussichten auf ein Kriegsende festigten sich. Einige Tausend Männer schöpften wieder neue Hoffnung. In Baracke 8 kam hinzu, dass Jacques nicht zurückgekommen war, was die übrigen Gefangenen anstachelte, auch durch das Loch zu fliehen und auf eigene Faust den Heimweg anzutreten. Jules konnte die Männer, für die er verantwortlich war, besänftigen. Er versprach ihnen eine bevorzugte Freilassung und einen organisierten Rücktransport in ihre Länder. Er habe das bereits mit dem Kommandanten abgesprochen. Jules war ein ausgekochter Lügner, was wohl auch daran lag, dass er seine sexuelle Orientierung ständig verbergen musste.

Gegen Mitternacht war es so weit. Jules, Liam und Friedel Winkler verließen das Lager auf dem üblichen Schleichweg. Nur Liam schaute wehmütig zurück, denn er vermisste Jacques und hatte das ungute Gefühl, dass ihm etwas zugestoßen war. Trotzdem hatte er bereits einen Plan in Sachen Beute. Für Liam war es Ehrensache, das Couvert ordentlich zu verstecken, damit

 Es ist

Jacques es später finden konnte. Winkler und Jules durften das Versteck nicht kennen, so war es besprochen. Liam hatte schon als Kind auf dem Kartoffelacker arbeiten müssen. Für ihn war die Erde der Ort, aus dem das Leben spross, wertvoll genug für einen Schatz von Jacques und Beethoven. Es war für ihn also klar, dass das Couvert vergraben werden musste. Liam war aber klug genug, um zu wissen, dass er das Papier konservieren musste, weil es sonst verrotten würde. Er hatte die ganze Nacht gegrübelt, wie er das Problem lösen könnte, ohne den anderen zu viel zu verraten.

Winkler half ihm auf seine Weise. „Der Spaten, den Jules für dich organisiert hat, und den du so gewissenhaft trägst, hat bestimmt eine Bedeutung. Ich glaube, dass du das Couvert vergraben möchtest und nach einem passenden Behälter suchst. Ich hätte da eine Idee. In unserer Kachelmanufaktur produzieren wir auch Steingutflaschen für Schnaps. Mein Elternhaus steht nicht weit von hier und der Brennofen ist ständig an, weil es zu teuer ist, ihn immer wieder aufzuheizen. Ich mache dir eine Flasche mit breitem Hals und dreh dir auf der Drechselbank einen speziellen Korken als Verschluss. Was hältst du davon?“

Liam war erleichtert, strahlte wie ein Honigkuchenpferd und sie gingen los. Nach Fertigstellung des Behälters wurden die Notenblätter aus dem Couvert genommen, zusammengerollt und hineingesteckt. Schließlich wurde die „Flaschenpost“ mit dem Korken verschlossen, und sie machten sich auf den Weg zurück Richtung Börnste.

Die Gegend war ihnen vertraut wie die eigenen vier Wände, aber sie hatten mehr Zeit für die ganze Aktion gebraucht, als geplant. Winkler hatte sich von den beiden anderen überreden lassen, aus Deutschland wegzugehen und anderswo ein neues Leben anzufangen. Das war ein ungewöhnlich mutiger Schritt, der Winkler selber nicht in den Kopf gekommen wäre. Er hatte sich breitschlagen lassen und war nun voller Sorge, ob er es über die Grenze schaffen würde. Entsprechend nervös reagierten Jules und Winkler, als Liam jetzt noch zurückgehen wollte, um die Tonflasche zu vergraben.

Schweißgebadet kehrte Liam nach zwei Stunden zurück. Ohne Spaten, aber mit verdreckten Händen. „Ich habe nachgedacht", waren Liams erste Worte, als er die anderen beiden wiedertraf. „Wir warten bis es hell wird und gehen zum Postamt nach Sythen. Dort geben wir einen Brief für Jacques auf. Darin steht, wo die Musiknoten versteckt sind. Ist das erledigt, kann uns nichts mehr aufhalten." Wenn Liam so sprach, dann war das Gesetz und niemand würde ihn je umstimmen können. Der Plan war riskant, aber umsetzbar. Im Lager würde man die Flucht der Gefangenen etwa zur gleichen Zeit bemerken. Wenn sie entkommen wollten, mussten sie schnell sein und ein Auto klauen. Gut, dass Winkler fahren konnte.

Clemens Poggenpohl bediente den Schalter im Postamt Sythen. Er verkaufte einen Briefumschlag und eine Briefmarke nach Frankreich an Herrn Winkler, der glaubte, der Postbeamte würde ihn nicht kennen. Dem war nicht so, denn Clemens war Zeuge des Streits im Wirtshaus gewesen, als der Chauffeur des Grafen bestohlen worden war. Winkler bat außerdem um einen Bleistift und einen Zettel. Clemens war sehr hilfsbereit, schaute aber durchs Fenster, um zu beobachten, was Winkler mit den Sachen vorhatte. Draußen erblickte er auch Jules, der für das Lager die Post transportierte. Auch Liam kam ihm bekannt vor. War er nicht auch im Wirtshaus dabei gewesen, zusammen mit dem Franzosen, den Borghorst, der Wildhüter des Herzogs, auf frischer Tat ertappt und erschossen hatte? So hatte es sich herumgesprochen.

Von der Ermordung des Jacques Flambert wollte man offiziell nichts wissen. Würde man dem Fall nachgehen, käme heraus, dass Borghorst ihn in den Rücken geschossen hatte und der Lagerkommandant offensichtlich unfähig war, seine Gefangenen ausreichend zu bewachen.

Liam ging draußen auf und ab. Er wusste nicht, was er in den Briefumschlag stecken sollte.

Nun wurde es spannend und Fey Amber hörte genau zu.

Liam redete auf Winkler ein und dieser ging zurück ins Postamt und kaufte das auf Kartonpapier gepresste Wappen von Merfeld, das neben anderen örtlichen Heimatandenken dort zum Verkauf angeboten wurde. Poggenpohl schaute wieder aus dem Fenster, konnte aber nicht genau erkennen, was die drei Männer draußen taten. Schließlich klebte Liam den Umschlag zu und Winkler brachte ihn ins Postamt. Die drei Männer verschwanden und Poggenpohl las den Namen des Empfängers: Jacques Flambert.

Jacques Flambert war tot. Er war der Wilderer. Das wusste Poggenpohl auch von Natz Pöthers Vater. Er hatte seinen Sohn windelweich geschlagen, weil er sich mit diesem Gesindel eingelassen hatte, statt ordentlich Schnaps zu brennen. Clemens Poggenpohl zündete sich eine Zigarre an und hielt den Brief gegen das Licht. Was befand sich darin? Er wollte es genau wissen. Warum einen Brief an einen Toten schicken? Er öffnete den Umschlag und war enttäuscht, denn darin befand sich nur das Wappen und der Zettel, auf dem „Es ist“ gekritzelt war.

„Meine Damen und Herren. Wir kommen zum Ende dessen, was Jules Bresson in sein Tagebuch geschrieben hat. Aber ich will Ihnen nicht vorenthalten, was er zu Lebzeiten ergänzt hat, als ich ein kleiner Junge war und er mir diese Geschichte erzählt hat.“

Jules kam unbeschadet zu Hause in Les Bon Villers an und lebte bescheiden und allein. Ob der sporadische Besuch eines männlichen Freundes jeweils über Nacht andauerte, entzieht sich meiner Kenntnis.

Winkler passierte zunächst die Grenze nach Holland und dann die belgische, wo er sich niederließ und in einer Kachelmanufaktur bei Antwerpen seinen Lebensunterhalt verdiente.

Liam lief in die Arme der Befreier. Er traf sich in Calais mit den siegreichen und ausgelassen feiernden amerikanischen Soldaten, die seine Sprache sprachen. Sie soffen und vernaschten die französischen Mädchen am Strand. Leider hatten die Amerikaner die Spanische Grippe mitgebracht. Die Freude währte nicht lange. Liam verstarb an einer Infektion.

„So. Mit aller Hochachtung, meine verehrten Gäste, liebe Marion und nicht zuletzt liebe Frau Amber von der Kripo Münster, ich bedanke mich für Ihr Erscheinen und hoffe, Ihnen einen unterhaltsamen Abend präsentiert zu haben.“

Fey fühlte in sich hinein. Das Aha-Erlebnis war ausgeblieben und sie war nicht in Stimmung nach Hause zu fahren. Was machten Huesmann und Niggemeier? Sie saßen auf ihren Plätzen. Warteten Sie darauf, wohin Bresson gehen würde? Niemand verabschiedete sich per Handschlag und auch die üblichen Grüppchenbildungen blieben aus. Die Leute gingen in eine ungewisse Zukunft und die meisten von ihnen hatten das bereits realisiert.

Zwischen Marion Thüner und Marcel Bresson sah es nicht nach einem Abschied auf Dauer aus. Sie begleitete ihn zu seinem Wagen. Beide sahen sich um und dann küsste Marion ihn auf den Mund und er umfasste ihre Taille. Fey wollte sich von den romantischen Impressionen nicht täuschen lassen. Entweder hatte Bresson im Laufe seiner Erzählung die alles entscheidende Erleuchtung gehabt oder der Zug war für ihn abgefahren.

Sie sah sich nach Huesmann und Niggemeier um. Huesmann stand vor seinem Auto und beobachtete sie und Niggemeier saß in seinem Auto und wartete anscheinend darauf, dass einer von den anderen losfuhr. Aber das wollte nichts heißen, denn jeder konnte das Versteck kennen, versuchte aber die anderen zu kontrollieren, um nicht selber Verräter seines Wissens zu werden.

Das Spielchen war ihr zu blöd. Fey fuhr los und ohne eine bewusste Entscheidung getroffen zu haben, lenkte sie ihren Wagen Richtung Merfeld. Sie wählte die kleinen Wege durch die Felder und erreichte die Allee, deren Bäume sich in den Kronen zu einem Kirchengewölbe verschmolzen. Ihre Scheinwerfer fluteten die Wipfel mit Licht, das oben vom Schwarz der

Nacht verschlungen wurde. Der erhabene Anblick ließ ihre Arme kraftlos auf den Schoß sinken.

‚Halt hier an und denke nach'.

Kein anderer Ort war so erfüllt mit einer Kraft, die selbst das Schweigen zum Sprechen brachte. Wie war es hier vor 100 Jahren gewesen, als Jacques und Liam zum ersten Mal zur Zwangsarbeit geschickt worden waren? Was hatten sie empfunden? Hatte die Allee zu ihnen gesprochen, so wie sie es nun zu ihr tat? Sie ließ den Wagen ausrollen und stellte Motor und Scheinwerfer aus. Augenblicklich wurde es schwarz um sie herum, aber allmählich stachen die Bäume wieder aus dem Dunkel hervor. Was eben noch nicht zu sehen war, kam von ganz alleine zu ihr. Musste sie nur warten, und die zündende Idee entfaltete sich wie die Schöpfung aus dem Nichts?

Es ist

Das Kreuz

Fey war eingeschlafen. Ein Gefühl unwiderstehlicher Schwere, die auf sie niedersank, hatte ihre Augen geschlossen. Plötzlich wurde sie von ihrem Handyton geweckt. Ein Blick auf die Uhr sagte ihr, dass sie nur wenige Minuten eingedöst war. Harry hatte eine Nachricht übermittelt: *Goldmünzen in Stuckenbrocks Lotus gefunden.* Kamps' Kartenhaus war restlos zusammengebrochen.

Eigentlich war nun die Bahn frei für ihre ganz private Schatzsuche. Sie dachte an Bressons Schilderung der Ereignisse vor der Poststation.

Wer hatte „Es ist" auf den Zettel geschrieben? Es konnte nur Liam gewesen sein. Liam stand treu zu seinem Versprechen, das er Jacques gegeben hatte. Die anderen sollten das Versteck nicht kennen. Er hatte sich den Hinweis „Es ist" ausgedacht und nur er und Jacques sollten wissen, was damit gemeint war. Plötzlich leuchtete die Situation lebhaft vor ihren Augen auf.

Jules hatte die Adresse mit seiner flüssigen, geschwungenen Handschrift geschrieben. Liam war im Schreiben und Lesen nicht geübt. Deswegen sah das Schriftbild gekritzelt aus. Er schrieb: „Es ist".

Und nun kam der zweite Gedankenblitz:

Liam hatte den Schriftzug nicht beendet, weil er sich den Rest nicht merken konnte. Sein ungeübtes schriftliches Gedächtnis versagte, und zwar nicht zuletzt, weil die Worte in Deutsch geschrieben waren. Er vergrub die Steingutflasche dort, wo ein Schriftzug stand, der mit „Es ist" anfing. Liams zweiter Hinweis – das Wappen von Merfeld – bedeutete schlicht, dass der Schriftzug mit Merfeld und Umgebung in Zusammenhang stand. Fey holte das Bild des Wappens, das in Karins Wohnzimmer gehangen hatte, aus ihrer Handtasche. Übers Internet zog sie das offizielle Wappen auf ihr Smartphone und verglich die beiden Darstellungen. Auf den ersten Blick war alles identisch, doch dann erkannte sie einen winzigen Unterschied. Auf dem Papierbild befand sich ein kleiner Strich, der offensichtlich mit Bleistift gezogen worden war. Fey holte ihren Schminkspiegel hervor und hielt ihn so, dass der Grafit des Bleistifts das einfallende Licht reflektierte und für einen kaum sichtbaren Glanz sorgte. Jetzt war es deutlich zu erkennen. Liam hatte im Bild des Wappens das dort abgebildete Taukreuz, das der Form nach wie ein T aussah und als Antoniuskreuz bekannt war, durch einen kleinen Strich nach oben verlängert, sodass dadurch das bekannte christliche Kreuz entstand. Das konnte nur bedeuten, dass Liams Hinweis für Jacques auf ein Kreuz in Merfeld abzielte, dessen Inschrift mit „Es ist“ begann. Es musste ein Wegkreuz sein, an dem sie auf ihrem täglichen Marsch zur Arbeit vorbeigekommen waren. Es gab etliche Wegkreuze in der Gegend, aber Fey wusste nun, welches gemeint war.

Sie fuhr los, ließ die Wiesen hinter sich und näherte sich Haus Merfeld. In der Ferne sah sie ein rotes Licht. Ein Rücklicht, dachte sie und fuhr weiter. Als sie näher kam, sah sie den Wagen von Bresson am Wegrand stehen. Der Motor lief und die Scheinwerfer waren auf ein steinernes Wegkreuz gerichtet. Bresson stand davor und hatte bereits begonnen, ein Loch auszuheben. Fey stieg aus und ging zu ihm. Worte brauchten nicht viele gewechselt zu werden. Beide wussten, worum es ging. Aber war Bresson auf der richtigen Spur? Wo war die Inschrift?

Bresson musste ihre Gedanken gelesen haben. Er machte einen Schritt zur Seite und sie las: „Es ist vollbracht." Ein sanftes Lächeln legte sich auf ihr Gesicht. Klar, mit dem Wort „vollbracht" war Liam hoffnungslos überfordert gewesen.

Der verlängerte Strich im Wappen wies generell auf ein Kreuz hin. „Es ist" markierte das richtige Wegkreuz am Versteck, das Liam ausgewählt hatte. Für den Iren eine fantastische Leistung.

„Schaufeln Sie ruhig weiter", sagte Fey. „Ein Spatenstich und wir halten die Welt in Atem, wenn wir mit Beethovens verschollener Sonate morgen an die Öffentlichkeit gehen."

Ob Bresson andere Pläne mit dem Fund hatte? Sie hoffte nicht, dass es am Ende zu Feindseligkeiten kommen würde. Huesmann und Niggemeier würden die Flinte nicht ins Korn werfen. Sie rechnete jeden Moment mit ihrem Auftauchen. Vielleicht waren sie Bresson gefolgt und lagen irgendwo in den Büschen, Kimme und Korn auf sie gerichtet. Bresson stach ins Erdreich, der Spaten schnellte zurück und er legte die Stelle mit dem Widerstand frei. Fey beugte sich herunter zu ihm, ging auf die Knie und leuchtete mit dem Handy.

„Sieht nach einem Stein aus", meinte sie. Bresson setzte unterhalb des Gegenstandes an und hebelte mit viel Gefühl eine runde Form aus der klumpigen Erde. „Das ist es! Wir sind am Ziel. Die Beute: eigentlich das Eigentum derer von Westerholt." Fey interessierte sich nicht für die Besitzverhältisse. Beethoven gehörte allen. „Kommen Sie aus dem Loch heraus. Wir versuchen gemeinsam, die Flasche zu öffnen. Der hölzerne Korken wird sein Geheimnis nicht freiwillig hergeben. Sieht nach guter deutscher Eiche aus."

Bresson übergab ihr die Flasche und reinigte seine Hände an der Hose. Aus seinem Wagen holte er eine Kombizange und begann vorsichtig, den Korken zu drehen und zu verkanten. Gleichzeitig zog er an der Flasche und Fey hielt dagegen. Es machte plopp und der Korken war gelöst.

Fey sah in Bressons strahlende Augen und übergab ihm die Flasche. „Ihr Verdienst. Ohne Sie und Ihre Geschichte wären wir nicht hier. Ich lasse Ihnen den Vortritt."

Fey leuchtete, während Bresson mit zwei Fingern in die Flasche griff. Sein Blick verfinsterte sich, als er seine Finger wieder herauszog und nur einen Zettel in der Hand hielt. „Da ist nichts anderes drin", entrüstete er sich. „Hier, nehmen Sie. Da steht etwas drauf. Meine Augen brennen. Lesen Sie!"

Fey hielt den Zettel ins Licht ihres Handys und las: „Viele Grüße von Karin Poggenpohl. Es ist nichts verloren. Hört achtsam zu und ihr werdet ihn finden, den Ludwig van Beethoven."

„Verdammt, was soll das!", brüllte Bresson, nahm den Zettel aus Feys Hand und las. „Das ist ja ungeheuerlich. Karin Poggenpohl hat die Sonate geklaut. ‚Achtsam zuhören!', was denn, wo denn?" Er warf den Spaten in die Grube und die Flasche hinterher. Dabei sah er zwei Scheinwerferpaare, die sich stetig näherten. Kurze Zeit später stiegen Huesmann und Niggemeier aus ihren Autos. Beide kamen im Laufschritt auf das Wegkreuz zu. Huesmann war zuerst da, griff nach der Flasche und sah hinein. Nichts. Er nahm den Spaten und zerschlug die Flasche. Wieder nichts. Niggemeier und Huesmann waren außer sich. Fey entzerrte die Situation, indem sie den Zettel hochhielt und laut vorlas. Man hätte eine Stecknadel fallen hören können, so still wurde es.

„Einpacken, meine Herren!“, forderte Fey die Männer auf. „Ende vom Lied und Ende Legende. Schlafen Sie gut. Es ist vollbracht.“ Fey steckte den Zettel ein und ging zu ihrem Wagen. Sie fuhr aber nicht nach Münster, sondern in die entgegengesetzte Richtung.

Achtsam

Eine unwiderstehlich magische Kraft zog sie auf den Hof Poggenpohl. Was hatte Bresson gesagt? Karin hätte ihm etwas mitgeteilt, aber er könne den Hinweis nicht entschlüsseln. Darin lag der Kern. Karin hatte ihn eingeladen und ihm ein Geschenk gemacht, die Tonplatte mit dem Wappen. Plötzlich war Kamps ins Wohnzimmer geplatzt. Er hatte den CD-Player ausgeschaltet und sich auch sonst unverhältnismäßig ... Stopp, bis hierher!

Der CD-Player. Was war dort gespielt worden? Beethoven, natürlich! Bresson und wahrscheinlich auch Huesmann und Niggemeier hatten die Klaviersonate gehört, während sie fieberhaft danach suchten. „Respekt, Karin“, dachte Fey und schmunzelte.

Beethovens Sonate wäre also auf Karins Handy zu hören im Hintergrund der Gespräche mit Huesmann und Niggemeier. Wenn sie nur das Handy finden würde. Stein hatte es zuletzt gehabt. Der hatte sich im Besenschrank verkrochen, als Kamps kam. Fey sah den Ablauf des Geschehens vor sich: Stein hörte sich die Tonaufzeichnung an. Plötzlich der Schreck. Kamps nahte. Verstecken im Besenschrank. Wäre doch möglich, dass Stein Karins Handy mit in den Besenschrank genommen hatte. Er hielt es ja in der Hand, als Kamps aufkreuzte. Und wenn er gefilmt hatte? Wenn er tatsächlich ein Augenzeuge war? Sie traute Stein alles zu, um der Polizei eins auszuwischen. Als der Spuk vorbei war und Kamps auf der Flucht, verschwand auch Stein und nahm Karins Handy mit.

Fey wollte endgültige Klarheit. Sie erreichte Karins Hof. Das Fachwerk-Gehöft wirkte gespenstisch. Das helle Mondlicht focht mit dem Wind. Die Baumwipfel warfen wehende Schatten auf die Wände. Sie parkte und eilte die Treppe hinauf zum Besenschrank. Sie erinnerte sich dunkel: Die Doppeltür bestand aus zwei Glasscheiben mit innen gespannten Gardinen als Sichtschutz. Ideal, um die kleine Linse einer Handykamera verborgen in Position zu bringen. Sie war gespannt, wie Stein sich dieser Situation stellen würde und rief ihn an.

„Hab schon auf deinen Anruf gewartet. Irgendwann würde so ein kluges Köpfchen wie du dahinterkommen, dass ein Deal mit Onkel Stein sich immer lohnt."

„Was meinen Sie?"

„Ich könnte mir ein Abenteuer mit dir vorstellen. Ich verrate dir, wo Karins Handy ist und du begleitest mich nach Berlin."

„Rein fiktiv ist das aus ihrer Sicht eine tolle Idee. Praktisch übersteigt Ihr Wunsch, dass ich mit Ihnen in der alten Rostlaube sitze und nach Berlin fahre, allerdings mein Vorstellungsvermögen. Sie sind ein ziemlicher Aufschneider. Sie bieten mir einen Deal an, aber woher soll ich wissen, dass Sie auch im Besitz der Ware sind. Wo ist Karins Handy?"

„Mein alter Mercedes hat noch Seitenfenster, die man mit einem Stielkamm öffnen kann. Da sorgt man besser vor und hat ein gutes Versteck für Handy, Geld und Rauchwaren, wenn du verstehst. Kein Wunder, dass deine Laborratten nix gefunden haben. Das Handy war aus und liegt in deinem Auto."

„Wieso liegt Karins Handy in meinem Wagen? Sind Sie jetzt völlig übergeschnappt?"

„Haste selbst da reingetan. Es steckt in Bahlsens Matratze."

Bahlsens filzige Matratze wollte sie nicht mit in ihre Wohnung nehmen und Anneliese wollte sie das siffige Ding auch nicht zumuten. Sie lag noch auf dem Rücksitz. Fey stieg aus und fand tatsächlich einen Schlitz im Schaumstoff der Matratze. Sie nahm das Handy an sich.

„Sie sind eine ehrliche Haut, Herr Stein."

Stein war gerissener, als sie gedacht hatte. Er hatte sich einen letzten Trumpf bewahrt. Aber was wollte er damit bezwecken? Hatte er es tatsächlich auf sie abgesehen?

„Ich will mal so sagen: Ich habe nicht ernsthaft auf ein Date mit dir gesetzt, aber das Spiel mit dem Feuer ist oft prickelnder als das Feuer selbst. Nichts für ungut. Karin war ein tolles Luder. Berlin konnte sie sich nur erlauben, weil sie Beethoven verscheuert hat. Sie hatte das Wappen und den Zettel gefunden und weil sie damals schon immer gerne gekifft hat, flog ihr plötzlich eines Tages die Lösung zu. Sie hat die Notenblätter an einen russischen Dealer verkauft. 80.000 Mark hat sie abgeräumt. Kurz nachdem der Deal gelaufen war, erhielt sie die CD. Beethoven lebt, nur weiß keiner, wer ihn hat. Hab die Sonate letztens in einem japanischen YouTube-Video gehört."

„Karin hat sie also alle vorgeführt, die verbohrten Heimatländer, den ehrgeizigen Niggemeier und Bresson, den Wünschelrutengänger, der es am Ende tatsächlich geschafft hat, die Wahrheit im Glauben an seine Geschichte zu beleuchten. Wozu diente eigentlich das Wappen in Ton?"

„Ein freundlicher Hinweis an Bresson. Im Wappen ist der Fehler drin. Weißt du doch, der mit dem Kreuz, der kleine Pin oben dran, damit's aussieht wie ein richtiges Kreuz. Original steht ein Taukreuz im Wappen. Sieht aus wie ein T. Da fehlt der obere Pin. Bresson hat's nicht gerafft, hat die kleine Verlängerung nach oben nicht bemerkt. Wie gesagt, Karin war ein feines Mädchen, immer für einen Spaß zu haben. Was macht Bahlsen?"

„Er ist das neue Maskottchen im Präsidium Münster. Alle wollen ihn behalten."

„Mein letztes Angebot an dich. Er gehört euch, wenn du mit mir Essen gehst."

„Schaun wir mal, was Bahlsen dazu sagt. Ich müsste mir jetzt dringend Karins Handy ansehen. Bis dann und danke."

Morgengabe

Zum Glück hatte Stein das Handy ausgestellt. Es funktionierte sofort. Sie wählte die letzte Videoaufzeichnung und war verblüfft und schockiert zugleich.

Karin hatte ihr Likörglas geleert, da brach Kamps aus heiterem Himmel einen Streit vom Zaun. Wild gestikulierend beschwerte er sich über die Herrenbesuche der letzten Stunden, dramatisierte die Situation überschäumend vor Eifersucht. Karin reagierte konfus und entschuldigte sich damit, sich für den Vortragsabend umziehen zu müssen. Sie stand auf, um ins Schlafzimmer zu gehen. Sie ging auf den Besenschrank zu, Kamps folgte ihr und an der Treppe stieß er sie mit einem kräftigen Schubs die Stufen hinunter. Alles ging sehr schnell. Eine Sekunde später war Kamps aus dem Bild verschwunden. Es waren nur seine Fußtritte auf den Holzstufen zu hören, die rasch verhallten. Damit endete das Video.

Kamps hatte also die Besucher gesehen. Um drei Uhr traf er auf Bresson und war verärgert. Zu dieser Zeit verabschiedete er sich offiziell von Karin. Der Mord war für 18 Uhr geplant. Um 22 Uhr war er am Bodensee. Das war gleichzeitig sein Alibi, denn eine vierstündige Fahrt von Dülmen an den Bodensee würde man für unmöglich halten. Kamps musste also bis sechs Uhr warten und beobachtete währenddessen den Besuch von Huesmann und Niggemeier. Nur Stein hatte er offenbar nicht bemerkt. Er hatte seinen Wagen auf dem alten Zufahrtsweg geparkt, der abseits der Hauptstraße lag und nur durch einen Waldweg erreichbar war. Dass Kamps drei Stunden nach seinem Abschied wieder bei Karin aufkreuzte und sie die

Treppe hinunter stieß, bedeutete vorsätzlichen Mord und lebenslänglich.

Sie schickte Stein eine SMS: *Typen wie Sie könnten wir gut bei der Polizei gebrauchen. Vielen Dank.*

Postwendend kam zurück: *Ein Schätzchen wie dich in meinen Armen und die Welt wäre eine andere. Nimm's als Morgengabe. Ich hätte Kamps gerne gemolken, krieg nicht mal Schmerzensgeld für die beiden Löcher in meiner Brust. Soll er im Knast verrecken, der Frauenmörder. Kommst du mich morgen wieder im Krankenhaus besuchen?*

Schöner als ‚Elise'

Nun war endlich Zeit für Muße und Beethoven. Sie schaltete Karins Tonaufzeichnungen ein.

Huesmanns Stimme war deutlich zu hören und auch Karins Kommentare und ihr sporadisches Kichern. Aber was da während des Gesprächs im Hintergrund lief, das war Musik, ein Klavierkonzert, romantisch und betörend. Das war Beethoven. Karin hatte ihren Besuchern auf dem CD-Player vorgespielt, wonach sie gesucht hatten. Sie suchten Beethoven mit den Augen und konnten ihn deswegen mit den Ohren nicht finden. Kuriose Geschichte.

Fey konnte es nicht erwarten, die ungestörte Fassung zu hören. Sie schaltete den CD-Player ein. Voller Spannung setzte sie sich in einen Sessel und lauschte. Ma très chere amie hatte Beethoven einst geschrieben und Wilhelmine hatte hören können, was in des Meisters Herzen sprach. Die Liebe, nichts als die Liebe war ihm heilig, als er diese Noten schrieb. Mit Klanggewalt und Harmonie ließ er seine Gefühle schwingen. Oh, Wilhelmine, er hat dich sehr geliebt, unbändig, stürmisch, hingebungsvoll und federleicht. Ich kann es hören und nachempfinden, wie himmlisch er sich fühlte, an diesem Morgen, nach dieser Nacht mit dir. Die Morgengabe eines jungen Komponisten. Auf dem Klavier gespielt, was in der Nacht geschah. Beethoven, was könnte schöner sein, als deine Liebe, die für uns alle erklingt. Fey konnte sich nicht rühren, bis der Player die CD wechselte und Eric Burdon auf die Bühne schickte.

Auf der Fahrt nach Hause spielte Beethoven nur für sie, so wie damals für Wilhelmine. Sie hatte keine

Beweise, dass die Musik auf der CD wirklich von dem Notensatz stammte, den Beethoven für seine Herzensdame komponiert hatte. Von Stund an sollte ihr diese CD jedoch gehören und damit auch ein Stückchen Abenteuer mit Beethoven und den „Freibeutern" Jacques, Liam und Winkler aus dem Jahre 1918.

Das Salz in der Suppe ist die Freude am Erfinden. Wolfgang Wiesmann entwirft Figuren, lässt sie aufeinanderprallen und ist selber bis zuletzt gespannt, welches Schicksal sie sich bescheren. Mit seiner Kommissarin Fey Amber ermittelt eine attraktive Frau im Münsterland, die auffällig oft in Haltern und Dülmen zum Einsatz kommt. Kein Wunder, stammt Wiesmann doch aus dieser Gegend, die ihn wie seine Wahlheimat Irland zuverlässig inspiriert. Nah am Menschen schreiben ist seine Parole und den Zeitgeist aufarbeiten sein Motto. Gute Unterhaltung wünscht er all seinen Lesern.